陇原当代
文学典藏
散文卷

月落长河

杨闻宇 著

读者出版传媒股份有限公司
敦煌文艺出版社

图书在版编目（CIP）数据

月落长河 / 杨闻宇著. -- 兰州：敦煌文艺出版社，2017.7（2022.1重印）
（陇原当代文学典藏. 散文卷）
ISBN 978-7-5468-1282-3

Ⅰ. ①月… Ⅱ. ①杨… Ⅲ. ①散文集－中国－当代 Ⅳ. ①I267

中国版本图书馆CIP数据核字（2017）第141335号

月落长河
陇原当代文学典藏·散文卷
杨闻宇 著

责任编辑：杜鹏鹏
封面设计：马吉庆

敦煌文艺出版社出版、发行
地址：(730030)兰州市城关区读者大道568号
邮箱：dunhuangwenyi1958@163.com
0931-8773114（编辑部）
0931-8152351 0931-8120135（发行部）

北京一鑫印务有限责任公司印刷
开本 880毫米×1230毫米 1/32 印张 9.875 插页 6 字数 266千
2018年4月第1版 2022年1月第3次印刷
印数：2 001~4 000

ISBN 978-7-5468-1282-3
定价：56.00元

如发现印装质量问题，影响阅读，请与出版社联系调换。

本书所有内容经作者同意授权，并许可使用。
未经同意，不得以任何形式复制。

目录

陇原当代文学典藏·月落长河

行　迹

黄河臆象	/ 003
六骏踪迹	/ 005
登陵忆	/ 010
李广墓记	/ 015
文武天水	/ 017
祁连雪色	/ 022
风库安西	/ 026
今日贺兰山	/ 029
定军山月	/ 033
新生的土地	/ 036
静静的喀纳斯湖(外一章)	/ 038
大地的闪电	/ 043
南北二墓	/ 047
安居黄岛	/ 051
江山与伟人	
——岳王庙和秋瑾墓	/ 054

读　史

霜剑·长江　　　　　　　　　　/ 061
千年魂魄晋英雄　　　　　　　　/ 063
浅议他山之石　　　　　　　　　/ 073
检点凌烟阁
　　——晚年唐太宗　　　　　　/ 077
郭子仪纪事　　　　　　　　　　/ 084
楹联与女性　　　　　　　　　　/ 089
风云万里兮爱河九曲　　　　　　/ 098
静影沉璧
　　——西子归宿考　　　　　　/ 113
昨夜星辰风云里　　　　　　　　/ 118
战云中的女性
　　——兼驳汉奸之谬论　　　　/ 122
站起与跪下的风波　　　　　　　/ 127
千年风尘一知己　　　　　　　　/ 131

书　话

景仰杖藜人　　　　　　　　　　/ 137
重温《好了歌》　　　　　　　　/ 140
《三滴血》探源　　　　　　　　/ 143
林冲的朋友　　　　　　　　　　/ 146

人杰武松

　　——英雄的底色　　　　/ 149

过不去的黄泥冈　　　　　/ 153

从醉翁亭说起　　　　　　/ 157

失序与缺钙　　　　　　　/ 161

散文似水　　　　　　　　/ 164

难忘信天游　　　　　　　/ 166

读书与写作　　　　　　　/ 170

醉蜂图　　　　　　　　　/ 177

虎性不移　　　　　　　　/ 180

随　感

旷达　　　　　　　　　　/ 185

直面人生　　　　　　　　/ 189

淡之境界　　　　　　　　/ 192

淡泊中的真味　　　　　　/ 194

说"痴"　　　　　　　　/ 196

智慧胜于珍珠　　　　　　/ 198

人性的变衍　　　　　　　/ 200

且看小人　　　　　　　　/ 203

说红　　　　　　　　　　/ 206

朴素的质地　　　　　　　/ 209

悟佛　　　　　　　　　　/ 211

温暖的记忆　　　　　　　/ 214

幸福·圆满	/ 217
人生的重峦叠嶂	/ 221
野草无言	/ 224
杨柳依依	/ 226
贪盲九症	/ 229

乡情　思絮

野旷天低树	/ 235
日月行色	/ 238
春水一畦辘轳声	/ 241
薯忆	/ 244
土炕	/ 249
踏雪探亲图	/ 253
杏荫井台	/ 257
板桥的回忆	/ 260
元夜的灯笼	/ 264
羊肉泡	/ 268
铡忆	/ 271
海风拂过晾台	/ 274
雁阵	/ 276
难忘嘉州	/ 279
雪崖滴水小辑	/ 283
带露折花一束	/ 293
海滩拣贝一掬	/ 305

行迹

黄河臆象

摊平我国地图,从东北向西南、自东南往西北,平直绷起两根细线,线的交点恰巧是兰州的所在地。黄河九曲,透迤数千里,它只正儿八经地穿过了一座城市:兰州。

在晴朗的日子里,百里长街,市声如沸,流经闹市的黄河则是悄无声息的。不甚透明的水纹盘旋交织,沉默平稳的波痕在朝晖夕照里犹如铜汁浇铸的块状肌腱,透出凝重而又粗犷的血色,流动成浩浩的、浑厚的一派,仿佛千万条汉子衔枚疾进,无声地运行。人们看不出别的迹象,只看见瓷实的、富于弹性的肌腱在起伏、在抖动,强悍雄劲却不暴戾,元气勃勃而不响动。—— 一切怀有巨大追求的生命,常常是无声的。

"不到黄河心不死","跳到黄河洗不清",小时候,我听到父辈动不动念叨黄河,心里也觉着黄河了不得。读书时,耳畔啥话都有,有人说黄河是一支剽野的黄肤色的歌,有人说是长长的一线泪滴、深深的一声喟叹,也有人说这是月亮下神话里的一条龙……我向往黄河,以为今生今世能见它一眼,就知足了。没料想成人之后,我这生命的火星儿溅离父母之邦,西挪千里,住进兰州,居然与北国大地上最古老、最有声望的大河相依为邻了。夕照下,风地里,雨天,雪天,我独自在河滩里逍遥漫步,纵览这亘古不息的、不舍昼夜的活的巨物,聆听这似乎无言、却分明有意的弦外之音,久而久之,我这情绪便有了些神秘的变动。

——黄河,是大海以它倔强的手指深深地抠进陆地里的一个

"大问号"。这问号在兰州形成稽考历史的第一个锐利弯钩,钩起一连串的积淀物:踏波跳浪的羊皮筏子,策驼西上的汉使张骞,120丈铁缆的镇远桥铁柱,湖湘子弟栽植于3000里征途中的左公柳,兰州战役时在炮火中旋动不已的大型水车……这些记载过我们民族的年代的实物,有的化作了濒水而立的花岗岩石雕,有的尚绵延着一线活气,对"问号"努力进行解释。

——黄河,又是天际一霎闪电掣开的鞭影,鞭杆攥在汪洋的掌心里(渤海是汪洋紧握的拳头),鞭梢抽打在一个微微耸起的背脊上。在兰州,黄河并不是箭杆式地插城而过,每于人迹稀寥处趸个大弯,长的波痕便斜倾如熊腰,低吼喑呜,拍石崩岸,狂不可羁,这一种地上没有路便要踢开一条路、前方没有海自己便要掬成一个海的霸王气概,着实惊人!黄河在兰州,并不晓得前程上还有横流四衍的壶口、有"平地一声雷"的龙门、有大禹神斧劈裂的三门峡。浪未至而气先凝,这一条由海魂挥动着闪电似的长鞭,它那征服一切的气度是先天具备的。

"黄河远上白云间",那仅仅是它远上昆仑时偶尔一现的背影。兰州乃挟水之山城,夜来两厢灯火,珠玑罗列,金冠嵯峨,洋洋洒洒映进黄河,致使这里的流水成为千里躯体上光明璀璨、瑰丽无比的一个段落。"昆仑者,天象之大也",昆仑怎么也容纳不了的黄河,正从我身边经过……

(注:此文原载于《中华人民共和国五十年文学名作文库·散文卷》,作家出版社,1999年9月出版)

六骏踪迹

> 折戟沉沙铁未销
> 自将磨洗认前朝
> ——杜　牧

秦皇汉武，唐宗宋祖，开国之君常常是厉害的。帝王谱系里，他们是最亮的星辰。

公元6世纪末，延宕千余岁的封建制度在中国孕育成熟。天赐盛世，降其英才，是李世民这位具有"龙凤之姿"的人物将空前繁荣的"黄金时代"推向了富丽堂皇的最高潮。

怀着敬慕的心情，我们来到了浑厚坦荡的渭北高原。朝北眺望，青峦环护之中，有一峰孤耸回绝，昂然崛起，泔河流其前，泾水绕其后，山脉水系命意不俗，这便是李世民狩猎时为自己择定的墓地：昭陵。"因山为陵"，方圆30万亩，形成东方最大的王者陵寝。1300多年的风风雨雨掠了过去，仿佛海潮退跌了似的，眼下是斜阳带雁，夕霞如焚，碑残石裂，繁华消歇，只剩下默仰晴空的九嵕山峰峦了。登峰纵目，眼前一亮，我忽然惊异南畔还以扇面形势残留着零零落落的陪葬的功臣坟墓（传说185座）。臣墓矮伏而王陵巍然，尊卑有位，错落分布，仿佛臣僚们仍然罗拜在唐王膝下。

草创天下，戎马倥偬，李世民与将佐臣僚们出生入死，戮力共进；下世以后，依然是荣辱与共，不昧初衷。"义深舟楫"的珍重情谊能在一代君臣之间一以贯之，这在漫长、黑暗、以背叛滥杀为常规的封建史上是难能可贵的一页。望着眼前依然保持着仪卫之制的一片墓陵,我正为"庶敦追远之义,以申罔极之怀"的君臣之交暗自叹息,陪游的友人忽然说道:"唐王寝宫旁从前镌立过六匹战马的青石浮雕,这就是驰名中外的'昭陵六骏'。"

和平岁月里,马在坦荡田野上是勤奋的化身;跃进战争的烟尘,它则纯然是勇士的形象。"唐家创业扫群雄,马上得之为太宗","昭陵六骏"仿佛是隋朝末年黄河流域一连串决定性战役的真实投影,是四方豪俊叱咤啸进中形成的另一幅风云画图。

唐军初取关中,薛仁杲父子迅速进据陇右,觊觎长安。初战,唐军失利。公元618年冬,双方重新结阵。李世民避其锐气,两月不出,直待其粮草殆尽而狂躁如狼时,才以少许兵卒诱之于浅水原,亲率劲旅从后突袭,薛军崩溃,四散如流。李世民不容这些陇外骁悍之徒做丝毫喘息,不听舅父窦轨的阻拦,催动四蹄蘸雪的"白蹄乌",衔尾进击,穷追300余里。石刻"白蹄乌"怒目腾空,鬣鬛迎风,空旷的黄土高原上仿佛闪烁着四蹄交递所拉开的一道道雪练,蹄击大地,响动着雨点似的鼓声。李世民题赠的赞语是:"倚天长剑,追风骏足,耸辔平陇,回鞍定蜀"。

趁着西线有战争,晋南的刘武周迫胁关中。李世民挥戈东进,趋龙门,渡黄河,在雀鼠谷与刘军连打8场硬仗,脍炙人口的秦琼、敬德大战美良川的故事,就产生在这里。李世民2日不食,3日未解甲,跨着黄里沁白的"特勒骠",杀得刘军失魂落魄,向北逃窜。

李世民清楚:河南、河北的王世充、窦建德才是最狠最辣的两大敌手。公元621年,李世民与王世充会战北邙山。彼此刚刚列阵对峙,一道紫色的闪电掣动数十精骑直透敌营,王世充愣怔过来,才发觉一匹纯紫色的马背上伏的正是李世民。满营惊骇,戈矛四合,慌忙围追堵截。李世民神威抖擞,挥刃酣战,不料坐骑突然中箭,哀嘶晃摇,危急万状;大将军丘行恭飞骑冲阵,把自己的坐骑让给李世民,他一手挽住紫马,一手挥刃和李世民一起巨跃大呼,砍开一条血路,突阵而出。这紫马就是"飒露紫"。李世民赞它是"紫燕超跃,骨腾神骏,气詟三川,威凌八阵"。六骏雕刻里唯附一人,仿丘行恭拔箭状,颤抖的紫马以头相偎,湿眸沉沉。箭镞拔出,马也就"噗"地跌倒在尘埃之中。

鏖兵8个月,王世充不支,窦建德忙率10万大军奔赴救援。李世民临机转戈,围洛打援,派骁将抢占虎牢关,生擒了窦建德。王世充无望,只好投降。一战而克二敌,胜则胜矣,不幸又倒下"青骓""什伐赤"两匹坐骑,青骓身中5箭——前体1箭后体4箭,什伐赤是臀插5箭,马往前突,迎飞的利镞斜扎体后,显示着马驰的神速与争斗的惨烈。

末后与窦建德之故将刘黑闼的战事,使李世民十分棘手。这次战争中他丧失了黄皮黑嘴、身布连环旋毛的"拳毛䯄",此马身带九箭,其筋力的坚韧不言自明。"月精按辔,天驷横行,弧矢载戢,氛埃廓清"。李世民盛赞骏马以它自己的生命集拢住飞蝗式的箭镞,天地间自然就清平了,安宁了。

马的力气在所有动物中属于上乘。一进入血火并作的厮杀氛围,一听到诸般兵器铿锵搏击的金属声响,它立即化成了慷慨以赴的英物,熔龙虎雄姿、壮夫意气于一躯,不桀骜,不凶悍,不声张,所有动作同时凝成了勇敢与豪迈、犷野与轻捷,以敏锐、准确的纵跃起伏执行着主人萌动在心里的每一闪念,每一企图。此时此景,让人想到暴风雨里翻飞于汪洋巨浪间的翩然海燕,想到纵舒于万仞陡崖间的自由阔大的瀑布……古代战争里倘是没有最富于创造性的、最擅长默契的骏马,一切孔武剽悍的魂魄和膂力将无所凭依,无从施展,那该是多么笨拙、多么枯燥无聊的一种战争。

李世民是当之无愧的一代天骄。马背上唯有驮起了他,才是鲜花着锦,相映生色,无尚的俊逸。六骏马彼此递进着将李世民送上了帝王交椅,它们也很自然地化作了古朴雄浑的浮雕,以各自的神态被供奉于昭陵,与主人共享尊荣,同受儿孙辈的香火。

好马逢英主,这才真正是良骥遇伯乐。历史上有过那么多重大的朝代更迭,其间夹杂着多少霜浓马滑、策马破阵、马革裹尸的生动场面呢?唯有李世民,自战争中提炼出了六匹神骏,镌于昭陵,拟传千古。明主襟怀如镜,眼角含情,由此可见一斑。

浮雕多矣,这不是寻常的浮雕!"森然风云姿,飒爽毛骨开",即使负伤带箭,仍然是通体洋溢着从万里阵云里提摄出来的向着盛唐迈进的煌煌气象。战争先行,艺术后进,善于将气冲斗牛的征战之风化作继往开来的精神意象,这只有当时的大画家阎立本足以胜任。那样的时代,必然有那样的骏马,也势必出现那样的艺术家,也才足以与慎终追远、不弃本基的王者风范和谐统一。

文武重臣六骏骑,魂兮魄兮长相依——作为王朝创业史上别开生面的一笔,李世民这个美丽的心愿能保持多久呢?下世前,这个聪明过人的帝王便似乎察觉出了什么:贞观十年下诏建造石宫时,特别指明日后的殉葬品不需金珠宝玉,仅以陶人木棺为之,此等明器"不为世用",可使"奸盗息心"。可他无论如何也料想不到,石雕六骏在漫长的岁月里会渐渐升级为艺术品,而且是足以压倒金珠宝玉的稀世罕有的艺术珍品。既为珍品,奸盗必窥。1914 年,"飒露紫""拳毛䯄"被洋人窃去(今存费城宾夕法尼亚大学博物馆);又隔 4 年,其余四碑也被破成数块,窃运至西安附近,好在被老百姓拦截住了(现存陕西西安碑林博物馆)。如今的昭陵,你只能看到宋代的一尊"昭陵六骏碑",碑体略矮于人,素画青底,以线刻刀法缩小了六骏的形象。"擒充戮窦西复东,飞镞溅血鬃毛红",

手抚凉凉的碑刻,益发让人生慨。

也许是不甘心吧,下了昭陵,我又去寻访茂陵南坡下的一眼"马刨泉"。20多年前,那儿泉水汩汩,清流依依,传说那是黄巢与唐军角逐时,喉咙渴得冒火,可附近却无井无水,胯下的战马忽然直立咆哮,前蹄扣下时就地乱刨,所刨处遂涌出一眼清泉。重寻故泉,什么也没有了,一位整菜畦的老农对我说:"垫了,早就垫了。"关中土语,"垫"就是埋得不露痕迹的意思。旁边的公路上是来去生风的小轿车,老农哂笑我:"你这人也怪,啥年月了,连马也不多啦,你还寻什么'马刨泉'哩。"

是噢是噢,马的时代是过去了,"足轻电影,神发天机",它是无可挽留地过去了。毛主席当年草创天下,整天还骑马哩——自马上得了天下,得天下之人也骑着马似的很快就过去了。无论多么轰轰烈烈的时代,无论什么品种的天赐神骏,联辔齐步,不能不迅速地走过去。在历史的屏幕上,巨人们是一个接一个地走过去,而马,是成群结队地奔过去,是排山倒海地压过去。今岁恰是"马"年,到了下一个马年,尘世间还能看到几匹真马、活马呢?!

西欧一位史学家说得好:考察中国封建社会的历史,不进潼关算没入门,不到昭陵不算登堂入室。现在的昭陵呢?"众山忽破碎,突兀一峰青",就连那石雕们也是"秋风石动昭陵马"了——六骏那翻动的24蹄似乎组成了不以任何人意志为转移的历史车轮,生生驮走了一个个辉煌的、壮丽的时代。

在这块岑寂冷落的土地上,眼前是麦浪一层层地起伏着,后浪推前浪,渐渐地远了,远了,低下去了……

(注:此文原载于《中华散文百年精华》,人民文学出版社,1999年3月出版)

登陵忆

穷人亲故土,帝王恋京都。只因历史上先后有13个王朝在长安、咸阳建都,斗转星移,时序更迭,使得关中的土地上颇多帝王将相之冢陵。中华人民共和国成立初期,国务院颁布的第一批重点文物依次编排,名列前茅的一至五号,就有四个处于关中。由历史研究的眼光来衡量,其潜在价值在全国恐怕是举足轻重的。

前些年,由于经常在渭河两岸奔走,我有缘登临过一连串的冢陵。奇怪的是,随着岁月的递进,登陵之兴味有增无损,远远望见古陵,双腿似乎就平添许多气力……退思幼年时候,或春荒寻挖野菜,或清明祭纸扫坟,在村野小墓前,我都是毕恭毕敬、诚惶诚恐的,明知这土堆下就浅葬着一个人,此人在作古之前,须髯拂拂,老态龙钟,比我的爷爷还要高寿,小小孩童,敬重尚且不及,怎敢唐突无理呢?

儿时在小坟前是那样的安分、拘泥,成年后在冢陵前又这样大胆、无忌,健步登攀之际,难道说就没有想想冢陵里躺着个什么样的人物?冢里人活着时,制驭天下,四海独尊,教那么多贵胄臣民俯伏颤栗在他的足下,山呼"万岁、万岁、万万岁"!明明生者与常人一样的眼鼻口耳,偏说是什么"龙颜",威慑得人们惴惴然不敢仰视。这么煊赫、厉害的一个人物,我怎么就敢斗胆其上呢?细细想来,除了冢里人死得过早,与我在时代距离上拉得太远之外,也还另有原因的。

大约在1969年,我们这批在特殊历史时期成长的大学毕业生分不出去,不好着落,我被临时安插在兴平茂陵汉武帝陵下的一个小小村庄里劳动锻炼。干活时,从庄稼地里望着武帝陵,觉得它不过是一个高大些的土堆而已,没什么意思。大雁南飞,天气渐渐凉了,秋雨天里出不了门,进不得地,独个儿寂寞无聊地窝在乡间土炕上,我随便翻开几本野史。在野史里,无意间竟发现了许多我当初不曾想到、也压根儿就想不到的事情(现择几段琐屑细事录之如下):

《唐语林》:

宣宗时,越守进女乐,有绝色。上初悦之,数日,赐予盈积。忽晨兴不乐,曰:"明皇帝只一杨妃,天下至今未平。我岂敢忘?"召诣前曰:"应留汝不得。"左右奏,可以放还。上曰:"放还我必思之,可赐鸩一杯。"

《清宫遗闻》:

皇上宿某宫中,召某宫某妃进御。当值内监,则往彼赤体毡裹,背负而来。或曰,此明制;或曰世宗为宫人刺毙,是以此制至雍正后甫有之。

《朝鲜李朝世宗实录》:

帝(成祖)崩,宫人殉葬者三十余人。当死之日,皆饷之于庭,饷辍,俱引升堂,哭声震殿阁。堂上置木小床,使立其上,挂绳围于其上,以头纳其中,遂去其床,皆雉颈而死。

至此,我才又一次领会到存在决定意识的深刻含义。帝王家既要理万机，治天下，又要贪女色，宣淫欲；耽女色又怕惹出乱子来，瞻前顾后，胡乱折腾，既演出了一些荒诞不经的怪异之事，同时又导致出忽喜忽恼、冷热无常而又森煞可怖的一面。然而，爱河饮尽犹饥渴，情欲终究是斩割不断，直至老死之日，还酿下了宫人"哭声震殿阁"的一出悲剧……放下手中这野史，我是有点儿坐不住了，下了土炕，走近窗前，透过简陋的织有蛛网的木格儿窗棂，凝视着雨幕里青灰色的冢陵：冢内之人，与野史中这几个帝王时代不一，却处于同一地位，在思想意识上，他们之间有多少歧异之处呢？……青紫色的高大冢陵近在咫尺，虽因秋雨而隐隐约约，我却觉得，它仿佛是笼罩着一层神秘难测的色彩……待到天气放晴后的一个黄昏，我兴致勃勃地登了一次武帝陵。那番登临，至今仍记忆犹新。

　　皇家陵寝，当初择定之时，看来是极讲究风水地脉的，有的因山为陵，虎踞龙盘，有的凭仗高塬，遥对江河。汉武帝陵，就是从开阔空旷处陡起一尊高大的土堆，远远看去，像半隐于地平线的、业已散尽了最后一抹余晖的、早就冷却了的半轮落日，论这土堆的位置和气派，是与帝王在世时踞坐于龙位上相仿佛、互低昂的。当年那红极一时、炙手可热的帝王殒殁了，驾崩了，而自然界中周而复始、晓升暮沉的真正的落日，却静静地存在着。关中是800里平原，川原上耸起10余丈高之冢陵，此时登临，夕阳如焚，左右前后的景观雄浑而壮丽，背衬的远山像一队队突进的枣红色的骎骎铁骑，化石似地凝铸于天涯，横前的渭河水像一柄染蘸血红的大型古剑，平跌在茫苍苍的原野上。登高纵览，我忽然对厚重的二十四史在脑海里综合出形象性的联想和勾勒：帝王们曾经在旷野上麾军逐鹿，叱咤风云；曾经在宫殿上一笑一颦，赐降祸福；也曾经千骑万骑，行幸民间，风伯为之清尘，雨师为之洒道——锦绣江山依旧，昨昔人事已非,伟人大业,终成土丘,弹指繁华,总随逝水……

那天晚上躺回土炕上,窗纸簌簌,冷月窥照,我这才悟到,人的感情波澜也不是无缘无故兴起的。登陵而喟叹兴亡盛衰,就地感慨,触景生情,是以平时对历史的理解尺度为基础的。而我对历史的了解,肤浅,可怜,充其量不过是九牛一毛而已。究其原因,自己不肯努力学习是一个方面,而历史本身也不是径情直遂的。皇帝是那个漫长时代中的统治集团的典型,自以为是打喷嚏也降甘霖的天下之主,对经纬自家的帝王业基铺排得繁华浩大(关于这些,史多记载,广为人知),同时,在另外一些隐私之事上,却又布置得诡秘之至,且禁封极严(帝王称其居处之地为禁城,禁地,禁中,禁苑,就有这一层意思在内),许多见不得人的事情,偶尔漏滴于宫外,通过野史流传到今世,对那么多冢陵下的"真龙天子"来说,又何尝不是一鳞半爪呢?!

近几年,各地每发现一宗埋藏于泥土里的稀罕文物,往往会在社会上、史学界引起一阵强烈的震动和反响,我思量,恐怕正是这宗文物折射出或隐寓着某种思想或意识的缘故。其锐利光芒直接与现实生活中的某种思潮、某种行为相激射,相照应,有助于人们回过头来,重新检点自己精神活动的发展进程及蜿蜒于其间的辩证脉络——野史所载倘属真实,在认识价值上是不亚于泥土里的古物的。

"世人尽从忙里老",弹指间,我也是年届不惑了。蓦然回首,发现后边又齐臻臻上来了一层孩童。眼见孩子们三五成群,竞相登陵,我竟感慨丛生:帝王的陵墓是庞大的,沉重的,复杂的,其复杂沉重不在于棺椁、宝器之古老、罕稀,也不在于殉葬之红妆美姬统统化蚀为白骨,肢形仍痛苦地扭曲着……关键是在于帝王所代表的一尊尊阴沉而强大的封建主义的罪恶阴魂!"旧社会灭亡的时候,它的死尸是不能装进棺材,埋入坟墓的。"封建帝王这个浑身涌流过荒淫、愚妄、虚伪、专横的血液的肌体,因为久躺地下,难道其脉搏真的就停止了跳动么?!我们的社会是从不断摆脱愚昧、谬误的僵尸中逐渐聪明而取得前进的,但这种摆脱,又是何等的艰难啊!

望着散落于关中的一座座冢陵,望着陵后那巍峨绵亘的大山,我爱反反复复地咀嚼这类问题。似乎也只有携着这样的思想和情愫,登陵之举愈显得含义深长。倘若像天真的孩童那样,喜冲冲登一回冢陵,采几朵野花,嬉嬉闹闹,自以为在帝王头上游戏了一回,便超越了旧时代了,实际上却是一种孟浪幼稚的行为。

不管怎么说,登陵的孩子永远是纯洁可爱的——少年天籁,其乐也无穷,他们正是我儿时的影子。望着这一群群活泼灵动的身姿,我真想赶上前去呼唤他们,提醒他们:人生,恐怕并不在于盲目地登高,关键还在于生活得有追求,有探索,以至有深度。

(注:此文原载于《中国散文鉴赏文库·当代卷》,百花文艺出版社,1993年7月出版)

李广墓记

天水出现过一系列历史名人,西汉李广便是其中之一。耤河穿城入渭水,南岸2公里处文峰山山腰的石马坪,遗有李广坟墓。

这位勇猛矫捷、精骑善射的名将,在40年戎马生涯中与匈奴作战70余次,屡建奇功,威慑边关。千年过后,李白、杜甫、王维、王昌龄、李商隐还对他痛惜不已。英雄的战绩在历史长河里也像个丈八高的灯台——照远不照近。在当时,李广的遭际并不顺当,64岁那一年出征远塞,迷道误期,他是掣开激愤的锋刃自刎于沙场的。

坟茔前是方形尖顶墓塔。塔后紧依着巨大的半球形坟堆,周砌青砖,青草封顶,那野草相当茂盛。早年的楹联"虎卧沙场射石昔曾传没羽;鹤归华表沾襟今再赋招魂"已经没有了。偌大个石马坪也只余下两匹断首残躯、造型轮廓十分朦胧的"石雕骏马",乾隆年间立下的"汉将军李广之墓"的小石碑,被坟头披离下垂的青草遮住了脑额,轻风乍拂,碑身如披草的鬼魂,令人心悸。

在这里,黄泉下沉郁的悲愤气息压倒了疆场上短暂的、驰骋的英武气概,四近无形中便有些苍凉。沿渭水东行400余里,马嵬坡那个逗惹得皇帝哭哭笑笑的杨贵妃的坟墓,屋宇翻新,诗碑成廊,参观者络绎不断,比李广墓阔绰多了。

李广墓夜静时苍凉,白天并不寂寞。小学校已经占据了石马坪,墓园裏在校园里。距坟茔5步之外的阶下,排着低矮的校舍。小学教师晚上备课,恬柔的灯光漫过窗棂,可以照亮坟头上萋萋的芳草和流萤似的小花。我们在墓前照相时,小学生挤上来看稀奇,男男女女,不言不笑,水灵灵的眸子直瞅着我们。上课铃响了,孩子们小雀儿一样飞进教室,教室里立即书声琅琅。

拼着命打了一辈子恶仗、硬仗的李广,如今与勤谨善良的家乡子弟朝夕相处,与纯洁天真的性灵为友,与亲昵的乡音为伴,和平宁静,天籁似水,也算是身后一乐。尽管当年是自杀在荒漠草原上,山遥水复,尸骨运不回乡,这墓里实际上只埋着一盔、一靴、一战袍而已。

步出校门时,聆听着身后的读书声,我心里忽地沉了一下:现在兴学习古文,孩子们会不会从课本里翻出李陵的《答苏武书》呢?这则催人泪下的文章里可是有这样的话:"陵先将军,功略盖天地,义勇冠三军,徒失贵臣之意,到身绝域之表。此功臣义士所以负戟而长叹者也!"这一位"陵先将军",指的可正是李陵的爷爷李广啊!

读书至此,教室里的孩子们自会情不自禁地凝视窗外。窗外是静寂不动的、蔓草迷离的一座古坟……

(注:此文 1990 年 8 月 31 日载于《人民日报》)

文武天水

军旅情结

秦岭西端万山簇拥,天水就处在峰峦簇拥着的怀抱里。这地方有点像贾宝玉脖颈上系的那块通灵玉,是秦陇之间难得的一块风水宝地。"无风云出塞,不夜月临关",此地与军旅有长远的、密切的关系,历史上就是军事重镇。有人说"关西出将":

纪信(?——公元前204年)天水人,舍身救主,被汉高祖封为"忠烈侯",可以说,没有纪信或许就没有汉王朝。

李广(?——公元前119年),秦安人,勇敢善战,世称"飞将军",与匈奴作战七十余次,是中国历史上名副其实的战神。

李陵(?——公元前74年),李广之孙,善骑射。与爷爷李广的命运是殊途同归,归宿于凄凉的悲剧结局。

赵充国(公元前137——公元前52年),天水人,生前身被殊荣,死后,清水县有个挺像样的墓陵。

段会宗(公元前84——公元前10年),天水人,汉元帝时任西域都护,各国敬其威信,名重当时。

隗嚣(?——公元33年)新莽末期,这个秦安人被当地豪强拥立而割据一方,拥有天水、武都、金城等郡。曾自称西州上将军。

这里仅点出六位。两汉时期,能有这么些非同凡响的名将出自天水,着实是了不起的。

作为古战场,天水耤河南岸,最近出现了新修的天水八景之一的"诸葛军垒"。从前是阔大的一个土墩,日中无影,人称"无影墩",墩前有门楼式碑亭,亭围是交柯成荫的青松翠柏。"渭河浪卷英雄去,剩有寒云自往还",无形之中,这景观像梦一样悄悄流散了。目下新塑的孔明先生端坐在白色的石砌方台上,手摇鹅毛羽扇,静静地眺望着闹市里闪烁不已的霓虹灯。

遥想当年,耤水之滨是洪水抹下的荒漠平滩,一支长驱的队伍从巍峨险峻的秦岭上下来,旌旗猎猎,征尘仆仆,尚未安营结寨,三军的统帅——那位坐在四轮车上的羽扇纶巾的诸葛亮便要先行检阅。清水细浪,平沙漠漠,主帅哪来个站立的台子呢?也不知是哪一位精明的大将(当是孔明的心腹),向全体士兵下了这样一道命令:"天水乃膏腴之地,水土很好,我们不存在不服水土的问题啦。各人将从蜀地带来的'乡土袋'里的盐土倒出来。顺便脱下鞋子,将一路上钻进鞋里的砂土也倒出来。"

蜿蜒曲折的队伍挨次经过耤水之滨一个指定的位置,士兵们个个依令行事,长蛇蜕皮、秋蝉脱壳似的,队伍过尽,地面就拱起了一个战鼓形的大土墩,诸葛亮当即有了自己的点将台。千多年过去了,那一支神奇的队伍早就化作了飞龙似的一缕云烟,这个不起眼的土墩却钢钉一样铆在原地,能勾起后人丰富的联想:

——翻山越岭,长途奔袭,千军万马,星夜兼程,自蜀中而入陇右,何其艰辛;

——退若山移,进若风雨,分如蛇虺,合战如虎,这是"赏罚肃而号令明"的一支劲旅;

——军旅如云,猛将是云中的闪电,上上下下,铁桶一样紧紧凝聚在自己主帅的周围。

登上军垒,游人眼前自会浮现出孔明"推演兵法,作八阵图"的奇瑰景象。现在不同了,耤河流水似马尿,诸葛军垒土变洋,只是正襟危坐的孔明先生未著西装、未系领带罢了。

作为古战场,从前的天水城到处是耐人寻味的街巷:飞将巷、尚义巷、关爷巷、仁和巷、旗杆巷、忠武巷、亲睦巷、澄源巷、玩月楼巷、窦滔故里……单是那个旗杆巷,就让我这个军旅中人回味不已,"铁马夜嘶千里月,雕旗风卷万重云",这巷子分明是专造旗杆的所在,天水的战斗气氛该是多么浓郁,多么火烈,又何等迷人。现在改建了,高楼林立,旧巷难觅,灯红酒绿后庭花的商家气象彻底取代了撼人魂魄的勇烈气息。

好在石马坪李广墓的整修已初见规模。陪同我的王耀老人说,墓两侧空地上拟种桃李,以取司马迁"桃李不言,下自成蹊"之意。墓前的塔碑上,也恢复了"蒋中正"的题字。1946年蒋介石来到天水,名义上是为视察天水骑兵学校而来的。在他来之前几年,他就为李广墓郑重地题了字。"国乱思良将",蒋氏内心恼火羽翼丰满了的共产党人,分明是奔着天水驻军而来的。

驻守天水的人民军队里,1986年出现过"战斗英雄"赵怡忠、牛先民,后又出现过誉满全国的"活雷锋"李润虎。邓小平、胡耀邦、江泽民、张震、张万年、刘华清这些国家与军队的重要领导人,都先后来天水看望过自己的部队。在全国地市一级的地区,这种现象实不多见。

我以为,天水与军旅的关系,在中国土地上是独树一帜的。

诗圣在天水

秦之先祖非子因在秦州为周孝王牧马有功,被赐姓为嬴,封地为秦。天水作为秦的发祥地,历史积淀厚实,文化品位卓越,在西北地区,格外引人注目。唐乾元元年(公元758年),杜甫因上疏救房琯而获罪,被贬为华州司功参军。翌年关内大饥,杜甫"满目悲生事,因人作远游",七月辞官,自华州携家西行,进入天水。有人说杜甫在天水住了三个半月,有人说住了四个多月。

流寓陇右期间,他写下了117首诗作,几乎相当于每天一首。朱东润先生指出:"乾元二年是一座大关,在这以前,杜甫的诗还没有超过唐代其他的诗人;在这以后,唐代的诗人便很少有超过杜甫的了。"

冯至先生认为:"在杜甫的一生,公元759年是他一生中最艰苦的一年,可是他这一年的创作,尤其'三吏''三别'以及陇右的一部分诗,都达到了最高的成就。"杜甫时年47岁,足迹到了他生命中西行最远的所在,所吟下的诗作在艺术上达到了最高的成就,而这两个"最"字,正是在他一生中"最艰苦"的岁月里完成的,所以也在天水留下了"文章憎命达,魑魅喜人过""笔落惊风雨,诗成泣鬼神"的千秋绝唱。风雨魑魅、文章鬼神,无妨说,杜甫的"诗圣"地位,是在抵达天水之时确立的。

杜甫陇右诗里有一首人们不大留意的《太平寺泉眼》,内有"取供十方僧,香美胜牛乳"的诗句。我们去甘泉镇找到了太平寺里的这一泉眼。而今水位下沉,已经变成小亭里的一孔小井了。一位面部有血斑痕迹的小尼姑遵镇长之命,用小桶提水上来,当时正值冬至前夕,我们几个人各自痛饮一杯,井水下肚,确实是"香美胜牛乳"。

井亭南侧是"双玉兰堂",镇长说这两株牛腰粗的玉兰树绽花时一粉一白,香弥寺外。我在南方、北方见过不少的玉兰树,尚未见过这样高巍、健旺的天地杰作。我忖度,这等天姿国色,当是不远处的牛乳香泉长期滋润才渐渐调理出来的……难怪齐白石老人在九十高龄时还为之题写了"双玉兰堂"几个苍劲的大字。

杜甫在秦州诗里未提及双玉兰树,我推想是千年之前花枝尚幼,而边上的泉水又香美诱人,这双玉兰村野小女似的伫立井畔,一时未能引起诗人的留意。时光如梭,岁月不居,现在,泉水虽是下陷三尺,玉兰树却已琼花凌空,倚住树身静静地远眺耸峙于东南畔的烟云缭绕的麦积山,能深深地体味到人生的短暂与渺小。

从陇右诗里可以看出,杜甫当年是寓居在麦积山北麓的东柯谷,且在西枝村一带时相走动。东柯、西枝,证明这地方确实生长过一株高巍神奇的古松,只可惜在20世纪之末,被一群愚妄的壮汉下了一番死功夫给砍伐了!现在,从哪里还能见到这生长了数千年的古松呢!杜甫暂居之地,现在称街子乡八槐村,前些年八槐村修葺"杜甫草堂",也只修了个半拉子。

半拉子草堂里住了一位正劈木柴的中年汉子,他停下手中活路,领我们进到茅草苫顶的屋子里。屋里也还清爽、干净,只有正面墙上拼贴的四幅白纸黑字与杜甫有涉。三张纸上书写的杜诗分别是《蜀相》《春夜喜雨》《绝句·两个黄鹂鸣翠柳》,狂草如飞雪的书法我不敢恭维,这三首诗也都是杜甫离开秦州之后在成都草堂里的作品,而今被写进东柯谷,于时于地为南辕北辙。另外一张白纸裹在三首诗作之正中,突出一个大大的"佛"字,佛字左下角是十个小字:"酒肉穿肠过,佛祖心中坐"。

杜甫是否信佛且不去管,他流浪在"朱门酒肉臭,路有冻死骨"的社会上,乱发过耳地奔波在东柯崖谷里,不得不采橡栗以自给(橡栗本是猴子的食品)。杜甫当年离开秦州而南行的一个重要原因,是"无食问乐土,无衣思南州",他的温饱要求低得不能再低了,只要有个"充肠多薯蓣,崖蜜亦易求"的地方能维持一家人的生命也就将就了。而今在这里贴出什么"酒肉穿肠过",着实看不下去……

杜甫早就说过:"世人共卤莽,吾道属艰难。"天水在文化底蕴上诚属富矿,而像东柯谷这样东拉西扯地开发旅游业,在文化方面却显然属于"鲁莽"行径了。

祁连雪色

两千里河西走廊,"走廊"这名儿谁起的,起于何代? 谁也弄不清。走廊的地面太空旷、太阔野了,西上的列车,速度显得缓慢,气势也不雄壮,旅人静坐窗前,常常凝望南面的祁连雪峰,沉思、默想。

千里素白,横亘长天,不同于中原的青翠山峦,不同于岭南的雾峰云岭。伏天,雪水融汇成万千条无名小溪向下奔流,山中雪线便徐徐地往上方推移,下奔的溪流是那么湍急、紧迫;上移的雪线又那样的迟缓、冷静。雪花飘落人间,纯洁是纯洁,从来是短暂的。祁连山,却将纯洁素练似的摊开得这样长远,贮存得这么永久,旅人留恋它,它又总是与旅人保持着相当的距离、高度。

掠过绿洲,走廊地带没有多少草,芨芨、沙蒿、骆驼刺,呈灰黄色,紧紧地贴住地皮,仿佛是几个黄干蜡瘦的老人的剪影贴在戈壁上似的。这辽阔而贫瘠的画面上,最肥的动物是宽角绵羊,最高的是褐色的骆驼,羊与驼是靠细致地、耐心地、一遍一遍地啃啮稀寥、带刺的草,一枝一叶,一撮一股,才成就了自身的肥巍。没有祁连雪山抛下的流苏一样的无数细流,漫漫戈壁会连这可怜的小草也没有。小草,是雪山乳汁滋养着的绿色的琴键,驼、羊,是键盘上缓缓弹出的流动的音符,丰满的音符。

走廊里常走风沙,风沙用粗糙的巨掌,用野性的脚板,踢踏得千里长廊光秃秃的,外表上简直存不住什么有价值的物什。因为有了祁连雪,很古的珍宝,反倒给保护住了。酒泉西南20多公里的文殊沟里,有创建于南北朝及北魏、隋、唐的庵观寺庙三百余座,石室、洞窟三十余处;瓜州县城南70公里处是万佛峡,在踏实河切割成的两旁崖岸上,还存有四十多个洞窟,窟里有座唐代的佛爷坐像,22米高,头还没有顶出踏实河岸;敦煌莫高窟,在大泉河西岸的鸣沙山下,存住了四百九十二个洞窟,数千身塑像,最高的33米。东千佛洞、西千佛洞我闹不清楚,单是这文殊沟、踏实河沟、大泉河沟,不都是祁连雪水千秋万代地奔流、切割、刻画,才形成的么?

祁连山上倘若没有雪,在这暴戾、残酷的大漠上,永远微笑的佛爷群、非男非女的菩萨们,哪儿去栖身呢?平川洼地聚湖泊,高原沟壑藏墟落,沙漠里深深的河谷,是神仙们的安乐窝,人们世世代代给佛爷、菩萨晋香、礼拜,佛爷、菩萨也应当向祁连山叩头作揖的。

走廊北侧,断续的马鬃山、合黎山、龙首山,比祁连山矮多了,祁连山是屏风,它们就只是屏风下的茶几、小凳。这里燥寒交袭,剥蚀严重,砾石裸露,分布着地质队的钻塔。钢质钻杆,金刚石钻头,呼隆隆向地心钻探。下面不见土,尽是一层层大理石岩、灰岩、花灰岩,钻机日夜高速运转,钢石研磨,钻杆里得不断地进水,降温。这水,是一辆辆卡车从疏勒河运来的,是祁连山的雪水。刚柔相济,冷热并进,工人们才从千米深的岩芯里探出了闪光的钼、银、铅、锌之类的矿藏。一旦断了水,要不上几秒钟,价值昂贵的钻头就会烧毁。在人手里,要用空际的雪,浇灭地下的火,地底才肯奉献出宝藏。

祁连雪从高处所输送下来的是生命,是珍宝,是力量,另外也养育过一系列顶风而进的人物。除精骑轻行的张骞、虔诚合掌的玄奘、"我与山灵相对笑,满头晴雪共难消"的林则徐之外,"卤薄山河暗,琵琶道路长",还有那和亲远嫁的细君公主、金城公主、文成公主……他们含辛茹苦,仰对祁连,也深深地吮吸着祁连清气,领略空际琼瑶的高洁情愫了。"燕颔虎项,飞而食肉"的西域都护班超,居塞上三十一载,晚岁上疏乞归:"臣不敢望到酒泉郡,但愿生入玉门关。"年轻时从高洁的雪山底走出去,暮年里也乞求归骨于始终高洁的雪山之下,磊落襟怀存得住冰雪,所以也就是名垂青史的"英雄"。肃州酒泉里涌流的雪山水,真不愧是天地间最纯洁、最清醇的酒。俗世的酒瓮酒缸十年二十年封埋于地底,走廊的酒,却永远贮存在寒素彻冷的云天里,拂晓昏暮,祁连山巅云海苍茫,唯见雪峰一道,银龙似的,蜿蜒浮游在白云里——它是在白云里酿酒哩,龙体透亮,比白云亮多了。

河西走廊不能没有祁连山,祁连山又绝对不能没有雪。

遗憾的是,当代的走廊仍嫌太空旷了。矮树零散,泥屋小小,乘车穿行,不像关中、中原、幽燕、江南那样,村树簇簇,城垣似地隔断视野,望不出多远。这儿静物中最显眼的,一是被长风切断剥蚀着的汉代长城,二是牛腿粗的杨树。汉长城乃打垒夯筑而成,原本结实,对当地人已毫无用场,就像报废的列车车厢,历史的负载太重,一节一节被甩脱于走廊,再不能动了。有的被风沙揉搓成马、羊、狮、驼的模样,石相生似的,孤落落列成一行,是造物遗下的别一类文物。

杨树生长在一片片一坨坨的绿洲上,它们能苟活于渠畔,与长城相反,恰恰是因为对人们有用(且是速生材,很快就有用)。松槐生长慢,周期长,急用的人们就不大种植,在内地,松槐多高擎于寺刹梵宇,大山野陵,在这儿,松树就只好长到人烟稀少的祁连山里了。取用过急,走廊上这杨树也就长不大,把掐手卡,够材料了,明晃晃的斧锯就上来了。用这等木料作栋梁盖房造屋,又怎能高大、怎能宽敞呢？树矮，风就厉害，风疾，小泥房只好学那枯黄的刺草的样儿，匍匐于地。从生态来讲，这就是恶性循环。

这缺陷，有负于祁连雪山的高情厚意了！人间尚高洁，大地要春色，雪水乳汁哺育着的河西走廊，人事理应是坚韧的、顽强的，草木也应是华滋、繁茂的。

（注：此文原载于《中华百年游记精华》，人民文学出版社2001年6月出版；并载于《窗前的青春》，中华书局2008年6月出版）

风库安西

出嘉峪关,戈壁渐渐开阔,沙漠也雄浑起来。有人说,这里是诗人想象的翅膀张扬得最恣意、最自由的所在,其实,诗人独占不了,这里也是内地各色人等流放巨大梦幻的地方。

沙海蜃景,时现于前方,动辄是清漾漾的湖泊,波湛水碧,淡烟浩渺,舟巧岛碎,倒影历历,明明在前边不远,飞一样的小汽车无论如何也撵追不及,车速太紧,竟消失了、没有了,车外只留下一片炉渣样的戈壁,望之悚然。

传说,河西上古时代为西海,汪洋恣肆,鸥飞鲸扬,是喜马拉雅山的造山运动,隔断印度洋,水退了,水鸟水族,能走的走了,走不动的灭了,海底就现亮出沙石块儿来了。如今,这古老的海底沉积物仍做着残留的清波梦,海魂在斜阳梦境里时时来撩拨燥热,爬行的汽车像水底的小甲虫,我们坐在车里,窥见这梦影了,竟一时发昏,想接触它、进入它,怎么可能呢?

嘉峪关西北边的黑山,灭绝人迹,黑山崖石上却有稀奇古怪的石刻,石刻被仿制成方砚形的块儿,正摆在嘉峪关的大玻璃窗里出售。光怪陆离的刻纹,表示什么,谁刻的,刻于何代?一下考证不来,但听考证者说,这黑山石刻的纹样,与内蒙古的阴山石刻,与广西的花山石刻,三地竟一模一样。于是,有人怀疑这是别星球上的天外来客的作品了,购买的人也就一下子多起来。

"大漠孤烟直,长河落日圆",是诗苑里著名的佳句。小车司机和同行的画家老冯,还有一位地质队的陈师傅,是经常在沙漠行走的人。他们认为,"孤烟直"里的烟实际上指的不是烟,而是大漠上的龙卷风。此说我在书本上见到过,死活不敢信。车行数日,夕阳沉没之时,远际天边不时见到龙卷风旋起的沙柱,笔直插天,似乎凝住不动,至此我才信服了:古人行经大漠,渴热得要死,还要烧什么呢,光溜溜的沙上,又有什么可烧的呢?即便是无风天里的烽燧狼烟,无论如何也无法与磅礴的长河落日相般配。千年前的王摩诘,能化此迷离远景成好诗,眼力不俗,笔底有神助。

疏勒河畔桥湾附近的沙漠上,距公路不远,有一寂寞古城,黄土版筑,粗率简陋,但见城垣尚好,雉堞女墙犹齐,城外城里,尘沙铺地,空空如也。中原土地上的城是砖城,十有九被拆了;河西沙漠上的城尽是土城,十有九还存在。此城叫梦城,起因是康熙皇帝夜晚做了个梦,梦见一座奇幻的城,翌日上朝,就要臣子把这个梦在现实里给寻找出来。人稠的地方,臣子不便撒谎,于是就在这远远的荒漠上捏造了个土城,驿马飞递,传报京都,去证实康熙皇帝的英明、远见……城还在,可惜闹不清楚,当时的康熙听到驿报,是怎么表态的,笑呢,嗔呢,还是缄默?

尘沙幻影,人臣伪真,搅得我乏困的头脑晕晕乎乎。黄昏时分,小车飞似的驰进了安西县城。

安西乃有名的"风库"。一年里,八级以上的大风达 90 多天,吹得天昏地暗。我们赶得巧,天光晴和,微风不兴,满眼水晶宫似的空明。县城新筑,罕见的洁净之乡。一律青砖平房,玻璃明窗,房前统一是砖砌花墙,花墙间门楼低矮,格式雅致。街道水泥地面,宽直干净,没有坑洼补块,没有尘沙纸屑,也不见一个清洁工人。"风库"多风,秽物大概全都刮走了,吹得没影儿了。街旁种花,一人高的波斯菊,蝴蝶大的朵儿绽得正繁,波斯菊茁壮,将花畦里掺杂的芨芨、芦苇,排挤成小茅草了。小城外是密匝匝的沙枣树、柳树、胡杨树,一律低矮短粗,统统看不见根脚,风库里风要进出,风尽可以从它们的头顶碾过去、吼开来,却摧不折、拔不掉它们。绿树们像是齐齐上举的碧绿的扫帚,扫净了风的巨轮,也扫净了风后长天……

夜幕降临了,天旷星朗,一月如钩,整个安西城,镀一层幽幽的青光。汉代,这里叫冥安县,唐时改为晋昌县,宋称瓜州,清代才叫安西的。它处之于中西交通要冲,为河西重镇之一。

千百年来,这里走过骆驼客和牧羊女,走过单于与可汗,也走过戍卒和将军。刀戈、长鞭、鼙鼓、羌笛,都像是风库里的风一样,远远地去了,一去不返了。眼前的安西城,崛起的是一尊崭新的勇敢的生命,是一个强健的、弯弓搭箭样的灵魂。

我们从旅途上的梦幻状态进入了安西城,安西城却绝不是一个短暂、甜蜜的清梦,它是一颗在风地里闪射光彩的沙海明珠。

今日贺兰山

层石叠压起伏的色色石棱一如披开的马鬃,一峰一马首,千峰成千骑,群骥北昂,长鬃后曳,不知是马蹄疾呢还是朔风烈?势态骎骎,仿佛有声。唐代《元和郡县志》载:"山有树木青白,望如驳马,北人呼为'曷拉'(转音为'贺兰')。"而今的贺兰山,没有什么树木了,驳马的形象却依然如故。

这座山集中了我国六分之一以上的大地震,是蕴有火气的、或者说是火气挺大的一座山。

九百年前,元攻西夏,为毁其地脉,灭其旺气,恣意纵火烧山。"云锁空山夏寺多",当年的37处山口无口不寺,现在呢?只剩下大武口的一座寿佛寺,其余的统统烟消云散了。

人类战争的火气,与大山固有的气质相辅相成。绵亘500余里的山脉北端多煤,厚处达30多米。糟糕的是,有些露天煤矿形成自燃,怎么也扑不灭。我们驱车进入一条深沟,远远地就冲来了呛人的煤焦气味,崖上的灰色煤层里正闪动着一坨坨火炭,仿佛病危高烧的患者睁开了血红的眼睛,令人惊悸、不安。大凡行经秀丽的山,人是须眉沁绿,肺腑生津;从贺兰山穿堂过,我们却是"满面灰尘烟火色",鼻孔变成了两眼小煤窑,里面是抠不净的黑灰。

一座接一座的丑陋山包,很像是太上老君赌气时从天宫摔下的焚余的炉渣,只在水沟、河滩里才现出星星点点的绿色,色气比飘飞的浅色蝴蝶还要淡泊。前些年我去过中越边境,茂草没人,几与丛林混同;这塞北的山里却是矮树如草,漫不住鞋底。反差太大了。

山里有泉吗？进得山来，我就住在"八眼泉"近旁。仔细数了数，只有五眼泉水。一位军人告诉我："从前，住在这儿的部队想进一步扩大泉眼，埋进炸药，不料想一声爆响，三眼泉哑了，怎么刨也寻不见了。"莫非是山泉有灵，畏怯暴戾的炮火硝烟么？沟里泉水漾动，半山腰的明代长城却渐渐地隐灭于乱石丛中，不经知情者认真指点，看不出眉目了。清泉为山之灵乳，欲疏则壅蔽，长城是人系的腰带，逐渐在剥落。贺兰山有它神秘的心性。

山高泉深，其水不寒。零下30摄氏度的严冬，泉水还泛着热气，沾濡在泉畔的青草，漫天飞雪里翠盈盈的。塞外朔方，简直不可思议。八眼泉位于北山正中，属宁夏地域。朝西翻过山脊便闪入内蒙古地界。去阿拉善左旗的途中，下山时逢遇一汪泉水，停车洗手，水寒彻骨。同山之泉，穴位不同，蕴藏的火气就轻重有别。

偌大个山区，散布着我们的军队。没有泉水的地方，只有用毛驴拉水。可以说，在所有的活物中，驴儿是贺兰山里的一宗宝贝。

中将皮定均在西北当司令官时，指定贺兰山每个连队要喂养三头驴，每驴每月五斤料，与军粮一道如数下拨。驴儿拉水之外，哪个同志的恋人或者爱人进山探亲，也便套上铺有艳丽花被的毛驴车专接专送。皮司令早就不在了，连队也早就废除了养驴的章程，而老乡家的驴仍在山沟里三五成群地蹓游（山里庄户不多，驴儿却随处可见）。尤其是晚上灯熄人静时，驴儿就从一道道山沟里蹓到部队营区里来了。每到后半夜，门口窗前"沓沓"乱响，你拉亮灯，再拉开门，灯光里是一大堆白唇长脸的毛驴，水灵灵的大眼睛瞅住你，似曾相识，似有所语，不进也不退。方才那"沓沓"响声正是四蹄跺地的声音。山夜漆黑，狰狞巨石如怪兽，而部队营区操场平坦，驴儿自动集拢过来了，是恋旧呢？或许是"寻根"。

我的住室就近八眼泉,窗外有一方小巧的"贺兰山公园",匾额题字是胡公石老先生的手笔,园内百余株自山外移植的一人高的马尾松,夜间被驴儿揪光了嫩叶,惨不忍睹,谁见了都会对毛驴表示愤慨。胡公石是于右任的入室弟子,老先生要是晓得自己题匾的公园成了这样,八成要气得发昏。

驴儿披着苍茫夜色乱窜,这在山里早有传统。部队早年进山无所谓营区,也缺少帐篷,有的就在河滩旁掘下的地窝子里过夜。一长溜地窝子表面苫着席片,遮沙挡风。有一个家在南方水乡的排长,带着新媳妇赶进贺兰山度蜜月来了,小两口就睡在地窝子里。一个后半夜,好梦正香,"扑嚓"一声,席沙俱下,有巨物压体,排长一声惊呼,媳妇一下搂紧了他的腰。排长伸手四摸,摸出有毛茸茸的四根柱子插在角上。战友们闻声而起,举灯照明,齐声发喊,硬是从地窝子抬出了一头大黑驴。驴儿不亢不卑,扑棱双耳掸掸沙土,迈开四蹄悠然而去。听到这个情景,我忽然记起卢汝弼的诗句了:"半夜火来知有敌,一时齐保贺兰山。"联想及此,自己也哑然失笑……

自北端斜伸出去的石嘴子形成很古。石嘴子伸进了黄河。两岸石崖对峙,黄河水过之"似口喷水"。谁也料想不到,1960年,这里突然成为"石嘴山市",而且是宁夏境内仅次于银川市的第二大市。

名为"石嘴",实际上比"铁嘴、钢嘴"还要厉害,纯粹是为了"咀嚼"贺兰山而勃然崛起的,是冲着莽莽贺兰山迅速壮大起来的。工业化的触角深深地扎进山里,山里形成了8处煤田,28个井田。中外眼馋的无烟煤"太西乌金",以汝箕沟所出最负盛名。在吉普车上,我向在此驻守多年的张明选团长打问"汝箕沟"的来历,他幽默地说:"这宝贝地方是三个女人最先发现的,发现后就端着畚箕筛取煤炭。三女为'汝',就叫汝箕沟了。"干涸委顿的山峦,如赤身裸体、屈脊扭腰的莽汉,那有敢来的女人呢!车上的人全笑了。

丑山多宝,煤之外,石灰岩、硅石、水晶、沙金、方解石、白方石、辉绿岩的蕴量也相当可观。50年前,李四光就有所预言。

傍晚时分,天光洁净,夕阳斜铺,山峦的阴面更加阴暗,阳面则是放光似的异样的明亮,整个贺兰山诸峰像是堆叠而起的大型金块,万般凝重,万般寂静,璀璨、神奇、壮观……

(注:此文原载于《百年百篇经典散文》,长江文艺出版社2002年9月出版)

定军山月

> 汉水之滨,定军山下,自南而北一字儿排开的,有武侯墓、武侯祠和马超墓。
>
> ——题示

马超,字孟起,东汉伏波将军马援之后。"男儿要当死于边野,以马革裹尸还葬耳,何能卧床上在儿女子手中耶!"正是马援留下的军旅誓言。曹操是杰出的大英雄,马超与之有灭族之仇。曹、马潼关交锋,马超雷厉风行,直杀得丢盔撂甲的曹操发出这样的惊呼:"马儿不死,吾无葬地也!"曹操一生,称许过刘备、孙权,对马超的喟叹,应为第三位。后来马超投奔刘备时,刘备正兵分两路进军益州,且直取刘璋的大营成都。马超"密书请降"而率兵直抵成都时,刘备万分欣喜地说:孟起"信著北土,威武并照",今来投我,"我得益州矣"。《蜀书》记载:"先主遣人迎超,超将兵径到城下,城中震怖,璋即稽首。"

民间早有"天下英雄数马超"的传言。镇守荆州的关羽素闻马超威名,今又归蜀,按捺不住自己,便给诸葛亮去信询问:"超人才可谁比类?"并提出离开荆州到西川与马超较个高低。诸葛亮深谙关羽的性情和心理,乃答之曰:"孟起兼资文武,雄烈过人,一世之杰,黥、彭之徒,当与翼德并驱争先,犹未及髯之绝伦逸群也。"关羽须髯丰美,故亮谓之髯。收到复信后,关羽得意地抚髯而笑,将诸葛亮的来信让宾客们递相传阅。这件事发生在公元214年。公元219年,黄忠在定军山斩了夏侯渊,刘备欲封黄忠为后将军,诸葛亮曰:"忠之名望,素非关、马之伦也,而今便令同列,马、张在近,亲见其功,尚可喻指;关遥闻之,恐必不悦,得无不可乎!"由此可见,在"名望"二字上,诸葛亮对关羽的迁就、纵容是入微的、一贯的。

刘备是在公元219年当了"汉中王"后才封关羽、张飞、赵云、马超、黄忠为"五虎上将"的,诸葛亮答关羽书,尚在五虎上将封列之前。倘是允许假设历史,真的就让马超、关羽在马背上见个分晓,谁敢断定马超不会坐第一把交椅呢?!君不见,《三国演义》每写到关羽在战场上挥刀出阵,皆用虚笔,而写到马超的一杆长枪,则如蛟似龙,翻江倒海,直杀得天昏地暗。诸葛亮在信里赞关羽"绝伦逸群",也只是权宜性的安慰式的赞词,不过是给"髯"公戴了顶纸糊的"桂冠"罢了。这顶"桂冠"在客观上是助长了、也宠惯了关羽的倨傲心性。

诸葛亮对关羽一而再、再而三地宠之于内,吴国的陆逊代吕蒙镇陆口(湖北嘉鱼)时,从挫蜀的战略上着眼,便对心高气盛的关老爷吹捧于外。陆逊在给关羽的信里写道:"于禁等见获,遐迩欣叹,以为将军之勋足以长世,虽昔晋文城濮之师,淮阴拔赵之略,蔑以尚兹。"关羽看了陆逊的信,"意大安,无复所嫌"。陆逊觑准时机,暗施手脚,终于使骄矜自大、刚愎自用的关老爷"大意失荆州",在蜀汉的天上戳了个谁也无从补救的大窟窿。

荆州失而关羽殁,刘备则愤而伐吴,诸葛亮所制定的"联吴抗魏"的大政方略,彻底变成了一纸空文。呜呼!性格决定命运,而关羽这个性格,决定的分明是整个蜀汉的命运。

作为军事统帅,对所属的诸多将领的调理和调度,诸葛亮夙兴夜寐,小心翼翼,已经是尽到最大心力了。战将与战将之间,矛盾不可能彻底平息。单是这关羽与马超的名分问题，诸葛亮也只能依势平衡，妥善调和。杜甫写过一首叹惋诸葛亮的诗："功盖三分国，名成八阵图。江流石不转，遗恨失吞吴。"可诸葛亮怎么也没有料到，自己终生最大的遗恨，正是这个被他一宠再宠的关羽一手炮制的。

关羽于公元219年被杀，张飞于公元221年被害，刘备于公元223年辞世，镇守阳平关的马超也在公元223年病故了。阳平关北依秦岭，南临汉江与巴山，雄峙于西通巴蜀的金牛道口和北抵秦陇的陈仓道口，历来为"蜀之咽喉""汉中门户"，公元227年，诸葛亮伐魏时来到勉县，令超弟马岱挂孝，他亲自祭奠马超，心里无疑是很伤感的。

在诸葛亮与马超的祠墓之前，回响着历史行进的沉重足音。

（注：此文2010年2月5日载于《光明日报》）

新生的土地

黄河九曲奔流万里,仿佛在孕育着一方最年轻的土地。

秋天的垦利县黄河口,高可没人的芦荻漫无际涯,白色花絮在微风里此起彼伏,滔滔白浪之上散布着麦垛形的柳树之冠,绿冠上不时游弋出丹顶鹤优雅飘逸的姿影。无意间俯瞰,会发现芦荻根部是清浅明净的秋水,伴和芦荻而生的是齐刷刷的荆条样的绵柳;退水之湿处,柳荻间杂有疏落的野菊,野菊想一睹天际的白云与仙鹤,尽量地翘足仰首,充其量也只能将灿灿菊蕊簪至柳荻的胸部。

溯河口西行,渐渐有了人烟,芦荻也悄悄然换成了秋稼;绵柳消失,柽柳则于田畔显形,仔细去看,这柽柳正是西部沙漠上常见的红柳。柽柳围护着的青色玉米棒太壮实了,个个如微弯的水牛犄角;棉田里的棉株半人高,白生生的棉花自下半腰直绽开到顶梢,仿佛将东畔芦荻花絮进行了特殊提炼,凝结成拳,比雪还白。稻穗与向日葵籽盘饱满过剩,沉甸甸地俯首下垂,虔诚地向大地鞠躬。友人说,这里的大米比宁夏河套产的还要香美。河套素有"塞上江南"之誉,我对他故意地指指身后:"这地方浩茫接天的芦荻,比不得水稻,仅仅是自然风景吧?"友人当即摇头:"这芦荻是造纸厂的头等原料,收割季节,一斤的收购价在一元以上。一根芦荻就一二斤重哩。"

足下这沉静的土地,为什么这样的肥美厚实、丰饶秀丽呢?思前想后,仍得从黄河入海口说起。

大海自成体系,自昆仑闯下来的黄河注定要冲进蓝幽幽的大海,河海相汇处便有了昼夜不息的对阵与抗衡,千军万马短兵相接,在口外海滨澎湃起一线黄蓝分明的巨浪;旭日浴海,碧蓝方明彻辉煌,夕阳坠地,浑黄方染透红晕,清波与浊流戈矛并举,蓝军与黄军厮杀鏖战,"日月之行,若出其中;星汉灿烂,若出其里",在靡昼靡夜的激雷吼荡之中,日月星汉统统被击得粉碎,幻化成与水合一的金屑银沫。长年累月地激荡折腾之中,大河裹挟的泥沙渐渐下沉,口外海滨便呈现出一个平展展的金黄色琵琶造型,这造型之四围,倒是个风浪憩息的独特所在,因为这黄河巨龙实在威猛,将碧黄色的战阵一步步地推向了海域。"琵琶"型的新陆地渐渐扩展。如能自高空俯视,你会惊讶整个黄河流域仿佛似巨型琵琶,万里流水为金黄丝弦,渤海用力地进行弹奏,千秋万岁,咆哮、沉吟,朝朝暮暮地"反弹琵琶",终于弹出了这一方神奇的土地,这是婴儿一样宁静的一方净土。

这方圣洁的新湿地,生生不息,正以年均3万亩的速度向东扩展。她出自浩荡大海与雄浑长河强劲无比的巨掌搓揉之中,显示着自然界倔强、微妙而壮美无尽的生命循环。

静静的喀纳斯湖(外一章)

中国地形图像一只雄鸡,喀纳斯湖则是鸡尾翘起处悬坠的一颗珍珠。到新疆不去喀纳斯湖,当是最大的遗憾。

雁阵南翔,我们从哈巴河县向北挺进。翻山越谷,几辆吉普车动不动是碾着逆流的溪水在河道里朝前冲撞的;横越一条溪流时,水漫进车厢,我们抬腿以防湿了鞋袜,漫进车厢的清水,可鉴须眉,澄澈如镜。车窗外坦荡舒缓的山坡上,铺满了细茸茸的淡黄秋草,碧空如洗,阳光灿烂,湿漉漉的云块自太阳下掠过,山坡上便阴影连绵,仿佛一方接一方地推移着只有月殿天宫里才有的硕大无朋、璀璨绮丽的丝织锦绣。新疆形成的第一款地毯,我猜测是由此启迪而诞生。

大山逶迤,小车在新辟的盘山道上驰骋时,淡远的清风会飘送一朵朵"白云"出山来,定睛细看,那不是云,而是白生生的羊群,羊群最后边才现出一个比羊大不了多少的挥鞭的牧童。三五成群的马儿在水草丰茂处自行盘桓,全然不以风驰电掣的小车为意。忽然间,山坳里趑出的四峰骆驼涌在公路正中,冷不防看到冲撵遽至的吉普车,一下闹不清是何等妖魔,便撒开四蹄沿着公路一溜烟狂奔起来。汽车喇叭声越是焦躁,骆驼越是张皇,边跑边拧过长长的脖子惊视身后。16只盆大的蹄儿"呱哒哒"乱响,滚圆的臀部抖抖颤颤,我们只看见四块褐色的肉团触电似的剧烈抖动……车撵驼奔,一气儿追下去十多里地,直到车上有人叫出一声"当心民族关系噢"(这里是哈萨克族、蒙古族地域,驼自有主),司机这才刹慢车速,四团肉垛就势朝边上一弹,蹦到公路旁的草窝里了;小车一闪往前去了,四个傻大个还瞪圆惊悸的大眼睛伸着头看,不哭不叫,不跳也不骂,毛茸茸的长脸上是一种怪异莫名的神色。骆驼一体汇集人的十二属相的特征,可它们又实在闹不清这凶猛的铁家伙是个什么玩意。

哦!喀纳斯湖!仿佛是峰回路转的若耶溪畔突然现出了荡波浣纱的西施,大伙不约而同地拉直了眼光。

这是海拔1374米的阿尔泰腹地,北畔友谊峰积雪皑皑,宛若纯银碾制的一架屏风,近处,一条条深谷巨壑以强劲的构架勒逼出一方月牙形的、比新疆天池大八倍的湖泊,最深水位达188.5米。湖里是刚刚融化的、清纯至上的满荡荡的雪水,仿佛吸纳了云海之精液,无疑又掺和着雪山之岚气,浅绿、碧翠、湛蓝,自近而远,界限茫昧却又层次分明,不甚荡漾却是变幻奇诡,我怀疑,这是泻离于九霄银汉的天河之水。

阳光辉映,湖水纯蓝湛绿,朵朵白云的倒影,在湖里沁作明丽的朵朵粉红;云掩了日,开阔的湖面立即晦暗,那云絮影像则幻化成一叶叶灰绿色的芭蕉大扇,仿佛随时都可能从湖底煽起掀天的波澜巨浪。雨天、月下、曙色里、飞雪时,这魔幻式的变色湖又是怎样的呢?我忖度,不论如何变幻,其间也不失仪态万方的典雅与深沉。

前些年,传说喀纳斯湖有湖怪,其实呢?是体长三丈的巨型红鱼偶然出游。据说,这鱼是在冰消雪化之日从北冰洋里经俄罗斯境内逆着寒冽碧水闯进来的,在此湖繁衍生息了。攀在湖边栈桥上。我见到了一条被网住的十多公斤的红鱼,头小尾长,腹背饱满,鳞儿极细,这样的红鱼以绝世罕有的姿色上下游弋,四近的雪峰、杉松、白云,怎能不为之提袖旋转、顿足起舞呢!

栈桥后边,湖畔草地上的骏马姿韵天成,鬃齐、尾长,膘形匀称,无缰无鞍,毛色酷似锦缎,好像从来就没有被人类驾驭过。

骏马不远处便是原始森林,西伯利亚型的云杉、冷杉、红松、落叶松,巍列成阵,直插云霄。"林高风有态,苔滑水无声",空气里弥漫着香甜、湿润的幽秘气息。此地暖季常有暴雨雷电,那么多古木被雷火殛仆于地,魁梧的躯干扑倒时将密集的根系揭地翻起,翻起的丈多高的根股蟒蛇似的纠结成团,竟然从雷电里死死地搂抱起一尊尊斗大的狰狞顽石,泥土茅草被雨水冲刷净尽,根已僵死,可仍然紧紧地抠定顽石,仿佛仍要将这顽石勒挤个粉碎。生生死死,纠结不释,谁能说清楚这是爱呢?还是恨?

自然界本无所谓爱与恨的。有的大树跌倒在众树的怀抱里,拗折倾斜,半倚而僵。毁坏,在亲密的家族里毁坏得那么坦然;腐朽,在原始的摇篮里腐朽得那么自在。大凡扑倒折裂者,尽皆巨木古树,且又常常是半边焚烙,火痕如墨,这等景象,与其说是雷火闪电威猛的印记,不如说是古木老树宁死不屈的骸骨。我想接近它们,一脚踏进身边的草丛,碗碟般大的蘑菇与木耳烂脆有声,汁液四溅……

一抬腿,我又退出草丛了。万类万物,宁静时才葆有本真的元气与活力。在这喀纳斯湖畔,我这尘俗中人,还是退出为好。

水文行迹

常人眼里,水的最小单位是一滴。其最佳形象是朝霞里缀在一大片草叶上的露珠:亮丽、柔和、宁静,却十分短暂、脆弱。

一个人如果是一滴水,群体性的水滴可不能小觑。众多水滴如果经久不懈地集中于一点,那将足以穿石(石头是坚硬之楷模)。"滴水穿石"的景象,出现在白云埋大壑的山峦深处,这地方难睹天日,人迹罕至。"阴崖滴夜泉",间断有序的水滴声与我国明代之前铜壶滴漏的音质是一致的,可以说,这阴崖坠落的水滴既是人世间"宁静致远"的一个隐微的注脚,同时又是柔弱中蕴有强韧毅力的特殊显示。

我没能走到长江、黄河的极限源头,但能想见,在那源头的与天相接处,注定是由接连不断的雪水之滴发轫启动的。珠帘似的滴水汇成蜿蜒小溪,小溪自巍峨的群峰间隙迤逦而下,奔流中晶莹闪光,坎坷里劲健灵动,曲折时直如一张张扯开的强健弓弩……正因为一心一意地倾趋而下,便于沿途宽容大度地集纳百川而逐渐雄浑,渐次雄壮的足音长驱远赴,能够摧枯拉朽,勇于劈山斩岭,明眼人一看便知,锐悍如刀箭的溪流,分明是将发源处那万笏插天、无欲则刚的峰峦素质默默地融化在"砯崖转石万壑雷"的胸腔里了。

行进中的溪流一级一级降落海拔,纵身出山,则为江河,这江河开天辟地的力量更为壮观,且看那黄河中段的秦晋峡谷,长江中流的巴东三峡,云南境内鬼斧神工的怒江峡谷,全都是奔流之水锲而不舍镌刻成的造化杰作。今人在这等紧要咽喉处设坝掬库,能产生不可估量的巨大能源。待江河跨越万山叠嶂而步入平原,便忽地展绽开"星垂平野阔,月涌大江流"的壮丽图景——波涛万里自成舟楫之利,登岸灌溉则呈鱼米之乡……

江河的归宿是大海。海陆相较,这个地球上三分之二皆是水。海底最深处 11034 米,将陆上最高的大山沉入其间,山巅仍处于两千余米的水深之下。"江河之大与海之深兮,可以意揣。唯其不自为形,而因物以赋形,是故千变万化有必然之理。"(苏轼)古往今来,有谁能设想这千变万化的海底下蕴藏着怎样的异象和奇迹?

芸芸众生里的普通人，充其量只是微不足道的一滴水。"譬如朝露，去日苦多"，指的正是自生自灭的个人。尘世上至难思议的是：渺小脆弱的个人一旦如水滴那样融入江河湖海而化身为"水"，蜿蜒为龙，龙且点睛，其生命价值可就不寻常了。

"上善若水"，道家的具体象征就是水，这"水"是河伯与海神综合提炼成的象征词。老庄之后，曹操观沧海时望见了水："秋风萧瑟，洪波涌起。日月之行，若出其中。星汉灿烂，若出其里。"400多年后，李世民望见了水："君，舟也；人，水也。水能载舟，亦能覆舟。"又过了1300年，毛泽东吟出了："自信人生二百年，会当水击三千里"的诗句。在这个世界上，谁窥知了水神的奥秘，仿佛也就觅得了天地间至美、大美的真谛，这样的人物，超凡入圣，在历史进程中会留下自己行进的痕迹。

（注：此文2012年1月9日载于《人民日报》）

大地的闪电

> 对于身边永远消逝了的雄奇险峻的景观,趁着记忆犹新,要否录以备忘呢?
>
> ——题解

乘船浏览长江三峡的人们左顾右盼,时俯时仰,无非是在寻觅前人咏叹过的三宗"瑰宝":石头,猿猴,舟船。

一

"功盖三分国,名成八阵图;江流石不转,遗恨失吞吴"。熟悉《三国演义》的人都知道,八阵图是诸葛亮入川时布下的,位于夔州西南永安宫的平沙上,据史料记载,这里的八阵图聚砂砾卵石64堆,长1500米,阔600米,远眺过去,阵中总有如云似岚的杀气冉冉蒸腾。东吴大将陆逊火烧连营700里,乘胜西进,自高坡上瞭望八阵图,其间并无伏兵,陆逊率骑进入阵中,忽然怪石立竖,槎牙似剑;横沙起伏,逶迤如蛇;江涛涌浪,声如擂鼓……出阵之后,陆逊下令撤兵,再也不敢觊觎蜀中。

白帝城东的赤甲山及隔江对峙的白盐山,海拔1500米,天宫门神似的构成了吞吐日月的雄伟、险峻的瞿塘峡;云雨巫山十二峰里的神女峰,以白云彩霞为衣,执风雨雷电为鉴,千百年来,逗惹得多少男女诗人发痴犯傻,自哭自笑。拆穿了看,这赤甲、白盐、神女不都是摩天拨云的顽石造型么！八阵图则是依江水布阵,用湍流将石堆砺磨成"剑戟"的。有一年枯水季节,我目不转瞬、聚精会神,终于见到了八阵图遗址,可憾的是,怎么也辨认不出天、地、风、云、龙、虎、鸟、蛇所组成的阵法门径了。

山险、水急、风猛、浪汹,延及今日,长江水对这八阵图吞吐磨洗了1700多个春秋,我们从船上能看出个大致眉目,由此重温一下蜀吴鏖兵的战史,也就算可以了。

二

"桓公入蜀,至三峡中,部伍中有得猿子者,其母缘岸哀号,行百余里不去,遂跳上船,至便即绝。破其腹中,肠皆寸寸断。"(《世说新语》)"忆子啼猿绕树哀,雨随孤棹过阳台"。老猿因子女遭劫而哀号百里,痛切得肝肠寸断,无论谁看见也伤心。

三峡里,更常见的现象是:"巅岩峭绝撑碧空,倒挂老松如老龙。"群居于林的猿猴们下饮江水时,一个个手牵手自斜伸的枝丫高处朝下攀吊,垂及碧浪湍动的江滨,轮流而饮,饮足则长啸着散归林莽。这是快活而自在的啼啸之声,是真正的天籁。

行经三峡的历代诗人不谋而合,统统视猿啼为最凄婉的音符,原因何在呢?中国封建社会的历史氛围总体上是悲凉的。在瞿塘峡口的白帝城,刘备托孤,将未竟的事业托付于孔明;屈原投江,满腔放不下的心事唯有一死了之;昭君远嫁,只能去塞外觅取含有"自由"意味的女儿经。死别生离,离乡背井,哪一桩不是肝肠寸断的揪心事件呢?我们的诗人敏锐地逮住猿啼,化入诗行,如借箫管以抒怨,如取喇叭以声咽,如抱琵琶而泣诉……

古典诗歌消歇了,三峡两岸也再看不到猿猴的身影了,是因为森林破坏,芟尽了如龙老松,它们没有了栖身之处呢?还是由于另外的原因?"雷电夜惊猿落树",雷电猛烈,夜间从古松上震落栖息的猿猴,这是自然界多么原始、多么神奇的生动画面哟!可惜,后人是再也见不到了。

三

"两岸猿声啼不住,轻舟已过万重山。"不是舟轻,是水势迅猛;轻舟压不住浪尖,反而更其危险。

"蜀麻吴盐自古通,万斛之舟行若风。"一斛为十斗,万斛且如风中一叶,足见李白观察之透彻,想象之工巧。古时的舟船一旦进入三峡,就将一大半命运抵押给流水了。这三峡无异于阎王爷细狭的咽喉,要么将人与舟深深地吞下去,喂鱼喂鳖;要么憋一口气,从夷陵悠悠地吐出来。舟船出峡而至夷陵,江畔有宋代建的"至喜亭",舟人至此,喜不自胜,便大吃酒肉,庆贺老天爷给了第二次生命。人命廉贱而危浅,江山如画又如魔,这也是尘世上奇特的一道景观。

峡水以往来之舟为微不足道的小儿玩具,这一点欧阳修是看透了:大江"倾折回直,捍怒斗激,束之为湍,触之为漩。顺流之舟,顷刻数百里,不及顾视。一失毫厘,与崖石遇,则糜溃漂没,不见踪迹。"峡水实在是凶狂,凡是蜀中出产的贵重珍品,倘须贡奉京师,不敢走水路,竟周折绕道,皆从"陆出";"而其羡余不急之物,乃下之江,若弃之然。"天下像样儿的东西都不敢进入三峡,你可以想见:三峡里那些长年累月以撑篙为业的水手,都是些怎样挣扎、如何拼搏的角色了……

人哟!贫富不齐,性若云泥,纵然是坐在同一条船里去风浪中历险,也抹不去灵魂上的界限。"长年三老长歌里,白昼摊钱高浪中。"篙师水手声嘶力竭喊着号子在与恶浪苦相搏斗、拼死拼活,而嗜财如命的富商们却是坐在舱里全神贯注的进行赌博。水浪汹然四起,是要将赌博者肉墩墩的嘴脸窥个究竟呢?还是牙齿痒痒,恨不得一口吞没了这苦乐迥异的一船老小!

杜甫能在风吼浪撕中吟下这不亚于"朱门酒肉臭,路有冻死骨"的写实诗句,"笔落惊风雨,诗成泣鬼神",真不愧为"诗圣"。

摊开一叠长江三峡的彩照,最鲜亮、瑰丽的一帧是从群山万壑之中倾折而下的长江。"白波一道青峰里",山淡蓝而水清亮,诸峰笔陡如翠屏,曲折的长江直如开裂大地的一霎闪电——这是大地上罕有的、在人类生死线上烁动着的一道闪电。

长江三峡蓄水之日,这些难得的画面即不复存在!

(注:此文载于2001年第6期《解放军文艺》)

南北二墓

黄河长江东逝水,浪花淘尽英雄。风雨沧桑两抔土:洞庭小乔墓,塞北一青冢。

昭君和亲千里外,小乔本属东风。芳魂悠悠笑相逢:悲欢多少事,泪滴小桃红。

——题示

小乔之墓

中国古代四大美女之外,小乔也算是一位公认的美女。这小乔美在何处?除了她的夫君周瑜,任何人赞叹其美,都属于想象、妄猜,跟瞎子摸象差不了多少。

我去过小乔墓,坟墓在洞庭湖畔一圈环形的围墙之内,与后起的岳阳楼相隔数百米,与八百里洞庭湖中的君山上的湘妃墓遥遥相望。历代诗人、文豪想象力丰富,费尽心思想象过小乔如何翩翩如鸿的行步、如何明目皓齿的谈笑、纤巧蛾眉下何样秋波烁动的眼神……总之,是在设想她如何的美丽,美丽得令人痴迷。

想象美女的空间被前人想尽了,在这小乔墓畔,我却在揣测军旅、战争与女人的关系。各朝各代,艳丽的女人太多了。小乔匆匆一生,有姓氏而无名字,她是被沿着长江上下卷动的硝烟、战云所烘托出来的一轮皎月、一位美女。1800年往矣,小乔身上,为什么总含有一种神秘莫测的魅力呢?

她的夫君周瑜,雄姿英发,风流倜傥,懂韵律,又能打仗,尤其是赤壁一战,以少胜多,青史留名。而这位一代名将,却又英年早逝,病死在巴陵(今岳阳)。是她的爱妻小乔,煎药护病,含泪送终。这叫生死不渝。

岳阳位于赤壁上游75公里处,从长江下游的吴国柴桑(今江西省九江市柴桑区)到这长江上游的巴陵,不能不经过赤壁。郭沫若先生曾经在1982年11月16日的《光明日报》上撰文指出:"在赤壁之战时有小乔参加。"郭老是一位考古权威,其考证应当是有依据的。小乔参加赤壁大战,即便没有像梁红玉那样戎装上阵、击鼓调兵,却在营帐里为周郎做伴,也许从侧面有所协助吧。

出奇制胜的战事与出类拔萃的夫君,为小乔生色匪浅,这景况直惹得杜牧、苏东坡他们朝暮遐想、思思念念,写下了"铜雀春深锁二乔""遥想公瑾当年,小乔初嫁了"这别样多情的诗词,挥动文学巨斧,让小乔这颗灼亮的星辰在战争的天幕上镶嵌得更深切、更牢固。也算是文武之道,相辅相成吧。文学的塑造功能、传世之力使得杜牧、苏东坡这类大手笔也未必就次于周瑜和那个死也觊觎着小乔的曹操,生前死后,小乔从文武对峙的悠长峡谷里流逝而过,如流星之划过夜空,无形中更添风采,更有光芒。

战争与女性的关系历来是很特殊的。后人深深地怀念小乔,这小乔显然有别于那遍地流行的"四大美女"。怀念者呢?多数也恐非庸常之辈;地摊文学上那麇集的目光,大约也不敢抬头仰视这一颗别致的星辰,她的光芒委实是逼人、灼目。

风起云涌的时世与往复交递的战云,可以大幅度为有出息的女性补益非生理自然性的美质。天上的小乔仿佛在叮嘱大地上后来的女伴:爱情,有时也要勇敢地走出温馨小屋,参与硝烟烽火,介入风云大事。唯有这样,才不至于堕为金钱与强权的玩偶与尤物。

青　冢

"青冢"一词,出自对杜诗的一条注解:北地草皆白,唯独昭君墓上草青,故名青冢。冢指高大陵墓,这青冢便是个别致的专用词。昭君墓,在呼和浩特市南9公里大黑河南岸的冲积平原上。墓前雕有联辔而行的双骑塑像,马背上塑的自然是王昭君和呼韩邪单于。

塑像底座上是蒙汉两种文字镌刻的"和亲"二字。当年打不过匈奴,就从女性群落中选取最美丽的女子作为珍品(美色无价)去进贡,且美其名曰"和亲",以此等法子来缓和矛盾,救国安邦,邦能安否?

王昭君生于长江边上秭归县的香溪旁,元帝时被选入后宫,公元前33年外嫁塞北,"沙碛微惊数骑尘","红妆千里为和亲",南北颠簸,身行万里,此行的最后使命是为了消弭战乱,平息纷争。这穿着华贵艳丽的一行人除了显得单薄之外,从大局俯视,总体上与长途远征的军人颇有内在的相似之处。难怪,青冢前有几块碑记,有一位将领在所立碑上镌写了与众不同的词句,说是"懦夫愧色"云云。"战骨填沙草不春,封侯命将漫纷纭",一介秀色夺人的蛾眉的功绩远远地胜过了出没于战云征尘里的千军万马,两相比照,真正的军人来到青冢面前,怎能不问心有愧呢?漠风拂去了风尘,王昭君早已化成一面反照历史的明镜,在明镜面前,无所遁形的何止是贪财被杀的毛延寿和贪色而懊悔的汉元帝呢?每一个有血性的男子汉都应当在这里反躬自问,问问自己是不是贪生怕死的、连这个小女子也不如的懦弱之徒。

青冢在早年间孤单单的很冷寂,现在不同了,游人如织,音乐聒耳。围墙外一茶摊老板有些岁数,他说半个世纪前的战争年代,士兵见空旷的草原上就这"青冢"是个小山样的制高点,便把大炮架在了青冢的垴上……大炮架于高处,无疑提高了射程也瞄准了目标,如果这炮口对准的是入侵的日本人就好了(昭君芳魂有知,九泉之下也定会感到欣慰)。可惜,这茶摊老板支吾不清当时是谁和谁在打仗。

中华民族众多的美女里,能进入艺术殿堂的就那么几位,而王昭君,其灵魂似乎切入了这殿堂里的诸多领地:戏曲演之,剧本甚多,久演不衰;画家绘之,塞风与红妆别成境界;音乐奏之,莫说《昭君怨》《王昭君》之类的琵琶曲了,连本来姓"胡"的琵琶也成了中国的乐器;至于围绕这个女子的诗词、文章和故事,历史上有谁敢与之比肩呢?"宫中多少如花女?不嫁单于君不知!"弄来弄去,竟让后人闹不清这王昭君之外嫁,是幸也还是不幸?

塞北原野上,倘无这一座千秋青冢,不知会失却多少动人的春色呢!

(注:此文2000年8月17日载于《光明日报》)

安居黄岛

生于关中,从戎于西北,在花甲之年退休时,我从陇地举家东迁,落户青岛,因为孙犁说过:"青岛,这是世界上少有的风光绮丽的地方。"好地方人稠,青岛属于好地方里的"白菜心",繁华市区里自然是难进去的,于是,新家就落在青岛西海岸的黄岛上。

初来乍到,引荐的朋友介绍:黄岛以前称作"荒岛",目下属于经济开发区,现在房价不高,千多元就能买到好房子,你们家贷款按揭,能够接受。过上几年,这里很快就会繁华起来的。东迁之前,我对此有精神准备,朋友是个实诚人,他说的这些,我信。

黄岛与青岛之间隔着胶州湾。住了几年,我发现问题渐渐地冒了出来。从我们家去青岛,过海须赶到30里外去坐轮渡,轮渡半小时一班(海上航行40多分钟);一旦风大浪高,或者海上起雾,为安全起见,轮渡就停运;本来也可以坐汽车从高速公路绕道赴青岛,多耗些时间罢了,糟糕的是,雾大之际,高速公路为了安全,也封闭禁行。

儿女的工作单位都在青岛那边,节假日逢到天候变异,回不来就回不来罢。最令人懊恼的是,常有经年未见的老朋友自远方来到青岛看望我,而风雾天气一连延续五六天,车船俱停,我们过不去,人家也过不来,近在咫尺又相隔千里,互相沟通只能是抓住电话不放。我那些从云南、四川、湖南、甘肃来的朋友,好几次就遇到过这等意外天候,朋友旅行,又不能在青岛长住……这情景该多么憋气噢。青岛、黄岛之间往来受阻,一度被戏谑为"青黄不接"。刚迁居时,朋友也向我提示过,我怎么就傻乎乎不当回事呢?

我家就近是唐岛湾公园,湾里的水域面积10平方公里,被誉为"海上西湖"。湾的西侧与黄海连襟,其余三面全部用灰白色大理石砌裹,石砌的台阶规整如画,纤尘不染。初砌成的第二个冬天,我独自散步转悠,看见一位身着崭新环保服的中年妇女将长扫把搁置在脚边,自个儿斜躺在僻静、向阳的石阶上晒太阳、打盹儿,其形象富态、雅逸,让我联想到《红楼梦》里的史湘云了。待我从远远的湾对面转悠回来时,上涨起来的潮水趁她与周公相会之机,便将那扫帚悄悄地舔到湾里去了,漂荡浮动于水面,好在是离岸不甚远,几只海鸥展翅低旋处,只见她伸长竹竿,猫着腰不慌不忙地进行打捞……公园初具规模,没有游人,安恬静谧,黄海野性的海潮在这里与睡梦香甜的环保女士开了个小小的玩笑,逗趣儿罢了。

前面说的都是往事,近年来,黄岛前进的步伐实在惊人。

我家迁至黄岛的第10个年头,青岛至黄岛的海底隧道正式开通了!这条隧道昼夜不息地修建了三年,其总长当时为全国第一,隧道下潜最深的地方在海平面之下82米处。在当时,这可不是国家建设中的一桩小事。自2011年6月28日这一天开始,"青黄不接"的历史被彻底勾销了——从海底穿行只需6分钟,就可以从黄岛这边钻到青岛那边。众所共知,青岛那一边风光旖旎,而这一边,有沈鹏题字于巨石的美不胜收的"金沙滩",号称"亚洲第一滩"。孙犁老人当年是来过青岛,可他压根儿就没有听说过这么个神奇的所在。隧道开通,黄岛旅客遽增,旅者归去后到处传扬:"旅行不去黄岛,就等于没有去过青岛。"

黄岛之沧桑巨变,于我是亲身感受到的。18年前,这里新起的楼房有限,也不甚高巍,从我家晾台上,随便就能望见碧波粼粼的黄海。有一天中午,我和一个西宁来的朋友倚在晾台上,面海闲聊。

我说:"这里环境是不错,可我的月工资比西北少了600元。"

朋友一扬拇指:"那些钱在西北是地区补助。600元嘛,现在在哪里能买到这么新鲜的空气呢?你们一家人买氧气了嘛,值!"

现在呢?我家四周30层的高楼是一排接着一排,最高的超过50层;要观黄海,你得登上高层去。我家所居的六楼,陷落成了一个洼地。那时节,黄岛是拟开发,先修路,纵横交织的道路两旁栽植梧桐,我们来时,梧桐胳膊粗细,近些年风调雨顺,长势葳蕤,现在伸开一条膀臂,是无论如何也搂不住树身的了。

黄岛又称凤凰岛,金沙滩的雕塑,就是一尊金灿闪亮的凌空飞凤。经常穿越海底隧道,我虽不会吟诗,却也难抑眼目前景物巨变带给我的激动,总想捏弄上几句:"老鼠会打洞,伎巧属本能;幽窟晦且狭,蛇虺袭其成。改革开放日,华夏显神通。海底穿堂过,老龙起叹声。"黄岛的文化刊物《西海岸》想刊用这首歪诗,我感觉实在是拿不出手,便删改、修饰,题作《凤凰岛隧道素描》。敝帚自珍又不肯轻掷于海波,且附于下:

  海波隔青黄,自古路难行。
  今朝启隧道,天堑一线通。
  人力夺造化,铸凿三年功。
  钻地几十丈,越海瞬息中。
  晶明莹激道,和畅快哉风。
  进隧车投梭,出海龙奔腾。
  轻鸥戏皓月,巨舰逐长鲸。
  长虹贯地脉,金凤鸣苍穹。

(注:此文2017年10月14日载于《光明日报》)

江山与伟人
——岳王庙和秋瑾墓

杭州西湖,被誉为"天堂"。

几千年前,这里只是个刚与大海分离的泻湖,进化至今,自然环境也未必胜过台湾的日月潭,比起北美国家公园里不太知名的小湖,更是瞠乎其后。现在能成为誉满海宇的风景名胜,除了一代代劳动人民的疏浚、装点之外,其声誉很大程度上得益于文学艺术,历代传留下来的诗、词、文、联、歌、赋、曲、令及掌故传说,无形中发挥着超乎寻常的审美效用。假如没有白居易、苏东坡、林逋、龚自珍、张岱、苏曼殊、武松、苏小小、白素贞……没有自艺术角度点化成的断桥残雪、苏堤春晓、三潭印月、雷峰夕照之类的景点内涵,西湖充其量也就是人工雕琢的一洼浅水罢了。

身处西北,多次去过杭州。在"好山好水看不足"的西湖四近,我涉足最多的是岳王庙、秋瑾墓。

岳飞的《满江红》写于绍兴六年(公元1136年)。

> 怒发冲冠,凭栏处,潇潇雨歇。抬望眼,仰天长啸,壮怀激烈。三十功名尘与土,八千里路云和月。莫等闲,白了少年头,空悲切。
>
> 靖康耻,犹未雪;臣子恨,何时灭!驾长车,踏破贺兰山缺。壮志饥餐胡虏肉,笑谈渴饮匈奴血。待从头,收拾旧山河,朝天阙。

节节胜利之际，宋高宗却命令立即班师，岳飞痛感坐失良机，百感交集中写下了这首悲壮、激越的词作。岳庙大门旁熠熠生辉的对联是"三十功名尘与土，八千里路云和月"，倒映于碧波的14个大字，荡漾着岳飞视功名利禄如尘土的云水襟怀——刚肠九曲却又澎湃超迈的自理与剖白，致使此词成为气壮山河的一篇杰作。

岳飞身后640年，生于杭州的袁枚拜谒岳王墓时，设身处地、掂量、斟酌之后，写下了"江山也要伟人扶"的名句。"扶"字在这里两层含义：一是大好河山需要英雄来护持、捍卫，二是伟人本身与江山化为一体，更能够让大好河山焕发风采。袁枚归结出伟人的精神素质可以裨益于天工造化之巧，对于评估西湖山水的价值而言，可真是画龙点睛之论。

岳词700多年后，鉴湖女侠秋瑾因为景仰岳飞的爱国热情和英雄气质，步其词韵，也填下一首《满江红》。

> 小住京华，早又是，中秋佳节。为篱下，黄花开遍，秋容如拭。四面歌残终破楚，八年风味徒思浙。苦将侬，强派作蛾眉，殊未屑！
>
> 身不得，男儿列；心却比，男儿烈！算平生肝胆，因人常热。俗子胸襟谁识我？英雄末路当磨折。莽红尘，何处觅知音？青衫湿！

岳飞《满江红》写于33岁，秋瑾步韵时28岁，俱当风华正茂之年。"靖康耻，犹未雪，臣子恨，何时灭"，体现了岳飞迫切要求报仇雪耻、还我河山的雄心壮志；"身不在，男儿列，心却比，男儿烈"，体现着秋瑾在旧礼教束缚下不被人识、无从报国的苦闷、彷徨与极度的悲愤。性别不同,处境迥异,希图冲破封建藩篱的刚烈基调则是一致的。岳词成后六年,岳飞被害于杭州风波亭;秋词问世四年后,秋瑾被害于绍兴古轩亭口。英雄儿女的肝胆、气质、义行、文采,用浓墨和着热血,以独有的艺术方式长虹贯日似的绵亘于天地之间。

岳飞《满江红》问世之后,每当内忧外患之时,历代仁人志士步其韵而仿作者不少:张煌言的《满江红·怀岳忠武》,郁达夫的《满江红·闽于山戚继光祠题壁》,邵力子的《满江红·挽张自忠将军》……俱属感人肺腑的佳什。倘若要从诸多步韵词作里选出最优的一篇,笔者觉得,秋词紧步岳词,同为绝唱,堪称双璧。让我欣慰的是,商务印书馆新近(2016年8月)出版了《新课标教材版古典诗词鉴赏辞典》,自先秦至清代(2500年的跨度),精益求精,从汗牛充栋的诗、词、曲中只选取了340首,其间就有岳飞、秋瑾的《满江红》。

就像天空必须有日月星辰一样,大地江山必须要伟人来扶持。与岳庙隔湖相望的,还有于谦、张煌言的祠墓,而我瞻仰最多处,是岳坟与秋墓。这倒并非是秋墓距岳坟最近,走动方便,另有一条原因,是在秋瑾被害之后的80年里,其尸骨先后迁葬过10次,直到1981年秋天才"安葬"于西泠桥之西畔。我闹不清楚,这个世界上的入土为安,还有比这更为艰难、周折的吗?

这里写成"安葬",也仅仅属于心底的良好愿望。原因是:

岳坟之前,以秦桧为首的四个奸佞的铁像跪了800年,可到了2005年,新华网上却让网民讨论要秦桧站起来、让岳飞跪下去的问题;当年10月23日,上海一家艺术馆还真的展出了秦桧夫妇的站像;南京江宁的博物馆里,也出现了正襟危坐的秦桧雕像。

生前死后,岳飞、秋瑾的爱国襟怀是相通的,命运遭际也是同步的。秋词里是写着"英雄末路当磨折",可谁能料想到,岳飞身后竟遭如此之毁誉折磨。经历过十度迁徙的秋瑾之墓,日后真的能得"安葬"吗?只恐怕也是个未知数。

中华锦绣河山,不限于杭州西湖;其间英雄儿女,又何止于岳飞、秋瑾呢!民族的文明历史与道德底线如果被最后突破,袁枚老人的"江山也要伟人扶",自然是分文不值。若果到了那个地步,我敢断言,杭州西湖即就不算是泥塘一洼,其审美价值也很有限了。

(注:此文2017年4月21日载于《解放军报》)

读史

霜剑·长江

项王祠从山丘上俯对着长江。

就在这长江边上,在生命的最后时刻,紧紧依附在项羽身边的,是一马一剑一女子。这一柄剑,饮血多矣,发人思索的是虞姬、项羽一先一后自刎在同一条剑上,让死神从这条剑上发出了永恒的、至为深沉的叹息。

此剑成功地塑造了项羽的形象。天底下的失败者是一层一层的。失败了,算什么"人杰"?倘非人杰,又何论"鬼雄"!项羽则不然,一把剑与乌骓马纵横捭阖,驰骋万里,使之成为失败者群落里一桩不寻常的精神支柱,而且是那么多的成功帝王所撼不动的精神支柱。人杰,大小70余战无败绩;鬼雄,垓下一败又败得地动山摇,勇烈无比。这柄剑简直是造化所安排的一道"长虹",使霸王的形象横跨于阴阳两界,对舆论、对习俗、对命运作了个力挽狂澜式的反诘。

宜舞宜杀之剑,又从马背上、从军帐里蘸着血和酒刻画虞姬。项羽这号人物,在征尘起落中最易患的病症是空想与悲观,他所期待于虞姬的只是一个欢愉而实在的着落点。虞姬自裁,在项羽眼前无异于长江水涨,大幅度地强化了"不肯过江东"的最终意念。爱是含毒的,美是染血的,其毒其血如落日熔金,以阴柔之霞帔,为一尊立地顶天的阳刚生命垂下了巨大的血衣。在后人看来,其间似乎藏掖着一个深奥的美学命题。

无妨这样归纳:这一柄利剑,是热血的宣泄,是感情的截流,是理念的冷却与沉淀。天下汹汹,凭此剑告一段落;刀兵丛中的军旅爱情,由此剑落下帷幕;"故人"交往,此一剑挑破内涵;而且又那么有力地割断了"以成败论英雄"的历史信条……

本真由地设,大美在天成。楚汉之争中倘没有项王剑所挥就的这最后一页,整个戎马卷册与今古文坛会多么失色,多么平庸,甚至无聊。一柄利剑,一条大江,两千多年里,前者没有了下落,后者却一直发出着雄浑的呜咽声,深远的浩叹声……

步出大门,蓦然回首,我忽然悟到:项王祠乃大器之祠;来此凭吊,也还是秋季为好。项羽之殁,正是2197年前的那个深秋;血涂蒿莱之后,江阔水急,力随大江归海,其壮气不散,至今犹布于草木之间。山襟水带,虎啸龙吟,秋风萧瑟,江流有声,雪一样的芦花此起彼伏,芦花里祠庙荒寒,香火衰微,倘若江边那荒草地上有野火在卷动、徘徊、摇曳,不是更引人注目、逗人遐想么?!

(注:此文原载于《20世纪90年代散文选》,上海文艺出版社2000年8月出版)

千年魂魄晋英雄

一

儿时,农家左右门扇上各贴着一幅威风凛凛的门神,老人说,黄脸执锏的是秦琼,黑脸执鞭的是敬德,我是从这儿才知道敬德其人的。这位唐初大将是山西朔州人,名尉迟恭,字敬德,敬德顺口顺耳,乡下人便将"尉迟恭"省略不提了。

后来读史书,发现玄武门之变是惊天动地的大事,贞观之治的大门是由此开启的。公元626年7月2日(农历六月初四)那天李世民带领着长孙无忌、尉迟敬德、房玄龄、杜如晦、宇文士及、高士廉、侯君集、程知节、秦叔宝、段志玄、屈突通、张士贵等10多员臣将潜入玄武门的,然而,遗留的史书文字上着墨最多的是敬德,其他臣将只亮了一下姓名,一闪而过。给后人留下的印象是整个玄武门舞台上仿佛就是李世民与敬德在忙前跑后,打打杀杀。

敬德原是刘武周、宋金刚之属将,与寻相同守介休,在李世民的招谕下降唐。归唐不久,寻相一伙多数人又叛唐离去,唐军诸将担心敬德也会叛离,将其囚禁,行台左仆射屈突通、尚书殷开山向李世民进言:"敬德勇悍绝伦,现被囚禁,内心必生怨恨,留着恐为后患,不如杀掉算了。"李世民却认为:"寡人所见,有异与此,敬德若怀翻背之计,岂能在寻相之后呢?"

遂命释放敬德并引入卧内,赐以金宝,说道:"丈夫以意气相期,勿以小疑介意。寡人终不听谗言以害忠良,公宜体之。必应欲去,今以此物相资,表一时共事之情也。"

过了几天,李世民带500骑巡视战区地形,登上魏宣武帝陵,王世充率万余步骑突然包围了李世民,世充之悍将单雄信挺起长枪直扑李世民,敬德跳上马大喊一声,从斜侧将单雄信挑于马下,护卫着李世民杀出重围。归来之后,李世民赐给敬德一箱金银,叹息道:"我怎么这么快就得到了你的回报啊!"自此以后,敬德逐渐得宠。

史家认为:"自隋大业末,群雄竞起,皆为太宗所平,谋臣猛将,并在麾下。"李世民麾下的尉迟敬德,正是从征尘战云里聚集而至的尤为突出的一员猛将。

二

义宁元年(公元617年)十一月李渊进封唐王,以长子建成为皇太子,次子李世民为秦王,四子元吉为齐王。

由太原南下,在西渡黄河、攻打长安的一系列战争中,建成、世民是并肩战斗的。嗣后,世民独立指挥了黄河流域一连串的重要战争,功绩越来越烜赫,实力越来越强壮,无形中便逐渐地威胁到了太子的地位。"力敌十夫"的元吉,眼见东宫与秦王府之间的水火之争终究不可避免,而建成作为嫡长子,继位名正言顺,况且李渊又一直倾向于太子,他觉得将赌注押在建成一边把握更大,于是也就主动地与建成坐在了一条船上。在父皇面前,建成、元吉曾公然谈论到可能发生政变的问题,甚至建议除掉世民。

而世民有平定天下之功,其父又难于一笔勾销父子情分,致使世民的地位和生命才没有发生动摇和危险。父皇举棋不定,矛盾在迅速深化,这就只能由诸子自行解决这个"谁来接班"的巨大难题了。

建成擅自招募各地勇士两千多人,充当东宫卫士,分别驻于东宫左右之长林门,号称长林兵;另外,还偷偷从燕王李艺处调集幽州精锐300骑,安置于东宫之东的各个坊市中。建成与元吉知道秦王府多有骁勇将领、智谋之士,对后者(房玄龄、杜如晦)奏明李渊,逐出秦王府,对前者则暗地里进行利诱,分化瓦解,谋图为己所用。分化将领,第一个被相中的就是尉迟敬德。

敬德每每冲入敌阵,四周密集的长矛刺不住他,且还能夺得长矛返刺过去,致敌于死命。齐王元吉颇以马上使矛自负,听说了敬德的武艺,他很不服气,便提出各自去掉枪头进行较量,一决高低。敬德回说:"敬德自当去枪头,您不必去。"而元吉飞马刺杀敬德时,横竖是刺不中。世民问敬德:"夺矛与避矛哪个难?"敬德答:"夺矛难。"于是世民又命他夺下元吉手里的长矛。元吉再次上马,一心要刺中敬德,而敬德只一会儿就三次夺下了元吉之矛。元吉脸上一副诧异赞叹的样儿,心里却将此事视为奇耻大辱。

政变逼近时,元吉首先打敬德的主意。他暗中将一车金银器物送了过去,且在信中写道:"希望得到您的屈驾眷顾,以便加深我们之间的布衣之交。"敬德立即回复:"敬德起自幽贱,逢遇隋亡,天下土崩,窜身无所,久沦逆地,罪不容诛。实荷秦王惠以生命,今又隶名藩邸,惟当以身报恩。于殿下无功,不敢谬当重赐。若私许殿下,便是二心。徇利忘忠,殿下亦何所用?"敬德将此事向世民汇报,世民说道:"公之素心,郁如山岳,积金至斗,知公情不可移。送来但取,宁须虑也。若不然,恐公身不安。且知彼阴计,足为良策。"元吉目的未达,反而暴露了挖墙脚的意图。从这段话推测,相机而动,见缝插针,世民也很想寻找机会打入对方的内部。

果不其然,元吉又气又臊,恼羞成怒,暗中指使勇士去刺杀敬德。敬德觉察到刺客将至,便将层层门户敞开,自己则静卧不动,刺客几次潜入庭院,见此场面,思来想去,终于没敢进屋。后人以敬德为门神,降妖辟邪,或许正取的是这等伟岸的气概。元吉无奈,便潜之于李渊,下诏狱审讯,差点儿把敬德给杀了,赖世民"固谏得释"(《旧唐书·尉迟敬德传》)。从此事可以看出,李渊分明是站在建成、元吉一边的,李世民竭尽全力才救下敬德一命。

建成、元吉瓦解的对象不只是敬德,宿国公程知节遭到构陷,被贬为康州(今甘肃成县)刺史,程知节拒不赴任;继而又以金帛收买右二护军段志玄,志玄与敬德同步,"拒而不纳"。从前期的较量来看,因为有李渊为后盾、做靠山,建成、元吉是率先动手打击秦府的势力,而且下手狠急,一步紧于一步。李世民本来就不是等闲之辈,他暗地里针锋相对,私下收买禁军将领,为在玄武门、宫廷内及对方营垒中安插心腹亲信,也下了一番水磨工夫,花了至少两年的时间。然而,不到万不得已之时,世民还是不想启动政变之绝招,一是己方兵力处于弱势,成功的概率微乎其微,二是出于伦理上的考虑,父皇、兄弟,毕竟都是自家骨肉。

六月初四之前,血腥味连连扑向秦王府。建成、元吉设下的"昆明池政变"计划,由内线告密,泄露于世民耳中。即便如此,世民对率先动手仍有顾虑。敬德此时挺身而出:"人情谁不爱其死,今众人以死奉王,乃天授也。祸机垂发,而王犹晏然不以为忧,大王纵自轻,如宗庙社稷何?大王不用敬德之言,敬德将窜身草泽,不能留居大王左右,交手受戮也。"妻兄长孙无忌也是这么个态度。敬德又进一步苦劝:"王今处事有疑,非智也;临难不决,非勇也。且大王素所蓄养勇士八百余人,在外者今已入宫,擐甲执兵,事势已成,大王安得已乎!"世民看到已经是没有退路了,便命令进行占卜,大力士张公瑾抢龟投之于地,气愤地说:"卜以决疑,今事在不疑,尚可卜乎?

卜而不吉,庸得已乎!"就这样,李世民才拍了桌子,终于下定了鱼死网破的最后决心。

为了把心腹集中起来共济大事,世民令敬德去召先已被逐在外的房玄龄与杜如晦,房、杜不了解世民的心思,便这样推辞:"敕旨不听复事王,今若私谒,必坐死,不敢奉教。"世民一听恼了,将佩刀付予敬德说道:"公往观之,若无来心,可断其首以来!"房、杜如果再有所扭捏,敬德马上就会砍其脑袋,二位焉敢再拒。

三

武德九年(公元626年)六月初三,世民向李渊密奏建成、元吉"淫乱后宫",并说:"臣于兄弟无丝毫所负,今欲杀臣,似为世充、建德报仇。臣今枉死,永违君亲,魂归地下,实耻见诸贼。"李渊听罢,一时愕然,答曰:"明当鞫问,汝宜早参。"

李渊派人约建成、元吉次日进宫时,后宫的张婕妤已将世民的密奏内容转告了建成。建成召元吉商量,二人俱感到事态严重,元吉说应当"推称有病,拒绝入朝,以观望形势"。建成说:"我们这不是自认有过吗?为防意外,我已令各处兵马严加防范,有何可惧!当与弟入宫参谒父皇,三对面问个究竟。"

次日一早,建成、元吉只带了几名亲随,由玄武门入宫。门内一片寂静,只有几名卫士像以往那样守立于大门两侧。二人缓缓前行,建成忽然发现前面的临湖殿两侧有人影闪动,大吃一惊,说声:"不好!"立即拨转马头欲向宫外驰去,世民一马跃出,高呼:"大郎停下!"建成稍事犹豫,而元吉却看到数十骑人马从临湖殿两侧奔突而出,他赶忙扯弓搭箭,向世民射去。素来勇猛的元吉,这时心急失慌,弓未拉足就忙忙放手,一连三箭,皆未射中。世民却勒住坐骑,稳稳一箭,建成便应弦落马。眨眼之间,敬德数十骑赶到,一阵乱射,元吉身中一箭坠于马下,他趴在地上一抬头,见世民坐骑受惊而奔向路旁树林,因地上枯枝绊了一下,世民被狠狠地摔倒在地,元吉乘势扑上前去,夺下世民之弓,用弓弦紧紧地勒住了世民的头颈,世民正双腿乱蹬地直翻白眼,敬德一阵疾风似地跃马冲至,狂呼"逆贼大胆!"元吉领教过敬德的厉害,丢下弓拔腿飞奔,直向父皇居住的武德殿跑去。敬德扯弓搭箭,"嗖"的一声,将元吉射翻在地。

混乱中,建成一亲随逃往东宫,东宫、齐王府两千精锐,立即呼啸着杀向玄武门。张公瑾力大如牛,急忙将两扇沉重的大门关上,刚落下门闩,对方前锋的马头已撞到门上。门内世民的人马不足百人,一旦撞开大门,情势相当不妙。玄武门旁营房里早被世民收买了的卫士,见形势危急,不顾兵力不济,与东宫兵马厮杀成一团……东宫将士见玄武门一时难下,又忽地掉转方向,去攻打西侧的秦王府,幸亏敬德提了建成、元吉的首级,带了几骑卫士及时赶至秦王府,高举人头雷声大吼:"太子、齐王谋反,秦王奉皇上诏命平乱!今首恶已诛,与众人无关!"蜂拥的兵马见主人的头颅已举在敬德手中,冷水浇头,无心再战,扔下兵器四流溃散。

四

前已提及,政变这天,世民是率领长孙无忌、秦叔宝、高士廉等10余干将进入玄武门的,而今史册的记载上只见敬德一人随世民内冲外突,那10余将领人在何处?干什么去了?

敬德提着两颗人头赶往秦王府解围之际,世民又在何处?对这个实施政变的一把手,史册记录上也是空白。

实际上，当时的李渊在李世民兄弟较量中起着决定性、枢纽型的作用。乃父游移，当断不断，诸子猴急，覆地翻天，这才酿成了血腥的玄武门之变。世民带敬德射杀建成、元吉，仅是政变的突破口，李渊所居的禁卫森严的武德殿及其后宫，那地方才应当是李世民心目中的主攻点、主战场，玄武门内外开打，皇宫里当然是同时动手的。世民在指使敬德救急秦王府之后，他自己很可能又去直接指挥主战场上的交锋。

《旧唐书·隐太子建成传》载："俄而东宫及齐府精兵二千人结阵驰攻玄武门，守门兵仗拒之，不得入。良久接战，流矢及于内殿。"《唐文续拾》里收入一篇后来发现的参与玄武门之变的将军（杜君绰）的墓志，上面亦有"矢及宸闱"的字样。这证明了宫殿之内也鏖兵正急，刀挥剑刺，箭矢纷飞，几近于当今的"枪林弹雨"。

史册又载，在这种境况之下，李渊仿佛正在风平浪静的海池上划船。身披铠甲、血手握矛的尉迟敬德径直冲到泛舟之处，皇帝才惊问："今日乱者谁耶？卿来此何为？"敬德答曰："秦王以太子、齐王作乱，举兵诛之，恐惊动陛下，遣臣宿卫。"这些生硬失实的文字，明眼人一看便知是被修饰、删改过的谎言了。

实际情况很可能是宫内打得飞星溅火，不可开交，李渊为了活命，只带了两个臣子，从角门失急慌忙地逃进了海池船上，身边连一个卫士也没有。敬德持矛出现时，李渊浑身筛糠似的发抖，眼前这厮，就是前一度因元吉之谮而差一点被他杀掉的那个"凶神"呀，面对这个杀人不眨眼的黑煞，李渊还敢问他"卿来此何为"乎？！可以说，李渊之命此时正小蚂蚱似的捏在敬德的手里，只能是战战兢兢、俯首帖耳听命于敬德的。当时双方的军队仍在酣战，敬德不费吹灰之力就从皇帝手里讨下了诸军并受秦王处分的敕书。敕书宣布，"众然后定"。这般时候，世民是又一次急中生智，派遣敬德闯进去逼宫,敬德当然是最适合不过的人选。李渊如稍有强梗,摆一下皇帝的架势,敬德手中那杆长矛是会闪电一样戳过来的。

政变刚刚平息,各位将领打算将建成、元吉的一百多名亲信全部杀掉,敬德争辩:"罪过在两个元凶身上,他们已经死了。如还要追究其党羽,就不是谋求安定的做法了。"

当天,李渊即颁诏赦免天下罪囚,其余党羽,概不追究。李渊这时名义上仍是皇帝,而事实上只是敬德手中的傀儡而已。此时此刻,长矛在握、说一不二的敬德,显然比皇帝还皇帝。

事后,李渊曾对世民表白:玄武门事变那一天,自己实有生命之忧。清人赵翼也说:"是时高祖尚在帝位,而坐视其孙之以反律伏诛而不能一救,高祖亦危极矣!"(《二十二史札记》卷十九)只言片语,字字千钧,颇能反映出主战场的惨烈情状及李渊当时老鼠躲猫似的险恶处境。

五

玄武门之变,世民成功,但"弑兄挟父"的罪名,毕竟太不光彩。贞观后期命房玄龄删略《国史》,要求对历史问题宜粗不宜细,主要一笔就是抹掉了在宫内打仗而勒逼父皇的这一幕。留下的"泛舟于海池",刀光血火不能写,莺歌燕舞写不成,这舟泛得也莫名其妙。贞观二十年,世民主持修《晋书》,亲自为王羲之传写了几段史评,有一段是:"古人有云:积善三年,知之者少;为恶一日,闻于天下。可不谓然乎!"公元626年的六月初四,在他算不算是"为恶一日"呢?倘不为此"恶",他自己便注定会从历史上一笔勾销。

老二射死老大,老四几乎勒死老二,尉迟敬德救出老二,翻转身又射死老四;接着,敬德又冲入禁地去逼宫,去收拾头号战犯李渊。不管怎么说,提着脑袋干革命,这场政变之首功,非敬德莫属。

可在事变之后论功行赏,世民亲自判定,五人功居第一:长孙无忌、房玄龄、杜如晦、尉迟敬德、侯君集。座次这个排法,敬德表面不言,心里当然不服。某日廷宴,他斥问坐于其上席者:"你有何功?竟然居我之上!"任城王李道宗(世民之堂弟)恰巧坐在敬德之下首,便出面劝解,话刚出口,敬德勃然大怒,一拳挥将过去,几乎将任城王一只眼打瞎(本性率真,此拳可爱)。而李世民却很不高兴了,将敬德叫到一边,训斥道:"朕早年读《汉书》,见汉高祖杀韩信、彭越,颇不以为然。如今,方知彭、韩是咎由自取。"意思很明白,这座次是我排的,你可别蹈韩、彭的覆辙。自另一角度思忖,敬德之座次排于第四,也说明这次政变文章里埋有比敬德行径更为沉重的伏笔。倘是无此伏笔,敬德是到不了海池船边逼令皇帝李渊的。

因为宰臣嫌隙,贞观三年,敬德被任命为襄州都督。太宗私下与他谈话,说道:"有人称你想谋反,这是怎么回事?"

敬德以反问作答:"我要谋反吗?我跟随陛下征战四方,身经百战,身上留下的全是刀锋箭头的伤痕。现在天下已定,陛下难道也开始怀疑我了么?"说着脱下衣服扔在地上,展示身上的累累疮疤。见此情景,世民也禁不住流下了眼泪,劝说道:"你穿上衣服吧。朕丝毫没有疑心,这才跟你摊开说的。你为何这般恼恨呢?"过了会儿,世民又说:"朕想将女儿许配给你,你意下如何?"敬德说:"我妻子微贱、丑陋,但与我同甘共苦好多年。我不能富贵了就换掉她。"好一个"门神",言词掷地,字字作金石之声。

贞观八年,敬德迁同州刺史;十一年,改封鄂国公,转任宣州刺史;而后任鄜、夏二州都督,皆为边塞地区。十七年,敬德"抗表乞骸骨"(打报告请求退休),世民准其请。次年,从征高丽,回京后继续隐居,不与外人往来。他闭门在家,研磨云母石粉,吞丹化方,修炼长生不老之术达17年之久。显庆三年(公元658年)逝世,陪葬于太宗之昭陵。

"万里山河唐土地,千年魂魄晋英雄。"一个骁悍无双的猛将久历风云,且又能活到74岁,这在历史上是罕见的(韩信、彭越死时,充其量也就是30岁出头)。天意高远矣人心微妙,后人以敬德为门神,取意于避邪祈福,大概也考虑到了:尉迟敬德实在是历史长河里令人喜爱的一员福将。

(注:此文原载于《2011中国年度散文》,漓江出版社2012年1月出版)

浅议他山之石

在中国帝王的谱系上，倘要将 583 个登上龙椅者排个座次，首席当属李世民。文治，武功，一个帝王家能占得其一就了不得，李世民兼而得之，且又圆融完满，所以，后世尊其为明君之典范。

隋末乱世，李渊和几个儿子趁势于晋阳起兵，夺取天下，先后进行六次大的战役，李世民指挥了四个，大获全胜。战争使得李世民身边战将林立，最突出的，是武勇出众的尉迟敬德。

铁匠出身的敬德，原系刘武周之干将，与寻相同守介休时，被李世民招谕而降唐。时日不久，寻相他们又相继叛逃。唐家诸将认为敬德与这些人是同伙，必叛无疑，便将敬德囚禁。屈突通、殷开山向李世民进言："这家伙剽悍绝伦，我们已囚禁多日。既被猜疑，他心里必结怨恨，留下来只有后患，干脆杀了他。"李世民摇头：我与你们的看法不同，"敬德若怀翻背之计，岂能在寻相之后呢！"遂命释放，并引入卧内，赐以金宝，说道："大丈夫以意气相期，勿以小疑介意。寡人终不听谗言以害忠良，公宜体之。必应欲去，今以此物相资，表一时共事之情也。"从此以后，敬德在战阵中出生入死，数次搭救李世民于危险关头，自身多次被伤，立下了巨大功勋。

公元 626 年玄武门之变，敬德是秦王府中最坚决的铁杆人物。太子建成是李世民射杀的，建成的搭档李元吉用弓弦即将勒死失跌于马下的李世民时，是敬德大喝一声，飞马救下李世民，又一箭射死狂奔逃跑的李元吉；接着，又提着建成、元吉的首级，平息了攻打秦王府的乱军;再接着,策马挺矛的敬德冲进宫中,逼着高祖李渊正式表态站到李世民一边。事后评功论赏,敬德与李世民的妻兄长孙无忌并列第一,被拜为右武侯大将军。

李世民一生讳言玄武门之变。因为这铤而走险、破釜沉舟,以突袭方式弑兄弟而逼父皇的"夺嫡"之举,在他心底留下了巨大的"伤疤"。可是,在史学家眼里,玄武门之变对李世民的一生却是至为重要的关键环节。政变假如失利,李世民的生命即一笔勾销;正因为结局是网破鱼生,鱼破网而化为龙,这才开启了"贞观之治"的大门;也正因为强行推开了"文治"的大门,此前的所有刀兵实践也才有了立足的位置、供奉的底座,被誉之为"武功"。文治与武功,相辅相依,截然割裂开是不可能的。

比李世民年长19岁的魏征,公元618年被李建成用为幕僚。他眼见秦王李世民的功业蒸蒸日上,严重威胁到太子的地位,彼此间的冲突日益加剧,无从避免,便多次告诫建成要及早动手,先发制人,以稳固住接班人的位置。

玄武门骨肉相残的恶斗过去之后,李家多位亲人已倒于血泊之中,李世民"召征责之曰:汝离间我兄弟,何也?"这显然是仇人相对、分外眼红时的质问,众皆为之危惧。而魏征却慷慨自若,从容对曰:"皇太子若从臣言,必无今日之祸。"面对着死路一条,魏征只悔怨建成没有听他的话,才致成目前惨局,对取胜者李世民丝毫没有服软的意思。可谁也料想不到,盛怒中的李世民却反而抽回了架在魏征脖颈上的钢刀,转拜其为谏议大夫。可以设想,此时的魏征若微有畏葸之意,无疑是脑袋落地。

在太宗身边17个春秋,魏征就"前后二百余事"进谏数十万言(远超过万言书),因为他勇于、也善于进谏,问题俱点在要害症结上,所谏大多数被太宗采纳。

进谏是"逆鳞"之举,时常进谏,也就难免让李世民难堪之时。太宗年轻,有一次得到一只上好的鹞鹰,放在肩膀上,甚为得意,当看到魏征远远地走来时,便赶忙取下鹞鹰藏于怀中。魏征将一切都看在眼里,却故意奏事良久,致使鹞鹰闷死在太宗的怀里。另外,还有那进谏"二百余事"的记载,莫说君臣上下,即便是平肩共事的至交朋友之间,能够在17年里有二百余事的言听计从而从不反胃吗?对于这样的记载,我一直疑心是史家笔底颠倒尊卑的杜撰,是为唐王朝涂脂抹粉的创作。可是,认真琢磨玄武门之变后魏征与李世民之间针锋相对的问答,又不能不认可这是君臣之间千古难逢的谐动、应和。

魏征之谏诤,有时是当着百官的面据理力争,言高语低、磕磕碰碰不可避免。有一次,太宗动了气,回到后宫,余怒未消地说:"总有一天,我要杀了这个乡巴佬!"好在有长孙皇后善为开导,李世民才渐渐平息下来。从这里忖度,李世民难能可贵的开明作风,既是从血火斗争中锻炼出来的,也是从艰难、痛苦的自我省思中逐渐取得的。一代明君禀赋中极为可贵的精神亮点,并非是天生的。

文治武功,历来是群策群力的结晶与成果。马背上戮力共进,敬德之外,还有李靖、李世绩、秦叔宝、屈突通、程知节一伙战将;下得马背坐上龙椅而转入文治,魏征以外,还有房玄龄、杜如晦、温彦博、王珪、马周一班文臣……文武百官,李世民是整个王朝提纲挈领的龙头。后人一提及"贞观之治",首先想到的就是李世民。

贞观七年(公元633年),唐太宗对魏征说:"玉虽有美质,在于石间,不值良工琢磨与瓦砾不别。若遇良工,即为万代之宝。朕虽无美质,为公所切磋,劳公约朕以仁义,弘朕以道德,使朕功业至此,公也足为良工。"

"他山之石,可以攻玉。"(《诗·小雅·鹤鸣》)事实上,唐太宗的文武臣僚,大多数属于他山之石。李世民视己为璞,却诚恳地将魏征喻为高于"他山之石"的良工。魏征的谏诤,也就是对唐王朝的功业在进行不懈的"切磋"与打磨。李世民这一谦抑诚挚的妙喻,奖掖着魏征,也充分显示出唐太宗山海云水一样的气度、襟怀。

中国的历代帝王中,唐太宗是一个精彩的多面体,既有海纳百川的宽阔胸襟,虚怀若谷的智者风度,也有力挽狂澜的豪迈气概,率真精致的内心世界。

"自古能君,无出李世民之右者。"事过1300多年,由毛泽东所归纳成的这个结论,是没有谁能够推倒的了。

(注:此文原载于2016年第6期《散文百家》)

检点凌烟阁
——晚年唐太宗

提起凌烟阁,涉猎历史者都知道,那是贞观十七年(公元643年)将24位开国功臣图画于其上的所在,唐太宗作赞,褚遂良题阁,阎立本绘图。作为大唐盛世最高的历史定位,这24位功臣的荣耀程度不亚于后世的封帅授衔,镌功立碑。

多事之秋

贞观之治共23年,凌烟阁图像之日,17年已经过去了,而这一年,恰逢多事之秋。

图像于年初安妥时,排于第四位的魏征病故了。紧接着,太子李承乾与侯君集等人谋图不轨之事败露,太子废,诛侯君集(侯君集是凌烟阁上第17号人物)。当时,朝鲜半岛共有三个封建国家:高句丽、百济、新罗,贞观初年,高句丽与百济同伐与唐亲近的新罗,新罗多次向唐告急,对于此事,唐太宗一直隐忍不发。李承乾废后,唐太宗对众臣说道:"盖苏文谋杀了他的国主并独揽了高句丽国政,不断地欺凌新罗,太过分了。现在动用我们的兵力打败他并不困难,但我不想动用军队,先让契丹、靺鞨去搅扰他、警告他,这样可行吗?"

66岁的房玄龄听出太宗有用兵的意图,说道:"臣闻古之列国,无不强凌弱,众暴寡。今陛下抚养苍生,将士勇锐,力有余而不取之,所谓止戈为武者也。昔汉武帝屡伐匈奴,隋主三征辽东,人贫国败,实此之由,唯陛下详察。"房玄龄是凌烟阁上排名第五的老臣,引史据典,持论沉重,唐太宗称许他说得好。

口头上称许,太宗心底却不以为然。

翌年七月敕闫立德等人在洪州、饶州、江州造船400艘,以备出征之用。十一月亲幸洛阳,以张亮为平壤道行军大总管,以李勣为辽东道行军大总管,谕天下征高句丽。作为经略天下的政治家、军事家,太宗幸洛阳之前夕,召来已经悬车致仕的郑元璹(此人参加过隋炀帝征高句丽的战争),亲询当年用兵的经验教训。郑元璹奏称:"辽东道远,粮运艰阻,东夷善守城,攻之不可猝下。"这简短的一句话,却道出了战事容易旷日持久而不利于出兵的局势,确为经验之谈。

褚遂良看到上了凌烟阁的张亮也不赞成出兵,但又"屡谏不纳",便上前进曰:"今闻陛下将伐高丽,意皆荧惑。然陛下神武英声,不比周、隋之主。兵若渡江,事须克捷,万一不获,无以威示远方,必更发怒,再动兵众——若至于此,安危难测。"褚遂良虽然只围绕战略方针作设想,假如与郑元璹的话联系起来看,谏阻的意思就非常明显。

在这样的气氛里,唐太宗还是毅然地决定:亲征高句丽。凌烟阁上排于第七位的尉迟恭在当年是多次救过李世民性命的名将,见圣意难回,即又后退一步,对"御驾亲征"进行劝阻,他认为高丽乃"边隅小国,不足以亲劳万乘。若克胜,不足为武;倘或不胜,恐为所笑。伏请委以良将,自可立时摧灭。"尉迟恭在言词上是想用"杀鸡焉用牛刀"来劝阻"亲征",可奏言中又掺进了"倘或不胜"四个字。唐太宗岂能不明白他的意思,便采取了"不从其谏"的态度。大唐与高句丽间的战争,就这样拉开了大幕。

唐王东征

贞观十九年(公元645年)四月,太宗亲率十余万大军,水陆并进,合击高句丽。陈寅恪在《唐代政治史述论稿》里写道:"中国东北方冀辽之间,其雨季在旧历六七月间(八九月至二三月为寒冻期)。故以关中辽远距离之武力而欲制服高丽攻取辽东之地,必在冻期已过雨季未临之短时间获得全胜而后可。否则,雨潦泥泞、冰雪寒冻皆于军队士马之进攻、糇粮之运输已甚感困难,苟遇一坚持久守之劲敌,必致无功或覆败之祸。"陈寅恪所言正与郑元璹所强调的天时地利相一致。

而高句丽方面非常重视这次战役,盖苏文对唐军采取的是"倾国以拒",死力抵御。

唐太宗只能贯彻速战速决的方针。辽多沼泽地,车马不能通行,太宗命凌烟阁上的首席人物长孙无忌率万余人割柴草填道,太宗亲自捆柴草于马鞍头,以身示范,帮助填道。兵至营州,诏令将征辽阵亡士卒的骸骨集于柳城东南,太宗亲自作文祭奠,泣下致哀。攻打白岩城,右卫大将军李思摩被流矢射中,太宗亲自为其伤口吮血……年近半百的皇上,不辞辛苦,屈尊表率,也就是为了夺得速战取胜的最后战果。攻打安市城(今辽宁省鞍山市)是一场决定性的战役。盖苏文从各地调集15万大军全力增援,双方浴血死战的结局,唐军是"六旬不能克"。是时已近秋末,严冬将届,草枯水冻,军食将尽,士马难于久留,唐太宗不得不于九月下令班师。归途又遇暴风雪,士卒冻死很多,唐太宗这才扫兴地叹息了一声:"魏征若在,不使我有是行也。"

太宗之叹,不由人联想到四百多年前曹操征荆州败退时的叹息:"郭奉孝在,不使孤至此!"曹操之叹,可是一败涂地时的由衷之叹。然而,李世民之叹呢?

返思当年,李世民马背上西战东讨,横扫群雄,硬是从林立的刀剑丛中夺得了天下。事情过去了几近20年,李世民重上战场,英风依旧,年岁与体质上也并未步入老境,为什么一下子就沦落成这么个不景气的形象了呢?事态落到了这个地步,唐太宗却还不承认这是失败,将军队迫不得已后撤称曰"班师",且仍在吹嘘"所向必摧、所攻无敌",这不是打肿脸充胖子么。大凡政治上成功的人物,必致好大喜功,亟欲扬威异域,要这样的角色实事求是地承认自己的失败,委实是很艰难了。

直言敢谏的魏征业已下世三年了,班师途中叹惋其逝,说唐太宗这次东征感到扫兴是可以的,或许是心灰意冷时的一种自嘲,也无妨视为对这三年间诸多进谏者的一种嘲讽——尔等虽然对我的东征之举有所谏阻,为什么不能像魏征那样不惜一命而进行死谏呢!

沿着唐太宗的思维逻辑,我想假设:在这般时候,如果魏征在世而仍然挺身死谏,会不会白白地送终老命?历朝历代,大凡以死谏面对帝王者,能活下来的实在不多。

夕阳残照

班师回到长安,唐太宗未有什么反省,更无什么翻悔之意。

贞观二十一年(公元647年)二月,他准备复征高句丽,被众大臣谏止;八月,发江南十二州又造大船数百,拟重征高句丽。贞观二十二年(公元648年)七月,下诏于剑南造舰,准备再征高丽。从这一系列的举动来看,他对贞观十九年亲征高丽失利一直是耿耿于怀的。也可见班师途中对魏征的怀念与叹惋,并非什么发自肺腑的由衷之叹。

凌烟阁里紧排于魏征其后的,是老臣房玄龄。房玄龄佐太宗定天下,及终相位,凡32年,天下号为贤相。对于魏征、房玄龄,太宗是相当器重的。《贞观政要》载:

> 十二年,太宗以诞皇孙,诏宴公卿,帝极欢,谓侍臣曰:"贞观以前,从我平定天下,周旋艰险,玄龄之功无所与让。贞观之后,尽心于我,献纳忠说,安国利人,成我今日之功业,为天下所称者,唯魏征而已。古之名臣,何以加也。"于是亲解佩刀以赐二人。

在魏征病故不久,房玄龄对东征高句丽之事曾有过劝谏;而今71岁,病情日益加重,他对儿子说:"当今天下清谧,咸得其宜,唯欲再征高丽,方为国害。主人含怒意决,臣下莫敢犯颜。吾乃知而不言,可谓衔恨入地!"于是,房玄龄扶病于床,用最后一口气写下了长逾千言的谏表。这里摘录百余字于下:

> ……陛下每决死囚,必令三覆五奏,进素食、停音乐者,盖以人命所重,感动圣兹也。况今兵士之徒,无一罪戾,无故驱之于战阵之间,委之于锋刃之下,使肝脑涂地,魂魄无归,令其老父孤儿,寡妻慈母,望槥车而掩泣,抱枯骨以摧心,足以变动阴阳,感伤和气,实天下之冤痛也!……臣老病三公,朝夕入地,所恨竟无尘露,微增海岳。谨罄残魂余息,预代结草之诚。倘蒙录此哀鸣,即臣死且不朽。

诸葛亮曾经写过《出师表》,房玄龄这里写的可算是《谏出师表》了。这样的尸谏性(写成后房玄龄即病故)的文字,天地阅罢也会为之动容,可《贞观政要》里却这样记载:

太宗见表,叹曰:"此人危笃如此,尚能忧我国家。"虽谏不从,终为善策。

既然承认是好的献策,为什么又不采纳呢?莫非君臣感情上有嫌隙么。房玄龄病笃时,太宗命凿苑垣以便候问,最后诀别时,他是握着房玄龄的手以泪洗面的。问题很显然,感情归感情,政见归政见。

当年勇决、明断、果敢的一代英主,固执己见,自以为是,不就是因为登上龙椅,背上了"至尊"的包袱么。

尘世之人一旦被尊为"天子",当即也就异化成非感情可为撼动的物类。大约在房玄龄上疏之前,眼见宫室互兴、军旅亟动,太宗的爱妃徐惠也上过近千言的一疏进行规谏。因为徐惠聪颖好学,遍涉经史,此疏宏伟严谨,声情并茂,真诚感人,着实难能可贵。疏中有这样的话:"是知业大者易骄,愿陛下难之;善始者难终,愿陛下易之。"徐惠的祝愿和美好的期望虽属泡影,在客观上却对唐太宗的晚年做了个逼真到位的总结。

房玄龄贞观二十二年(公元648年)去世,李世民第二年去世,到了公元650年,风华正好的徐惠才24岁,因思念太宗,忧劳成疾,病情一天天加重,却又拒绝诊治。她对亲近的人说道:"我之所以这样,就是想早些死去,让我的灵魂日夜侍奉于太宗身边。太宗待我仁厚,我死后做牛做马也心甘情愿。"

唐王朝征讨高句丽之事,就这样有始无终地画上了句号。

李世民属于中国封建帝王里首屈一指的佼佼者。45岁之前的20多年间,其文治武功如日东升,渐渐地登上了最高峰,凌烟阁画像正是达于顶巅的一个图腾。山到极顶,必然下趋。自图腾形成之日始,贞观之治的后七年基本上走的是一条下坡路。乍然看去,是唐太宗渐渐地变得刚愎、执拗的性格所导致——主观武断,一意孤行,褪失了当年群策群力、众志成城、无往而不胜的创业气象。

认真地解剖东征高句丽一事,可见贞观之治由胜转衰的显而易见的原因是:功成于纳谏,事败于拒谏。凌烟阁图像之后,面对诸多谏诤,太宗是外持虚怀听谏的姿态,而内抱清风过耳的成见,不管大臣们怎样苦口婆心地劝谏,一概是无动于衷了。当年形成的纳谏之风,名存实亡,形同虚设。

历史从来都不是哪个个人所能左右的。英明如李世民者,千古一帝,空前绝后,也并未悟得这样一条真理。

江西赣江滨的滕王阁,是在李世民下世四年后才建成的,因为"地接衡庐,襟三江而带五湖",千余年往矣,依然为驰誉华夏的四大名楼之一。凌烟阁呢?"凌烟"固然有出于云表之上的寓意,却是经不住历史车轮的碾压、洗磨。如今的西安市熙熙攘攘,有谁能知道凌烟阁遗址的具体位置呢?就连这"凌烟阁"三个字,人们也很陌生了……

(注:此文原载于2015年第1期《红豆》;并载于《中国文史精品·年度佳作2015》,贵州人民出版社2016年3月出版)

郭子仪纪事

开元天宝年间，壮年气盛的郭子仪与小他 11 岁的李光弼俱是朔方节度使麾下的牙将，二人闹不到一起，矛盾很深，同桌共餐都互不搭理，侧目敌视。安史之乱时，郭子仪升任朔方节度使，出征前夕，有勇谋、善骑射的李光弼伏地请罪："你我结怨甚深，我死了心甘情愿。只求你一件事，请不要罪及我的家人妻子。"郭子仪连忙走下大堂，抱住李光弼哭泣着说："现在国家正处于大动荡的乱世，我俩怎么能斤斤计较个人私忿呢！"他与李光弼执手相持而拜，之后，一块挥戈东进，去讨伐安史叛军。

动乱年月，唐王朝的皇位迁徙更迭，郭子仪在反复征战中扶危济倾，效忠了玄宗、肃宗、代宗、德宗四个皇帝，被誉为四朝柱石，卫国功臣。宦官鱼朝恩肃宗时典神策军，代宗时任天下观军容使，对功勋盖世的郭子仪心怀嫉妒。《资治通鉴》载，郭子仪在外征战，"盗发子仪父墓，捕盗未获。人以鱼朝恩素恶子仪，疑其使之。子仪心知其故。及自泾阳将入，议者虑其构变，公卿忧之。及子仪入见，帝言之。子仪号泣奏曰：臣久主兵，不能禁暴，军士残人之墓亦多矣。此臣不忠不孝，上获天谴，非人患也。朝廷乃安。"

自己在外浴血苦战，朝中有人作祟，暗地里使人挖了他父亲的坟墓。面对这莫大的侮辱，连皇帝也感到无法交代而心里不安时，重兵在握的郭子仪却从战乱环境里难于治军方面哭泣着反省自身，认为这是上天对自己的谴责与申斥，不必要去追究什么个人责任。中外名将，有谁能做到这一点呢？

后来，鱼朝恩邀请子仪同游章敬寺，宰相元载与鱼朝恩有隙，暗里派人转告子仪：鱼朝恩对你嫉恨入骨，这一次要乘机加害于你。子仪的部下知道后，有300多人主动要求随从护卫，子仪笑着说："没有皇上的诏令，谁敢害我。"到了章敬寺，鱼朝恩见他只带了几名家僮欣然而至，便问道："你怎么带的人这么少啊？"郭子仪将他听到的密报与消息和盘托出之后，又笑着说："我带的人多了，你这里收拾起来不就麻烦了嘛！"鱼朝恩听到这话，双泪长流，用手拍着胸脯说道："天下只有你这样襟怀似海的先辈长者，才不怀疑我鱼朝恩呀！"

清代朱轼在《历代名臣传》里这样写道：

> 田承嗣傲狠不轨，子仪遣使至，承嗣西望再拜，谓使者曰："此膝不屈于人久矣！"李灵耀据汴州，公私财赋一皆遏绝，独子仪封币道其境，不敢留，即持兵卫送。麾下李怀光、浑瑊等宿将数十，皆王侯贵重，子仪颐指进退，如家人然。

中国语汇里有"德高望重"四个字，何谓德高望重？在子仪身上，分明得到了最强烈、最逼真的体现。

安史之乱时，以善战著称的仆固怀恩从郭子仪、李光弼作战，屡立战功，官至朔方节度使，广德二年为宦官骆奉先、鱼朝恩所谗，愤而反叛。因为在平息安史之乱中与各民族将领并肩作战，致使郭子仪在少数民族中也很有威望，怀恩便谎称郭子仪已经死了，诱惑回纥、吐蕃、党项、羌、浑等联手攻唐。翌年，怀恩率30万众入礼泉、奉天，京师大震。代宗急召郭子仪抵御。恰在这时，仆固怀恩忽然暴病而殁，而唐军此时也只有一万来人，一下被叛军包围在泾阳,30比1,兵力相距太悬殊了,子仪决定智取。

子仪打听到回纥与吐蕃在怀恩死后为争夺领导权而不睦,便派自己的得力大将李光瓒去回纥大营游说,回纥首领药葛罗听李光瓒自称是郭子仪派来的,疑惑地说:"令公还活着吗?仆固怀恩说天可汗(唐皇)已经抛弃四海,郭令公业已谢世,中国无主,我们才同他来的。既然他老人家健在,我们倒要见一见真神。"

郭子仪深知,唐军只有与回纥联合,集中力量打击吐蕃,才能取胜,他决定去会见药葛罗。诸将劝阻不住,要求选500铁骑卫从,郭子仪说:"那样反而坏事,会招致祸害的。"说罢,只带几位亲随便翻身上马。他的儿子郭晞急忙赶来,拦住马头揪住马缰哭道:"回纥虎狼一样凶狠,你是国家元帅,咋能冒这个险呢!"郭子仪扬起马鞭,照儿子揪着马缰的手抽了一鞭,郭晞手一松,郭子仪纵马奔驰而去。

药葛罗怕唐军用计,让全军摆开阵势,自己执弓注矢,立于阵前。郭子仪见此场面,索性脱下盔甲,把手中长枪也扔了,继续接近回纥。药葛罗他们看清是郭子仪其人,赶忙驱马上前,滚下马罗拜,跪地相迎,子仪扶起他们,拉着药葛罗的手说道:"回纥为唐朝立过大功,唐朝待你们也不薄,为什么要听信谗言,背恩德而助叛臣呢?……我今天挺身而来,你们可以一刀杀了我,我的将士,必然与你们拼一死战。"药葛罗愧悔交加,说是受了怀恩之骗。子仪说:"吐蕃无道,抢掠了大量财物,马牛杂畜长长地排了几百里——这都是上天赏赐给你们回纥的。我们一块破敌取富,这对你们是再好不过的机会。"药葛罗招来了其他各军的酋长,共同对着郭子仪举酒谢罪……"吐蕃知其谋,夜遁"。

郭子仪未费一刀一枪,就这样化解了京城之围。

《唐语林》里这样记载:

中书令郭子仪,勋伐盖代,所居宅内,诸院往来乘车马,僮客于大门出入,各不相识……郭令曾将出,见修宅者,谓曰:"好筑此墙,勿令不牢。"筑者释锸而对曰:"数十年来,京城达官家墙,皆是某筑。只见人改换,墙皆见在。"郭令闻之,怆然。遂入奏其事,因固请老。

郭子仪坚决告老求退,皇帝只好恩准。休息以后,郭子仪下令平日府门大开,上至公卿下至布衣,出来进去,不予过问,如同游自由市场。郭家子弟不理解,一再劝阻,郭子仪说,我家上上下下千余人,不可能都和我们同心同德;如果深宅高墙,严防门户,一旦有人心怀怨恨,捏造诬陷,朝里再有忌妒者附和,问成大罪,我们郭家就会遭殃。现在四门洞开,坦坦荡荡,无秘密可言,即使有人想造谣,也无从谈起。

从命人筑牢院墙到各处府门洞开(自封闭而开放),郭子仪显然是从筑墙者的日常闲言里汲取了现实中的某种教训。

建中二年(公元781年),郭子仪85岁,居家养病,朝中官员络绎不绝地登门探望,子仪会见宾客时,身边总有众多的姬妾侍候。有一天,丞相卢杞前来拜望,郭子仪却让侍妾们一概退下,由他单独接待。事后,家人问他这是何故?子仪答道:"卢杞貌丑,心地险恶;俏丽的女人们见了他那副尊容,忍不住会发笑;一旦让他感到难堪,他会记恨在心,有机会时要报复我们郭家的。"

这是郭子仪生命中的最后岁月呀,依然心细如发,待人接物,一丝不苟。

建中二年六月十四日,郭子仪寿终正寝,德宗哀痛,为之停朝五日,赐谥号"忠武",灵位附祭于代宗庙廷,出殡之日,德宗亲自哭送灵柩。

《旧唐书》有郭子仪说过的话:"自受恩塞下,制敌行间,东西十年,前后百战。天寒剑折,溅血沾衣,野宿魂惊,饮冰伤骨,跋涉艰阻,出没死生,所仗惟天,以至今日。"

"所仗惟天",那是歌颂当时王朝的例行官话,实际情况呢,直如滔天巨浪中行舟那样,全仗个人的器识和能力。

数千年间,名臣宿将又何止成百上千,然而"权倾天下而朝不忌,功盖一代而主不疑,侈穷人欲而君子不之罪。富贵寿考,繁衍安泰,哀荣终始"而如郭子仪者,还能数出第二人吗?

(注:此文原载于 2015 年第 8 期《解放军文艺》)

楹联与女性

> 孙犁诗云：小技雕虫似笛鸣，惭愧大锣大鼓声。
> ——题补

楹联作为特定的文学样式，与古典诗文相互渗透，在文苑里属于独具一格的奇葩。有人估算，千多年来，见诸书刊的楹联已逾20万副，从胜迹祠宇、市井行业、天地虫芥到节庆祝贺、哀挽伤悼，包括讥讽嘲评、谐趣妙对，所涉及的内容相当广泛。

楹联起步时，汉字书法艺术就是楹联的主要表现手段，二者相辅相依，华辇骏骑似的配套而行。意境广远、内容深刻的楹联，很自然地升格为名联。名联足力强健，播扬久远。书法与名联同体，有的书法凋落、湮灭了，名联仍在不胫而走，几乎是走遍了生活的各个角落。

巾帼里佼佼者稀有，楹联里的名联也鲜见，尽管楹联是包罗万象，而与女性有关涉的，更是微妙、有限。

一

个别女性，是因为借助于名联，便留下了姓名。

咸丰年间的京师名伶翠琴病故，众多挽联里有这样一副：

生在百花先，万紫千红齐俯首；

春归三月暮,人间天上总消魂。

夏历二月十二日为百花生日,翠琴生于二月十一日,病逝于三月晦日,这里将其生卒年月与其妍丽风姿、高超技艺融为一体,赞誉其色艺,亦悼其早逝,切题切景,别成韵味。

扬州文士曹雨人寄寓南京,与秦淮歌妓小金交往密切,因赠以联:"小楼一夜雨,金粉六朝人。"此联的氛围开张雅逸,首尾不露痕迹地嵌入二人之名。歌妓要在秦淮河留下名字,谈何容易,这副仿佛天成的联语,十分之四为名所据,继秦淮八艳之后,让"小金"也留下名字了。

袁枚的女弟子金逸,有奇才,喜作诗,不幸新婚一载即病卒,年仅25岁。闺友汪玉轸写下这样的挽联:

入梦想从君,鹤背恐嫌凡骨重;
遗真添画我,飞仙可要侍儿扶。

上联说,我在梦中也想随从你,可又担心你所乘坐的鹤背负载不起我这个凡俗女子;下联谓,你的遗像应当将我也画上去,你已升为瑶池仙姬,很需要我做侍儿来服侍你。此联构思灵巧、别致,感情深挚、细腻。汪玉轸也是袁枚的女弟子,读罢笔涉仙凡两界的这副挽联,我是深深敬佩姐妹二人的青春才华、珍贵情谊。

二

女性是重要历史人物生活里不可或缺的一部分。"不是一家人,不进一个门",有的与名人交集应对,或者名人为之撰联,致使她们也流传于世。

汤显祖年轻时即才名远播,张居正很为赏识,数次召见,汤显祖耻与权贵为伍,坚辞不去。"人不婚宦,情欲失半",大才子却是避不过婚姻。新婚之夜,进入洞房,新娘是个才貌出群的闺秀,对新郎仅是耳闻,从未实见,便于同床共枕之前,微笑着说:"苏小妹三难新郎,传为佳话。眼下烛明如昼,我想一难于你,如何?"说罢,指着眼前的熠熠红烛,吟出上联:

红烛蟠龙,水里龙由火里去。

烛体上刻的蟠龙,在蜡烛燃烧时渐渐销熔而消逝,是为"由火里去"。出题太突兀了,匆促之间,汤显祖难以为对,低头伫立时,猛见新娘足穿红绣鞋,便借机组词,遂得下联:

花鞋绣凤,天边凤从地边飞。

飞天的彩凤被新娘穿在脚上,下一步行将进入新郎的怀抱。才子佳人入洞房,这无疑是风雅含趣的一副"绝对"。汤显祖著名的剧作是《牡丹亭》,剧中那位杜丽娘形象坯胎的形成,自这里也可窥得几分消息。

道光进士沈葆桢的夫人,是林则徐的女儿林普晴。妻子病逝,丈夫写下这样一副泣语连珠、感情凄恻的挽联:

念此身何以酬君,幸死而有知,奉泉下翁姑,依然称意;
论全福自应先我,顾事犹未了,看床前儿女,怎不伤心。

沈葆桢咸丰五年(公元 1855 年)擢九江知府,后随曾国藩佐理军务,林普晴亦随夫参赞军机。林普晴辞世,曾国藩的挽联为:

为名臣女,为名臣妻,江左佐元戎,锦缎夫人分伟绩;
中秋日生,中秋日卒,天边圆皓魄,霓裳仙子证前身。

周瑜在九江的甘棠湖操练过准备抗曹的水军,夫人小乔似曾参赞过军机;沈葆桢任职九江知府时,林普晴参赞过军机吗？对此,笔者不敢妄猜。而沈葆桢、曾国藩分别在挽联里所表述的内容与情怀,难道还有更居其上的艺术方式可供选择吗？在这里,历史名人仿佛成为卓越女性进入名联的中介。难怪,传世之名联,不少是出自于历史人物里的艺术高手。也可见,名联之传世,自有其渊源,不是炒作、捧抬所能够奏效的。

三

有的女性,原本就是历史名人生命进程中的一个重要节点,她们是水到渠成地随着历史名人步入名联之林的。

汉朝大将韩信的墓前有一副"生死一知己,存亡两妇人"的墓联,从历史紧要处触及朝野多人,简洁扼要地提炼总括了韩信的一生。

一知己指萧何:萧何月下追回韩信,劝刘邦拜其为大将,使韩信获得新生;10 年后,吕后也是用萧何计,由萧何亲自骗信至长乐宫,斩之。两妇人一指吕后,一指漂母。韩信少时穷困,受辱于市井恶少,"有一母见信饥,饭信,竟漂数十日"。韩信当初没有变作饿殍,全仗漂母。倘无漂母而韩信饿死,楚汉之争的历史会不会重写呢？两个妇人中，漂母虽然没有留下姓名，可她的历史作用，当不在吕后之下。

岳阳楼东北隅的小乔墓，墓小，墓联却不少。其间有这样一副：

铜雀锁春风，可怜歌舞楼台，千古不传奸相冢；
杜鹃啼夜月，也为英雄夫婿，三更犹吊美人魂。

奸相是曹操，美人指小乔。浅显平易的文字背后，掩遮着奠定三国鼎峙前至为关键的赤壁大战。据郭沫若先生考证："在赤壁之战时有小乔参加。"（见《光明日报》1982年11月16日）英雄割据终归于一枕黄粱，抔土埋香能熏染名士胸襟——名联与文史诗词互为渗透的效用，这里体现得尤其到位，自铜雀台始，以美人魂收，史册里约略提及的小乔，这里似有"提纲挈领"式的艺术功能。

杭州栖霞岭的岳墓之前，有铁铸秦桧夫妇及万俟卨、张俊跪像。此处名联逾百（似为全国陵墓之首），格外引人注目的是：

青山有幸埋忠骨，白铁无辜铸佞臣。

拜谒岳坟者，谁能不读此联呢？此联看似随意，实则与韩信墓联是同样的视界辽阔，寓意深邃，概括力出人意料，超乎寻常。言简意赅是伟大精神的重要特征，可有谁能够设想，该联的作者竟然是清代一位姓徐的女子（上海松江人）。撰联者没有留名，在这里留下名字又有何用？能有这样一副墓联时时引人注目，满可以了——因为这是能够引起一代一代襟怀爱憎的有良知者驻足品味、反复沉思的墓联。

天上雁过长空，地表江河纵横。中国大地上的诸多名联，莫非早就是当今"微信"的雏形吗？对联步调徐缓、沉稳，并不像雁翔、流水那么迅疾，却会在人们的精神领域里走得很远、很远。

四

世人关注历史进程中出类拔萃的杰出女性，名联又岂能放过她们生命里闪耀着的绚丽光彩呢？

武则天是中国历史上唯一的女皇，执政期间，废除阀门制度、促使生产发展，可又滥杀文武臣僚，私生活不加检束，其功过是非实在难于评说。有人就选中乾陵墓园的无字碑，吟下这样的联语："大功俱在史，小节不须书。"简洁干净，以少胜多，艺术上也算是善于遣词。

关于虞姬，安徽灵璧县城东有"虞姬墓"，墓联为：

虞兮奈何！自古红颜多薄命；
姬耶安在？独留青冢向黄昏。

上联用高明"自古红颜多薄命"句，下联取杜甫"独留青冢向黄昏"句，上下联之首字缀成"虞姬"，设问作答，不着痕迹地递进成联，又极其自然地隐喻着东方女性难于破解的命运机密。

虞姬墓在安徽灵璧，其庙在浙江上虞。庙联是：

今尚祀虞，东汉已无高后庙；
斯真霸越，西施羞上范家船。

此联用典浑切，褒贬分明。高后就是斩杀韩信的吕后，至东汉光武帝时,即以薄太后配祀高祖刘邦,吕后已没有资格享受祭祀了,可虞姬的庙宇,至今犹存。下联又将虞姬与西施相比(西施和范蠡的故事人所共知),进一步肯定了虞姬展袖自刎的贞烈气节。

从这里也可以看出,所谓的名联,名人效应是极其突出的——项羽是虞姬的生命背景、精神衬托,当年的项羽如果是觍着脸过了江东,虞姬的身份就会非常掉价。

体现在名联里的刚烈浙东女性,还有近代女侠秋瑾。秋瑾1906年从日本归国从事反清斗争。有一天,她同几个革命党人来到天姥山,登上动石夫人庙。当地人为之介绍此庙的传说:金兵侵宋,赵构仓皇南渡,刚逃到天姥山,风雨大作,山石滚滚而下,金兵遭到猝然打击,狼狈遁去。赵构一伙得救,人们遂说是庙里的娘娘显灵了。嗣后,便称娘娘为"动石夫人",庙为"动石夫人庙"。秋瑾听到这里,想到清廷的腐败,列强的欺凌,山河的破碎,国民性的怯懦,心潮难抑,随即口述一联:

如斯巾帼女儿,有志复仇能动石;
多少须眉男子,无人倡议敢排金。

荒凉破庙里没有僧尼,秋瑾便从地上拣一尖锋石块,将自吟的联语刻画于庙墙。刚刚写罢,忽地泼下一阵滂沱大雨,"浙东飞雨过江来",瞬息间又雨过天晴,奇怪的是,秋瑾方才刻写的字迹没有被雨水冲刷模糊,反而像浸润了墨汁,益发清新。在场的人惊叹不已,竞相传告,致使秋瑾此联才得以流传。秋瑾著名的词句是"身不得,男儿列;心却比,男儿烈",太姥山联语正是三年前的《满江红》一词的赓续。又过去一年,秋瑾被杀害于绍兴轩亭口,遇难之处的亭柱上,当即就出现了这样的联语:

悲哉秋之为气,惨矣瑾其可怀。

"悲惨秋瑾",这是历史老人深长的叹息声。

五

蔡锷是近代军事家,辞世已逾百年。当年,究竟是谁帮助蔡锷潜出北京城的?至今论说不一,有人说是时在交通部任职的曾鲲化,有人说是澳大利亚驻北京的记者端纳,有人说是云吉班的小凤仙。

名联里挽联甚多,因为挽联是将文化长河里的一波波巨澜化作了历史陵园里的一峰峰碑刻,挟有盖棺论定的意思,经得起岁月的检验、打磨。蔡锷病故,众多挽联中,人们一致认为小凤仙的挽联是难得的妙品:

万里南天鹏翼,直上扶摇,那堪忧患余生,萍水姻缘成一梦;
十年北地胭脂,自悲沦落,赢得英雄知己,桃花颜色亦千秋。

蔡锷被袁世凯软禁于北京时认识了小凤仙,爱憎分明的小凤仙敢作敢为,蔡锷在她的帮助下逃回云南,起兵讨袁,赢得了中国近代史上著名的护国战争的胜利。孙中山的挽联是"平生慷慨班都护,万里间关马伏波",以班超、马援隐喻蔡锷之忠勇殉国。蔡锷积劳成疾,客死于日本。小凤仙的上联说:你是生长于南国的英雄,大鹏展翅,前程万里,但出于忧国忧民、心力交瘁而辞世,我与你萍水相逢的姻缘,终究是化作一场空梦;下联说:我南来北地十个春秋,沦落风尘,无限悲戚,想不到赢得了你这位英雄的认可、赏识,并结为知己,像我这样地位低下的一介女流,也将附骥尾而流芳千秋了(从含义顺序来看,上下联是应当调换位置的)。

这副挽联典雅悠永,挚情入骨,小凤仙就算是才女,手底能够写出这等文字吗?有人考证,这副挽联是易顺鼎代笔而成。易为光绪年间的举人,擅长联语,代笔之时,已年近花甲了。在蔡锷的追悼大会上,挽联如雪海。挽联之下,跪着一身缟素、垂泪饮泣的小凤仙,这历史性的一幕,本身就是难于移易的一桩铁证。

34岁的蔡锷与17岁的小凤仙往来时,蔡有两副对联赠予小凤仙,其一为"此地之凤毛麟角,其人如仙露明珠",嵌"凤仙"二字于其间,称赞其媚丽过人。其二是"自古佳人多颖悟,从来侠女出风尘"。当年的蔡锷,岂是感情用事之辈!在他的手底,一字千钧,拟将一位妓女冠之为"侠女",可不是轻易能下笔着墨的了。琢磨先后联语,忖度世情人心,笔者认为,当年掩护蔡锷者,最可信的是小凤仙。

面对天地日月,风云变幻,对联美学含义的开放性、坦诚性、磊落性是独具一格的,是谁也无法限制、封杀、禁止的。行至20世纪,作为文苑里别致的一部分,是否可算是抵达了联语艺术之峰巅呢?

风云万里兮爱河九曲

1943年秋，一天早饭后，通信员火急火燎地交给太岳二分区司令员（兼三八六旅旅长）王近山一封急件。王近山拆开，竟是师长刘伯承的亲笔信："近山，奉党中央命令，派你带十六团赴延安扩编部队，保卫陕甘宁边区。现在日寇正集中重兵在太岳地区扫荡，敌情复杂，形势紧张，路上一定要多加小心……此次西行，你是独立作战，在敌众我寡时机变幻很快而上级又无法及时指导的条件下，发挥我军机断行事的优良传统……"

天高云淡，雁声嘹唳，太行山秋色正好。10月20日，千余人的队伍全部化装成老百姓，准备从敌人的眼皮子底下夜行晓宿，悄然西进。太岳纵队司令员陈赓亲自送行，他郑重叮咛："近山哪，此去任重道远，你可千万要小心啊，记住，要尽快赶往延安，半路上尽量不要求战；万一发生战斗，也要力求速战、速决、速离。你还要掩护一批负责干部和家属子女，可一定要保证他们的安全哪！"家属子女的队伍里，包括王近山的妻子韩岫岩与他的小女儿。

10月22日，王近山一行神出鬼没地到达了洪洞县东南25公里处的韩略村。韩略是敌人的据点。地下党向王近山介绍敌情：冈村宁次正在对太岳地区施行规模最大、极为残暴的"铁滚扫荡"，每天上午都有很多满载货物的汽车由临汾开来，去支援扫荡的鬼子；下午，又满载从我根据地劫掠的物资返回临汾，气势汹汹，不可一世，疯狂的了得。王近山一听，"疯"劲就上来了："打他狗日的!"换为别人,是不敢贸然打这一仗的,因为这是敌人的心脏部位,好打不好撤;况且,司令员陈赓是有言在先。王近山却没有那么多顾虑:"为什么不打?上级给我们的任务是向延安开进,可是,现在敌人的胸膛就在你的刺刀前面,你们说,我们是把刺刀捅到敌人的胸膛里去呢,还是睁一只眼闭一只眼,假装看不见?"

大家齐声回答:"司令员说得好,咱们用刺刀捅敌人!"

24日上午9时,日军3辆小汽车、10辆大卡车浩浩荡荡地开上了韩略村西南公路,公路两侧是两丈多高的陡壁。一位挑着柴禾的农民站在公路上,望着远远开来的军车微笑。突然间,农民不见了,柴禾着火了,两侧崖上的玉米秸、高粱秆全都变成了愤怒的枪弹、手榴弹、炸药包。日军没想到在自己的心脏里会遭到伏击,更没想到公路上那个挑柴禾的农民就是伏击战的指挥者王近山。

彼此拼杀三个多小时,乘着13辆汽车的120多个日本鬼子仅三人逃脱外,全部被歼。这群日军蛮悍凶顽,大多数佩带着指挥战刀,由少将旅团长服部直臣带队,内有六名大佐联队长,其余的全是日本"支那派遣军步兵学校"第五、第六中队及其他一些军官。日军华北方面军司令官冈村宁次,策划部署了"铁滚式三层阵地新战法",得到东京参谋总部的赏识,冈村宁次受宠若惊,忙从各地抽调100多名军官组成"战地观战团"赴太岳区前线观战。这一伙在中国土地上横行霸道的杀人魔王,死也没想到"观"到了王近山的枪口上,集体到阎王爷那儿报到去了。

得到消息,冈村宁次暴跳如雷,急调10多架飞机追踪王近山,并从数路正在"扫荡"的敌军中抽调3000余众向王近山合围。冈村宁次呜哩哇啦地吼叫:"再牺牲两个联队,也要吃掉这股共军!"而王近山率领的这支队伍,早已消失得无影无踪。

经吕梁,渡黄河,王近山这一支千余人的铁流逶迤辗转地进入了延安。中央军委成立了新四旅,王近山受命担任主帅。毛泽东握着王近山的手说:"我早就听说有个红四方面军的'王疯子',现在你可是成了吴下阿蒙了,有勇有谋,了不起呀!这次韩略伏击战就说明你勇敢、果断、有胆略,抓住战机打了个漂亮仗。"王近山感到毛主席的手有力而温暖。这是一双掀天揭地的巨掌。

新四旅在王近山带领下生产自救。王近山自己也利用难得的空闲,迎着凛冽寒风,从垃圾堆里捡拾尚未烧透的煤核。一个周末,他请好假,挎着一篮子捡来的煤核,翻过一座小山包,回到小砭沟自己的"家"里。王近山正在逗小女儿玩耍,妻子韩岫岩参加开荒种地回来了。她倚住门框,微笑地望着正在爱抚小女儿的丈夫。

王近山惊喜地看见了妻子:"岫岩,你又瘦了。手怎么这样凉啊,这是我捡回的煤核,快生火烤烤,就用这火做饭吧。"

岫岩笑着说:"过去我是个捡煤核的穷丫头。谁能想到,现在你这八路军的大旅长,在延安也捡煤核哩。"

"你过去捡煤核是为了活命,现在我捡煤核是为了把日本强盗赶出去,目的不同哟。"

王近山与韩岫岩从相识到相爱,在五年之前。

1937年年底,日军调集骑兵5000余人分成六路,以马蹄形阵势向寿阳东南之一二九师"分进合击"。临危受命的王近山率部在内线与2000多日寇从天亮直杀到日落西海,他身负重伤,昏了过去。一颗子弹打穿肺部;另一处伤在左上臂,形成脓动脉血肿,被送进了一二九师卫生部的医院里。这里,老战友陈锡联(七六九团团长)也负伤住进了医院,他的伤是子弹从嘴里穿入,打掉了牙齿,又从颈部钻出,也伤得非常玄乎。伤势严重,短时间痊愈不了,这两个老战友就谈笑风生,海吹神聊。

野战医院的白衣天使进进出出。陈锡联神秘兮兮地问王近山:"呃!伙计,你知道谁是这个野战医院里的'院花'吗?""院花",指的是这群白衣天使中最迷人的女子。王近山心中有数,却故意卖关子:"谁呀?我看不出来,也没听说过。""你打仗行,看女人不行。小韩就是院花嘛,她最漂亮了!全院公认的。"

小韩就是韩岫岩。她是全家12口一起来参军的,来时,几匹骡子驮了好多药材和医疗用品,简直是为一二九师驮来了半个医院。

"首长,换药了。"一声甜甜的呼唤,一双柔润清亮如晨星的眸子便沉静地对着王近山。韩岫岩1921年出生于河北保定,娉娉婷婷,脸庞清秀,王近山无声地服从了"命令"。一转脸,陈锡联正朝他挤眉示意。显然,这就是他们刚刚谈论过的那个小韩。王近山竟莫名其妙地感到了自己的心跳在加剧……

中午,留着两条粗黑长辫的小韩端来个大钵子,香喷喷的。她笑着说:"今天改善伙食,清炖母鸡,来,趁热吃吧。"陈锡联看看大钵子,又看看近山,咂嘴摇头:"近山,便宜你了。这狗日的子弹什么地方不好钻,偏偏钻到我嘴里来了。这么大的口福摆在眼前,我可是干瞪眼。"近山喜上眉梢,笑道:"谁让你嘴馋,连子弹也要偷咬一颗?!"

说到咬子弹,陈锡联无声地笑了。早在1927年,近山的故乡红安正在董必武、陈潭秋播下的火种里急速变化,王近山的姐姐串联了一群穷小子,领着12岁的王近山涌进一户土财主的家里,姐姐勇敢地对财主发话:

"我们要革命,你得给我们枪。"

土财主对一群毛孩子不在乎:"枪!什么枪?我连见都没见过。"

"给钱也行。我们拿钱买枪。"

土财主不耐烦地挥挥手:"去去去!活腻歪了!"

王近山手叉腰往前一闯,掌心亮出一粒明锃锃的子弹:"这是我放牛时在荒坡上捡到的。"土财主定睛一看,是颗真家伙,站住不吭声了。王近山一下子将子弹咬在上下牙之间,弹头对准着财主。姐姐从旁说道:"你不拿钱,我弟就咬响子弹,炸死你狗东西!

土财主慌了神,土地爷逮蚂蚱一样,连忙掏出几块光洋,塞给王近山姐弟:"别咬!别咬!千万别咬!穷不要命的,你们真狠。我服你们还不行?!"

王近山小时随姐姐闹革命的事,陈锡联前些天给小韩讲过。王近山说到嘴馋咬子弹,陈锡联点头一笑,韩岫岩也禁不住笑了,她笑得轻柔、和悦,清潭里绽开涟漪似的又静又美。王近山对着大钵子说:"不能吃肉喝汤罢,精华可全在汤里哟!肉嘛,我就不客气了。"

小韩看着吃肉喝汤的两个战将,大大方方地说:"知道吗?你们两个这些天是我们院里的中心议题呢,大伙都敬佩你俩。说你们是红军老大哥,勇敢得不得了。但谁也没有想到,你们还是这么年轻……""年轻"后边本来还有"英俊"二字,小韩脸一红咽了下去。

1931年冬天,大雪弥漫,新成立的第四方面军发起了黄安战役,经43天激战,创下了我军历史上第一次夺取敌一个整师兵力防守的坚固据点的辉煌战绩,敌69师师长赵冠英成了阶下囚。在战场上,总指挥徐向前兴奋得朗声大笑。主帅高兴,16岁的王近山望着主帅,也咧开嘴笑了。徐向前笑着对硝烟满身的王近山点头:

"嗨!我还有这么漂亮的小营长!好一个'王疯子'嘛,把敌人都吓得尿裤子罗,哈哈哈!"

这个"猛似张翼德,勇赛夏侯惇"(刘伯承评语)的王近山,这时节23岁,眉开鹰翅,风华正茂,其"英俊"风采可想而知。韩岫岩能不心动么。

"钱部长,我可以做手术了吧?"

卫生部长钱信忠看看伤口,理解王近山归心似箭,只好说:"明天吧。王团长,你可是创造了医学上的奇迹,这只保不住的胳膊硬是保住了。不过,即使手术后,也会留下一定程度的功能障碍,你要有心理准备。"因为是局部麻醉,剧疼超乎寻常。王近山听见钢凿在肱骨上"滋滋"凿动的声音,疼出一身冷汗,他紧咬嘴唇,拼着命一声不吭。韩岫岩用毛巾连连轻拭着王近山头上的汗珠,眼窝里噙满了热泪……泪水实在是忍不住时,她一边揩泪一边轻轻地说:"我唱个歌给你听听,好吗?"王近山艰难地点头,小韩轻轻唱了起来:

天涯哟海角,
觅呀觅知音,
小妹妹唱歌郎奏琴,
郎呀咱们俩是一条心……

手术成功,王近山的伤口好得很快。出院之前,院领导示意要他到村外的小河边去一趟:"有人在河边等着你哩!"

清漳河细浪清流,悠然如带,小韩候在岸旁。二人交换了一个眼神,肩并肩坐在水畔。小韩说道:"我父亲是下煤窑的。我呢?是个捡煤渣的小丫头,姑姑做人家的童养媳,被活活地打死了。我母亲替大户人家浆洗衣服,每次洗好后让我送去。大户人家门槛高,人横狗恶,他们放出狗咬我,我被门槛绊倒了,身上被咬得到处流血,衣服掉在地上,人家又让我抱回去重洗……我原来叫秀兰,我自己改成'岫岩'。听人说岫是山洞,洞上有岩石,我即使当不了刀和剑,也要当一块石头,去砸鬼子。"

王近山望着她清秀俊气的模样,敬佩她坚韧、自立的勇气和性格,同时也表白自己:"我原来叫王文善,父亲可能希望我与人为善吧。可在这个世道上,大户人家怎不与我们穷人'为善'呢?!我们穷人只有挺直腰杆,像大山一样不屈不挠地跟反动派斗争,推翻他们,我们才会有好日子过。你叫岫岩,我叫近山,山与岩相近,想不到我们各自改名还是一个心思呢!"他见岫岩害羞地揉搓着辫梢,自己便开门见山地说:"岫岩,要是你同意,我们往后就是那种关系了,你今天得表个态!"岫岩甩着长长的辫子跑开了……

王近山伫立在河边,任凉凉的晚风吹拂着自己烧红的两颊。徐向前曾称王近山是一位"翩翩美少年",此时此地,这位美少年心头却忽然泛起这样的一个念头:岫岩是个自尊自强、心性刚烈的好女子,各方面无可挑剔。怕只怕我俩的性格犟到一块去,时间一长,可就拧了。

暮春,太行之夜,月光皎洁,群峰仿佛沐浴在画图之中,王近山一个人在院里踱步,他的心情格外舒畅。在这三八五旅的驻地,他觉得今天与往日大不一样,山色、月辉,逾外的清净、安谧……

"近山,你看谁来了。"陈锡联从门外推进一个人来,使一个眼色,笑着一转身就走了。

韩岫岩站在门边,一双明眸秋水含烟,咬住唇儿,羞涩地望着王近山。如此月夜,果然从天上掉下个林妹妹!

"小韩,你今天怎么有空儿了?!"

岫岩笑着红了脸:"院里专门给的假。"

"给假?这叫什么假?"

小韩没吱声,羞嗔地看了他一眼。通信员进来了:"报告!王副政委(王近山时任副政委),旅长让我送饭菜来了。"

"嘀嘀!旅长今天可真大方呀,煮了四个红鸡蛋,还有酒。小韩呀,你是稀客、贵宾,我今天可沾你的光啰!"

小韩羞得抬不起头来,脸更红了:"这是组织特意……安排的,我……我们……"

"小韩呀,今天是咋啦?说话怎么吞吞吐吐的,像是变了一个人?"

陈锡联一脚跨进门来:"近山,等等。这第一杯酒让我来敬你们。现在我来揭开哑谜:组织上已经批准你们今天结婚!"

花雨纷披、喜从天降,王近山一时竟傻张嘴巴,不知所措!

陈锡联举起酒杯:"来来来,祝新郎新娘幸福美满,白头到老!现在条件差,只能用这杯薄酒表示恭贺!……喝呀,喝酒!两情若是久长时,又岂在朝朝暮暮,你俩的好日子还在后边哩!"

在延安,从1943年秋天到1945年秋天,王近山一家生活了两年。1945年8月25日,一架破旧的美军DC-9军用飞机从延安机场起飞,将20位著名战将——刘伯承、陈毅、邓小平、林彪、陈赓、杨得志、陈再道、萧劲光、邓华等人送往中国大地上的各个战场,王近山坐在门边上,机舱门因为破旧而弄没了,凉风一股一股没命地往里灌……上飞机前,他托人捎了个口信给岫岩,说自己来不及回家告别了。

战争岁月,戎马倥偬,岫岩与近山算是历尽了艰辛。1941年,王近山是新八旅政治委员,高厚良是副司令员。高厚良有事去师部,回来时拐到医院对小韩说:"近山过于辛苦,身体不太好,你请假去慰问一下吧。"岫岩立即上了高厚良的高头大马,二人结伴急驰。到八旅驻地下马时,岫岩脸色泛白,额头渗出豆大的汗珠,马背被濡湿成一片紫黑色。因疾驰颠簸,她怀上的第一个孩子流产了。

1947年早春,军情似火,王近山坐吉普赶往前线时翻车,致使右侧大腿粉碎性骨折,岫岩坐在病床前死磨硬缠,给近山一口口喂饭,让这个郁郁寡欢的人重获生机,再度冲上前线。在延安,小女儿病殁,夫妻二人抱头痛哭;痛苦过度,王近山病了,高烧40度,熬了几天。他清醒时,睁开一双深凹的眼睛,首先进入眼帘的,是蓬头垢面的岫岩强撑在他的床边,手里捧着早就熬好的稀饭……是残酷往复、竞相角逐的战云,逼着这对年轻夫妻相濡以沫,共度艰危。

1949年年底,刘邓大军拿下了重庆,蒋介石乘飞机逃离,这座山城一下变成了欢腾的海洋。

王近山应邀到重庆大学讲演,人们奔走相告,将这位35岁的兵团副司令的半生经历传扬得神乎其神。王近山一表人才,口才又好,其讲演生动幽默,磁石一般引人,尤其是那些女大学生,一个个心旌摇荡,终宵难寐。每次讲演结束,台下掌声雷动,气质优雅的女学生们从鲜花丛中大胆地挤上前去,涨红着脸庞递上精美的笔记本,请"英雄"留言签字。王近山的确是太迷人了!很快,一件传闻传进了韩岫岩的耳中,一个女大学生迷住了王近山。岫岩托人打听了一下,这个大学生不是别人,竟是自己的妹妹秀荣。岫岩这个妹妹和自己的姐姐一样,秀逸清纯,俏丽出众,而岫岩自己这时节尚不到30岁,她大度地笑笑,对这事并不介意。丈夫、妹妹、自己的感情根基,岫岩是心中有数。

朝鲜土地上上甘岭一战有着罕见的惨烈,这惨烈化为辉煌的星辰,为王近山的杀伐生涯划了一个圆满漂亮的句号。栖霞洞晚秋的一个晚上,王近山和以往一样,参加舞会,他一条腿长一条腿短,居然把舞步迈得风流倜傥,山重水复,出奇的优雅华贵。舞会结束,小姨子韩秀荣在重庆山城那双火辣辣而又柔情似水的明眸,与韩岫岩那双眼睛几乎是难解难分,交递出现在王近山的面前,"剪不断、理还乱",王近山一下子变得格外烦恼……

终于,王近山又踏上了祖国的土地。数年前在重庆山城的"艳遇",逐渐摊开在韩岫岩的面前。岫岩心里是无法言诉的无辜和痛苦:一个是手足情深的妹妹,一个是休戚与共十八载的丈夫,她简直无法正视这难堪的一幕,但又怎么能避得开呢?

1955年初夏,中华人民共和国举行第一次授衔仪式,刚刚步入不惑之年的王近山被授予中将军衔,任命为北京军区副司令员、公安部副部长。韩岫岩生性刚烈,百般无奈时,她将一张"状纸"递给了组织。当初这个"家庭"是组织撮合、安排的,这个时候,在紫禁城里,她希望组织能挽救这个沦落的"家"。可她万万没有料想到,自己的这个做法反而沉重地激怒了丈夫。王近山愤怒了,索性将一纸《离婚报告》迅即上交了组织。组织当然是公道的,批评、教育王近山,希望他"悬崖勒马",郑重地告诫他不要在胜利之日充当喜新厌旧的陈世美,否则要给处分。战争年月的患难夫妻,咎在王近山,处分当然是严厉的。进了城,革命成功了就要换老婆,王近山不是率先当了个"李自成"么,可天性倔强的王近山打了一辈子硬仗,他不尿"处分"二字为何物:"我王近山明人不做暗事,离婚我铁定了,组织爱咋办就咋办。"于是,处分下达:行政降为副军职(相当于由中将职衔降为大校级衔);开除党籍;调往河南周口地区黄泛区农场任副场长。

"山""岩"结合,"岫"而险峻,莫非是宿命?!更教王近山痛苦的,是那位仪态万方、气质温柔的小姨子韩秀荣,迫于风刀霜剑似的"人言",又念及与岫岩的姐妹深情,她一夜之间溃逃了,从这个地球上一下子消失了。岫岩眼前,只留下妹妹的一封信,信里写道:"姐,想办法跟姐夫和好吧,千万不要离婚!"

秀荣之降生于岫岩之后,仿佛就是为了拆散这一对"英雄美人"自烽火中铸就的姻缘,将这一对并蒂莲揉得烂碎。"天妒良缘",她莫非是奉上天的某种特别旨意而故意被差遣下凡的。

王近山与韩岫岩,战云血火里生死相依,功成名就时分道扬镳,悲欢离合兮鬼使神差,尘世间谁晓得个中秘密?! 40 岁的王近山呀,不惑而大惑,且又惑之极而不悔,真是性格里早早就伏下了个人命运的乖戾因子。

离京前夕,只有一个保姆黄振荣帮着王近山收拾简单的行李。收拾得差不多时,小黄轻轻地掩上门扉。这位识字不多的乡下姑娘站立在近山面前,直直地盯住他,沉默片刻,终于勇敢起来,开口说道:"首长,我要跟你去农场。"

王近山忽然一愣。家里的风风雨雨,激雷闪电,黄振荣全都清楚。她目不转瞬,坚定地盯住王近山。王近山想了想,平和地说:"小黄,别犯傻! 我去的农场偏僻,也很苦。你还是……"

"首长,我要跟你! 这辈子跟定了!"

王近山再一次摇头:"我是犯了错误的人。再说,你刚刚20 岁,人样周正,又那么聪明,正是最好的年华。"

"首长,你别说了,我知道自己要怎么生活。我从小没念过书,你莫不是嫌弃我吧? 可你也看看,打了一辈子死仗,现在又落下这样个身体,到一个苦地方,还有谁能照顾你呢?!"

王近山这才发现,小黄不仅仅是人样好,且又善良之至。战将就是战将,他与黄振荣便"闪电"式地结婚了。

1965 年 8 月,王近山赴京看病,因为 10 年前的医疗证早过期作废,人家将他"轰"了出去。王近山苦笑一下,没有说什么,转身去找驻京联合办公室的一位同志。传达室的人看他土里巴叽,奚落地问:"你会填会客单吗?"

"我找的人叫戴宏。你要通电话,我和她说话。"

戴宏对接待室值班员说:"你问问是从哪里来的,叫什么名字。"

值班员从话筒里回答:"来人很倔,不告诉我名字,也不肯填会客单。"

"那你让他接电话。"

电话里传出一个熟悉的声音:"是我呀,我是来看看你们。"声音这么熟,可戴宏一时又想不起来这人是谁。

"听不出来?我是六纵的。"戴宏一下子明白了,连忙招呼:"啊!王司令,我们马上来!"

戴宏的丈夫蔡捷就坐在边上,一听是老首长王近山,忽地起身,夫妻二人几乎是一口气跑到了大门口的。六纵时,蔡捷是政治部的秘书,新中国成立后转业地方工作,一直在北京。王近山被贬的前因后果,他夫妇是了解的。眼前的六纵主帅,一身"乡巴佬"打扮,风尘仆仆,面容清瘦、疲惫。蔡捷夫妇已是相当一级干部,彼此照面,几乎都不认得了。蔡捷禁不住心里发酸,静了片刻,才问道:"王司令,听说那个农场条件很差,只两间半小平房,地又凹凸不平,而且只有个公共厕所。你这腿……"

"咳!反正我是个瘸子,坑坑洼洼走起来,反而觉得平坦,人哪,削官为民,照样过活。"王近山说话不拐弯儿,"我原来看病在北京,离京多年,医院早换了证,所以人家把我给撵出来了。你们能帮我托托人,给重新办个证吗?"

蔡捷夫妻非常震惊:共和国的一代名将啊,怎么竟落到这步田地!

王近山又提出:"来趟北京不容易,我想看望一下谢觉哉谢老。他的电话我有,可死活打不通。你们能帮我联系一下吗?"

电话通了,是谢老的夫人王定国接的,电话里传出一个惊喜的声音:"近山来了!请他等着,我们马上去车接他!"

从听筒里听到了王定国熟悉、亲切的声音,王近山踉开几步,背过身去,似乎在悄悄揩泪……

北京会多。有一次,各大军区领导开会,许世友瞅了个空儿,对毛主席说:"主席,我想向你报告个情况,这事只有你才能解决。"

毛主席望着眼前这位爱将,笑了:"说吧,么事呢?别转弯抹角的。"

"战争年代有几个人很能打仗,现在日子不好过。比如说王近山,我建议主席能过问一下。"

"噢!你说的王近山,就是那个'王疯子'吧?!"主席似乎在回忆当年处理王近山的事儿还有没有印象。

许世友忙说:"就是他!这个王近山对革命有大功,那个恋爱问题处理太重了,这不公平。应该叫他出来工作。"

沉吟了片刻,毛泽东望了眼边上的周总理,说道:"这事叫恩来过问一下,还有谁?一并解决……你说的这个王近山,疯得很有水平呢,人也很有个性,下一步放虎归山,谁个敢要他?"

"别人不要我要。就放在我们南京军区。"许世友赶忙回答。

1969年7月的一天,"火炉"南京,午夜1点。从郑州开往这里的火车到站后,当年王近山的老部下,而今都是军级干部的尤太忠、吴仕宏、肖永银及一大群军人在卧铺车厢到处找人,好不容易才从人流里认出了王近山。王近山与黄振荣是坐硬座来的,大包小包,全是新摘下的地瓜、玉米、南瓜之类,王近山拎着的竹篮里装了三只"咯咯咯"叫的大母鸡,黄振荣紧倚在王近山身边。几位将军快步迎上前来,逐个儿向老农似的王近山立正、敬礼……

下车的众多旅客好不惊诧:这老头是个什么人?即便是最有贡献的农业专家,也不会有这么多将军毕恭毕敬给他敬礼呀!"老农"王近山对几位将军说:"这鸡是自家养的,全是吃地里的虫虫长大的,杀了舍不得。"

将军们似乎从中听出了一番辛酸,垂下头沉默不语,母鸡们争着抢着"咯咯"不已,黄振荣咋也制止不住;三只母鸡也怪了,仿佛一定要对簇拥的人流诉说些什么⋯⋯

邓小平1975年复出时,专程赴南京看望王近山,本意是想对王近山委以重任。到南京后,才知道王近山去年住进了医院,患的是贲门癌,正在抢救。当南京军区领导准备向小平汇报工作时,小平发话:"我不是来听工作汇报的,我要听你们汇报王近山的病情。"他听后指示:要尽一切办法治疗,不行就送北京。远在沈阳军区任司令员的老部下李德生听说了他的病情,特地派人给捎来了红参。

死神在向王近山步步逼近。在北京某医院任副院长的结发妻子韩岫岩,得知王近山得了重病,心如刀绞!一日夫妻百日恩啊,她对他的怨恨早已烟消云散。

韩岫岩好悔哟,后悔自己当初一时冲动,没有听从妹妹的最后告诫,造成了"一失足成千古恨"的重大损失。如今他病了,她回想起当年在中原一二九师医院那幸福的岁月,此刻多想为他做点事情,譬如说把他接到北京来治疗,为他请最好的医生,用最好的药。她甚至想到让任外科主任、号称"一把刀"的亲弟弟给他做手术。

那些天,韩岫岩就像丢了魂一样,一幕幕往事涌上心头⋯⋯

他们有战火和鲜血凝成的情谊啊!尘世间千年万岁,这样的爱情何曾有过!她想到南京去看望王近山,哪怕他已有夫人,但作为前妻和战友,韩岫岩还是禁不住潜然泪下……她情不自禁地给南京拨通了电话,接电话的是王近山昔日的警卫员。这位王近山忠实的部下了解他们"风波乍起"的过去,他一直对韩岫岩毁了首长的往事耿耿于怀。前几天,王近山还说道:"战场、情场、官场,场场惊心动魄啊!"

警卫员此时突然接到韩岫岩的电话,就毫不客气地回绝道:"你来南京干什么?是想让首长早点死吗?首长说过,到死也不见你!"说到这里,警卫员就"啪"地压了电话,南京那边没有了声音,北京的韩岫岩还痴痴地捏着话筒,泪流如注,她的泪眼之前翻卷着天河之水!牛郎织女被王母娘娘从头上拔出银簪一划,他二人之间就翻卷着这样的一条银色的天河,可一年一度之七夕月夜,牛郎织女总还有鹊桥一会呀!可她与近山,永远是……

1978年5月10日,王近山弥留之际,老战友聂凤智司令员来到了他的病床前,俯在他的耳边说道:"近山,你还记得当年我们在延安偷看'眉户戏'犯纪律的事儿吗?那时你是师长,我是团长,还有个师长徐深吉;彭总派出的纠察队一个连长带队,抓了我们两个师长一个团长——那时我们都二十岁当,真年轻哟……"

王近山已经不能够再回答老战友了,他的脸色出奇的安详、纯洁、静谧。

遗憾的是,这时节的王近山也没有听到另一个人的呼唤:病榻上已是86岁高龄的刘伯承元帅听到近山辞世的噩耗,突然瞪大了眼睛,直愣愣地望着天花板,嘴里叨念着:

"近山!近山哪!"眼角滚下了两行热泪……

(注:此文原载于《红色恋人》,中共党史出版社2005年11月出版,并刊于2017年第6期《解放军文艺》)

静影沉璧
——西子归宿考

西施,又名夷光;称作西子,是孟子开的头。这位春秋末年的著名美女,芳名远播,其生卒年月与归宿却一直是个谜。生卒年月不详可以理解,归宿不明,纯粹是人为的。

宋人《锦绣花万谷》引《吴越春秋》云:"越王用范蠡计献之吴王,其后灭吴,蠡复取西施,乘扁舟游五湖而不返"。《吴越春秋》是东汉赵晔所撰,原12卷,今存10卷,全书于旧史所记之外,增入不少民间传说。文人们总是自觉地站在美女的"对象"立场,期望美女形象完整,而且有个大团圆的结局,据此文字,多方引申,惜美、怜美之心人皆有之,长期耳濡目染,后继的人们也愿意相信西施是跟上足智多谋、富贵聪明的范蠡乘扁舟而游五湖,变易姓名,去人们不知道的好地方悄悄然安享清福了……

赵晔前有《史记》,书中只提范蠡,根本没有西施的故事。这个西施究竟归宿于何处呢?《吴越春秋》逸篇云:"吴亡后,越浮西施于江,令随鸱夷以终。"西子殁后两千年,杨慎解释:"随鸱夷者,子胥之谮死,西施有力焉。"认为西子馋谮子胥,不知杨慎所本,今人难究其详。认可"越浮西施于江",却与《墨子·亲士篇》里关于西施的最早期的记载相一致:"西施之沉,其美也。"一说"浮西施于江",一说"西施之沉",将西施缚置漏舟之上,让其随着波涛浮荡渐渐地沉没,终究是沉之于幽幽江底了。浮、沉二字,一个意思。

"吴王亡国为倾城",吴国败亡,后世公认西施是立有大功的。

论功行赏,按理说越王是应当予以重赏的(伍子胥是吴国的忠臣良将,倘是西施将这个人谮死,对越而言,则更为功高)。吴亡后,越王非但对之无赏,反而要将其"沉江",喂鱼喂虾,这是什么原因呢?

越女情重,西施在吴有一个无可回避的、致命性的失误,她是真心实意地爱上了夫差,忠实于夫差。要说这是弄假成真,一个纯洁的少女不能不弄假成真。

勾践、范蠡最初拟订美人计,决定将西施献给夫差时,要引诱夫差朝歌夜舞、饮酒作乐,沉溺于女色仅仅是手段,终极目的是让他荒芜朝政、对越失去警觉性而丧国灭身。无论手段还是目的,作为密谋诡计,决然不会告知于任何一个第三者。他们充其量只会这样告诉西施:"因为你聪慧、善良,能歌善舞(离乡后受过短期专门训练),我们准备送你去吴国享洪福。到了吴王身边,你可要尽心尽力地服侍他。他若能深深地喜爱你,我们这些做臣子的也就算有福气了。"勾践身边的其他谋士,包括护送西施的特别使者和仪仗队伍,充其量以为这是讨好吴国的"和亲"之举,是一桩稀有的盛事,有谁能参透勾践与范蠡的隐秘计谋呢?

盛妆之后被搁置在华丽轿子里的西施,原本是苎萝乡一个卖柴人的穷家女儿,素常所去的最远处,或许就是到山下溪水处浣过几次纱吧。这次盛妆之后的郑重远行,在外人看来无异于小鲤鱼跃龙门,西施胸中无点墨也无城府,只会牢牢记着勾践或范蠡在她动身时的那些嘱咐,而且认定这些嘱咐就是她此行的最高使命。"美人计"里的美女,只能选幼稚天真者承当。被穿在钓钩上的香饵,何曾知晓自身要钓得大鱼的深远使命。

到了夫差身边以后,西施姑娘慧丽温柔,善解人意。"占得姑苏台上春",夫差由衷地爱上了她,在太湖畔的砚石山上修了一座馆娃宫,让西施居住,"贯细珠以为帘幌,朝下以蔽景,夕卷以待月",宫之长廊回环曲折,雕栏画栋,以珍木铺地,空虚其下,令西施着屐漫步绕之,其脚步声玎玎玞玞,仙乐一样比苎萝江的水波声还要清晰悦耳。夫差也太会享受了,这馆娃宫真有点像曹操那个铜雀台之前身。豆蔻年华的西施倘若不够纯情,或者纯情而不甚到位,夫差会对之如此溺爱、珍惜吗?

公元前494年,吴国大败越国于夫椒,20年后,公元前473年,越王反败为胜,取得了一举"沼吴"的重大胜利。由此推测起来,夫差与西施的长夜春宵之乐不会短暂,也就是说,他二人的"恩爱之情"有一个渐进渐深的漫长过程。越国最初教习西施之际(《越绝书》记载当年训练过拟献吴国的西施、郑旦,郑旦大约逊于西施而被淘汰),竭力灌输的,是教其如何施展爱的魅力(后人会目之为媚惑),如何以温柔缱绻掳其魂魄;而吴国,也属于美女如云之乡,西施倘无真爱,不比吴女在姿色、爱情上更高一等,怎会占得姑苏"台上春",而且又占得那么长久?

对敌方所晋之美,夫差是本能地怀有高度戒心的,虚情伴爱很难化作他心底的一痕微笑,反而会导致西施失却立锥之地,这是显而易见的常识。西施纯然是无心计而有真情、唯至诚而无二心,这才以一个美丽少女的温柔化解了夫差心底的戒意。"吴宫花草埋幽径",这才是爱的秘密,是历史所掩藏着的草蛇灰线。

待夫差身丧国灭之日,曾对夫差许身有年的西施理所当然的是属于女俘。越方商议着对这个女俘怎么处置时,吴宫血流成河,天空硝烟未散,斯时斯地,有谁能站出来指出这个"女俘"对"沼吴"立有特殊功勋呢?即便是上将军范蠡挺身而出,事情过了那么多年,他这个所谓的"第三者"能说得清楚吗?就算是剖白清楚了,多疑多忌的勾践能相信吗?退回一万步忖度:就算是范蠡和西施早先在苎萝山下就私相爱慕,默订终身,在完成了"沼吴"的政治任务后,西施才重新回到了原本的爱情(文人们全是这样撮合的);而她长期与夫差的爱情全是假的,尽乃演戏。倘真是这样,这个西施不是也太"老练"、太"世故"、太"特务"了吗?印证于西施本有的沉鱼落雁的少女形象,简直是不伦不类。

因此,越国对于西施这个当年奉献出的艳丽的"重礼"、今朝抓获的神色茫然的女俘,只有沉江!此一时、彼一时也,这符合墨子最初所说的"西施之沉,其美也"。美的核心,这里表面是犯在对爱情的执着与忠贞上,但对西施而言,实质上是她本能而客观地在爱情与政治间谍之间划出了一条无形的严格的界线。西子被沉的结局,也间接地暗相吻合"闺中知己"曹雪芹两千年后一首诗里的本旨:"一代倾城逐浪花,吴宫空自忆儿家。效颦莫笑东村女,头白溪边尚浣纱。"美女短命兮丑女寿永,西子之沉也正因其美。

夏桀时的妹嬉,商纣时的妲己,周幽时的褒姒,明皇时的杨妃……数千年来,美之短暂性早已形成了一条明晰的历史辙印。杨慎后来所解释的沉西施"以报子胥之忠",是因为子胥死后被盛以鸱夷,而范蠡后来隐没时又别号为"鸱夷皮子",这与西施有什么关系呢?则是难解的另一桩迷案。至于什么西子泛舟于五湖烟波里的奇妙猜想,森森茫茫,望风捕影,太玄乎了。那是文人们自作多情,在杜撰着一场扑朔迷离的烟波梦。

事过千载,霸业已空,吴越恩怨,森茫无踪。而浙江杭州的西湖忽而能赢得"西子湖"之美称,正是源于苏东坡的一笔创意:"水光潋滟晴方好,山色空蒙雨亦奇。欲把西湖比西子,淡妆浓抹总相宜。"斯世之美,在天为长虹,入水成皎月,它是永远也不会沉没的,即使人为地沉之于大江,它也要化作家园近处的明山秀水再现于天地之间。"静影沉璧",是范仲淹《岳阳楼记》里的词句,西施正皎月似地一直驻留在清澈的水中,像一块晶莹的玉璧,像闪烁青春光芒的眸子,注视着人间,千秋不泯……

（注:此文原载于《新时期中国散文精选》,花城出版社 2003 年 1 月出版)

昨夜星辰风云里

花蕊即花心,是鲜花所展绽出的最精微细腻的核心部位。

小王朝后蜀的孟昶继位后,广纳美女以充后宫,生于青城(四川都江堰境内)的徐氏"以才色入蜀,后主嬖之",因为水灵、标致得难于形容,便喻之为"花蕊夫人"。我们的《辞海》里为"花蕊夫人"设有专门词条。花蕊夫人也有些才气,其代表作是《述国亡诗》。

公元965年,北宋王朝仅用66天时间就灭了后蜀。作为女俘,花蕊夫人从成都被押送开封。由于芳名远播,赵匡胤召见了她。面对这个娇媚的女人,宋太祖想起后蜀亡国的根由时,便问了一句:"孟昶不堪一击,莫非是沉溺于像你这样的女人,才荒政误国的吧?"太祖可能认为,美女向来就是祸水。花蕊夫人闻言,当即吟一首诗回复圣上:"君王城头竖降旗,妾在深宫哪得知?十四万人齐解甲,宁无一个是男儿!"看这应对的情景,花蕊夫人对太祖的召见显然是做了充分准备的。

这首诗其实算不得什么创作,而是她沿袭前蜀王衍投降后唐时的承旨之作改编的(王诗为:蜀朝昏主出降时,衔璧牵羊倒系旗;二十万人齐拱手,更无一个是男儿)。巧作改编,点化翻新得特别到位,证实花蕊夫人是个颇有心计的女性。

她很清楚,一切风云里的枭雄,最乐意听到他人对自身价值的肯定(无论怎么称誉也不嫌其高)。花蕊夫人作为被特别押送进京的女俘,直如单个儿"赶考面试"一般,唯有设法讨得宋太祖的喜爱、欢心,也只有撩拨起这位圣主占有自己的强烈欲望,她才有可能在一个陌生森严的王朝面前保住性命而重获宠幸。她在殿对诗里总括的"十四万人齐解甲,宁无一个是男儿",是将十四万男性折叠了起来作为铺垫,恰到好处地恭维赵匡胤才是亘古唯一的男子汉大丈夫,真英雄大豪杰。赵匡胤听到一位妩媚女性用这等巧莺鸣唱似的诗句来称颂自己在战云中的得意之笔,显然是被柔嫩温馨的手指一下子搔到了隐秘心地里的奇痒所在,他能不眉开眼笑、龙颜大悦么!美丽女人的善解人意对于解除男性的"武装"有越外神奇的力量,于是,这个女俘"乃入太祖宫,有盛宠"(《炉余录》)。有一度,赵匡胤居然起过立花蕊夫人为后的念头,由于老宰相赵普的竭力谏阻而中止。

品读《述国亡诗》,忽然让我想到虞姬在最后时刻所吟下的《和垓下歌》:"汉兵已略地,四面楚歌声;大王意气尽,贱妾何聊生。"

同为俏丽女性,处于同样的生死关口,花蕊夫人之吟是阿谀献媚,求生希宠,虞姬之吟则是明志显性,拒绝苟活,吟罢即展袖自裁。与花蕊夫人迥然不同,虞姬之吟是促使勇毅者益发强悍、导致决绝心更其灭裂的火星儿,她是在用蘸着青春热血的生命之剑为项羽那一柱刚愎、桀骜的心性雕刻着不服造化的历史花纹。如果说,二美之吟俱属于爱河里的浪涛,虞姬之吟是照彻爱情天地的最灼目的火花,衬托得自身的贞烈形象有如战地上迎风怒放的一株金菊,而花蕊夫人,充其量只能算个聪敏巧慧的小女人罢了。

花蕊夫人之后约有100年,出现了女词人李清照,她置同朝的花蕊夫人于不屑,却将史识性的目光上溯到1300年前的楚汉之争,并写下字字千钧的《夏日绝句》:"生当作人杰,死亦为鬼雄;至今思项羽,不肯过江东!"李清照明思项羽而窃慕虞姬,纯粹是她所处的那个时代铸成的：北宋赵匡胤倒像个顶天立地的男子汉，而他身后的南宋之君可真是胆虚、狭隘的小侏儒了，致使整个大宋王朝开国之际所形成的阳刚勇迈之气荡然四散，挥发得没有了丝毫踪影。一个国家与民族倘可比作大树，男性毕竟是主干，女性只是主干上孕育果实的花蕾与花朵。国已沦落，致使李清照式的优秀女性无所依归，悲愤填膺，欲觅项羽而不得，拟效虞姬而不能，这一首血泪和成的《夏日绝句》，是直逼得历代须眉诗人只能望而愧疚的千古绝唱。

先秦至汉初是中华民族大气辉煌的一个时代。败者项羽在垓下吟出的是"力拔山兮气盖世，时不利兮骓不逝；骓不逝兮可奈何，虞兮虞兮奈若何！"虞姬舞剑奉和时，项羽"泣数行下"；胜者刘邦衣锦还乡时吟下的是"大风起兮云飞扬，威加海内兮归故乡，安得猛士兮守四方！"激情难抑，且唱且舞，慷慨伤怀，同样地"泣数行下"。英雄有泪不轻弹，胜者三句，负者四句，波澜壮阔的历史长河在风口浪尖上也就溅出了这么几句，而吟者却禁不住泪涌如注，这分明预示着空前绝后的一个英雄时代的最后落幕。"虎和豹的时代结束之后，取而代之的便是狼和羊的时代"（易中天语）。李清照正是在那个急速蜕化着的时代里长歌当哭的⋯⋯

世间最红女儿血。李清照之前有虞姬血染军帐，间隔两千多个春秋，又有女侠秋瑾喋血于绍兴古轩亭口。1907年7月20日（被捕前一天），秋瑾写下一首《失题》：

大好时光一刹过，雄心未遂恨如何？
投鞭沧海横流断，倚剑重霄对月磨。
函谷无泥累铁马，洛阳有泪泣铜驼。
粉身碎骨寻常事，但愿牺牲保家国。

虞姬、李清照、秋瑾的抒怀诗作,两千年来一脉相承。这些敢于"血荐轩辕"的女性,追根究底,无非是期望能用自己的鲜血在东方大地上点燃一种勇毅刚烈、敢于抗争的精神火焰。也正因为她们的期待深沉、高远、寥廓,致使这些女性自身的形象也隽美如山,千秋永驻。

战云中的女性
——兼驳汉奸之谬论

"人之将死,其言也善"。这里的"善"字,指终其一生沉淀于灵魂里的最深至的体会。

谭嗣同决心以自己的鲜血唤醒国人,临难前拒绝他人之援救。1898年9月就刑时,感慨:"有心杀贼,无力回天;死得其所,快哉快哉!"吉鸿昌1934年11月临刑前,用树枝在雪地上写下一首绝命诗:"恨不抗日死,留作今日羞。国破尚如此,我何惜此头!"中华儿女铁骨铮铮,其壮烈、磊落的言行,永远彪炳于史册。

臭名昭著的汉奸梁鸿志,1946年11月9日在提篮桥监狱被处决时,对西班牙记者说下这样的话:"全世界有两件东西最脏,但男人最喜欢搞:一件是政治,一件是女人的生殖器。"抗战胜利后,梁鸿志带着两个小妾藏匿苏州浒墅关,没料想小妾外出邂逅熟人,暴露了行踪,梁鸿志遂被抓到上海。可他在临死之际,竟然得出这样一条令人作呕的结论。女性在汉奸心目中的位置,不言而喻。

东北抗联第三军二团政委赵一曼,1935年11月15日,主动掩护主力部队突围,率领150多名战士与敌激战,突围时负伤,她与四名同志潜入小西北沟的窝棚,后因汉奸告密,三天后被敌包围,赵一曼右腿中弹,昏倒在雪地,被敌人抓获、杀害。抗战胜利后,在战犯管理所里,曾经审讯过赵一曼的大野泰治交出他一直保存着的一页纸,纸上是赵一曼受刑间隙留下的诗作:"男儿岂是全都好,女子缘何分外差?未惜头颅新故国,甘将热血沃中华。"交出诗时,大野泰治先是站起立正,向遗诗敬了军礼,继而泪流满面,跪地忏悔:"我一直崇敬赵一曼女士,她是真正的中国女子……我愿意下跪,求得赵女士灵魂的宽恕!"一个日本人是在向"真正的中国女子"下跪,而这位女子,正是被汉奸出卖的。

艰苦的抗战岁月里,背叛祖国,出卖民族利益,为虎作伥,扼杀革命者的"汉奸"与"叛徒",穿的是不分彼此的连裆裤。

那时节,东北抗日英雄有"南杨北赵"之说。杨指杨靖宇,杀害他的是四个叛徒:程斌、张秀峰、赵廷喜、张奚若。赵为赵尚志。

赵尚志的部队在数百场大大小小的战役中,很少失败,其天才般的谋略,让日军闻风丧胆。1942年2月12日凌晨1时,黑龙江省萝北县,寒风低吼。赵尚志带领部队向梧桐河方向移动。部下刘德山说:"咱到菜园子屋里暖和一下。"又说,"你们先去,我去解手。"说罢,转身行至赵尚志身后,举起步枪,子弹从腹部穿过,赵尚志立仆在地。赵尚志毕竟是赵尚志,操起手枪甩手就射,刘的头、腹部各中一弹,当即毙命。赵尚志被扶进附近一座孤独的农家小屋,屋内新婚不久的女主人一时吓蒙了,但听说是赵司令,便用结婚缝制的被褥包住他,并用温暖的手捂着赵尚志被冻得冰凉的双手……萧索寒夜里,一队日军和伪警察,在另一个汉奸张锡蔚带领下,潜行而至。短时激战后,赵昏迷过去。醒来后,发现自己躺在爬犁上,他说:"只想死在千军万马中,没成想死在刘德山手里!"

值得留意的是,直到今天,已经80多岁的当年的新媳妇,依然保存着包裹过赵尚志躯体的新婚被褥。

更让日本鬼子胆寒的,当为"八女投江"。

1938年秋天,气候反常,秋雨绵绵,夜间更是寒气逼人。河水暴涨的乌斯浑河,宽逾百米,水流汹涌,深不可测。抗联五军一师百余人在河的西岸宿营,夜间无法行动,部队生火取暖,决定天亮时渡河。拂晓时分,洪水封住了道口,想过,就只有游过去。正在这时,枪炮声突然在背后的河岸上响起,眨眼之间,日伪军所有火力都向着抗联宿营地覆盖过来。战士们都是久经沙场的老兵,不期而至的弹雨并没有让他们溃不成军,而是很快组织反击,边打边撤。受地形所限,日伪军并没有形成完整的包围圈。抗联撤退方向有两个,一个是向东北渡河,一个是朝西进入柞木岗子密林。处于疯狂的攻击之下,渡河希望渺茫,面对十倍于己之敌,战士们交替掩护,向着柞木岗子边打边撤(那里是掩护战士们摆脱追击的深山密林)。可眼下,敌人依仗着火力的绝对优势,越逼越近……万分危急之际,日伪军的侧后方突然响起密集的枪声。

乌斯浑河两岸到处是柳树丛,三四米高的柳树,擀面杖粗细,密密匝匝。冷云等八位女战士就隐藏在柳丛里。前一晚宿营时,男战士宿营在乌斯浑河下游,女兵宿营于上游,相隔着一段距离。师部原来的计划是探出涉水通道后,大部队警戒掩护,让女兵率先过河。埋伏于东南方向的日伪军,注意力集中在一百多名抗联战士身上,并没有发现侧后的女兵,她们如果继续隐蔽,完全可能脱离险境。可是,她们见大部队被敌军死死咬住,难以脱险,便毅然决然地从背后向敌人发起猛攻。主动开火,目的只是为了吸引、转移敌人的视线与火力,给主力部队换来突围的机会。而敌人却有些慌乱。侧后方枪声突起,他们误以为自己掉进了抗联的包围圈,正面目标这时倒像是预设的诱饵。日伪军的火力马上转移方向,向着女战士所在的柳丛还击。趁敌人调整兵力的混乱之机,大部队很快潜入柞木岗子深处。业已突围的大部队发现女战友还据守在河边,处境异常险恶,立即返回接应,但敌人已抢占了制高点,用轻重火力死死控制了山口,负伤的战士越来越多。八名女兵目睹这一切,向青山密林齐声呼喊:"同志们,冲出去!保住手中枪,抗日到底!"然而,抗联战士们仍是发起了第二次反冲锋。在敌方的强大火力之下,救援已是徒劳,继续纠缠下去反而会失去最后的脱险机会,他们只好忍痛含泪向密林深处撤退。

日伪军所有火力都集中了过来,柳条和枯草被密集的炮火点燃了,女战士有人负伤,有人打光了子弹,火力越来越弱。日伪军越围越近,摸到近前才看清,让他们胆战心惊的竟然只是几个女兵。气急败坏的敌人高喊着要"抓活的"。一颗手榴弹从草丛里扔了出来,敌人慌乱地趴倒在地。那是女兵最后的武器。趁着手榴弹爆炸的间隙,她们抱起受伤的战友,臂挽着臂,踏入了冰冷的乌斯浑河。敌人的炮火向着乌斯浑河倾泻着,奔腾的河水中,炮弹掀起的浪花里,八位女战士时隐时现,渐渐消逝在汹涌激荡的河水中……在腥风血雨的战场上,这是多么悲壮、惨烈的一幅图画噢!

这八位女兵是:妇女团指导员冷云,班长胡秀芝、杨贵珍,战士郭桂琴、黄桂清、王惠民、李凤善,被服厂厂长安顺福,年龄在13岁至23岁之间。她们以自身的牺牲,换得了百多名男子汉的生命。有心人会问,这支抗联部队怎么会被敌人暗暗包围呢?是叛徒葛海禄,夜间发现远处有火光闪动,猜到是抗联战士在宿营,当即报告了日本鬼子。倘要寻根究底,迫使八女投江的祸根,是汉奸葛海禄。

有人将女性喻为大地母亲。中国女性真的是温暖、厚实而辽阔的大地。高远的川原山陵、江河湖海,细微的鸟兽虫鱼、林草花卉,尽是大地母亲躯体上寓有"真善美"的有机部件。赵一曼的"甘将热血沃中华",与鲁迅先生的"血沃中原肥劲草,寒凝大地发春华"切近(后者指众多优秀儿女的共同热血):热血浇灌必然使土地成为沃土,沃土里自然生长出"野火烧不尽,春风吹又生"的"劲草",同时也生长顶天立地的松柏。

从 1946 年 4 月至 10 月,国民政府逮捕、审判汉奸,共处理案件 2.5 万余件,判处死刑者 369 人,梁鸿志便是其中之一。这个世界上,汉奸、叛徒的灵魂最龌龊、最肮脏。梁鸿志之流临终时说出这样的话,本性使然,不足为奇,因为他们才是中华民族肌体上最难根除的毒瘤。

站起与跪下的风波

2005年夏天,随着抗战胜利60周年的日子一天天临近,有关纪念的图书也红火上市。在此之先,周作人、胡兰成、张资平、张爱玲等有争议的人物的作品捷足先登,已在市场上很是"走红"。胡兰成的书陆续出了七八本,俨然成为当代文坛之新秀。恰在这时,我的一位女友自日本寄来一信,其间写道:

> 近日闲时,在翻看周作人的作品,他的文字自然流畅,但缺少鲁迅那样的风骨。他属于长寿者,作品也可谓丰厚,他的全集是厚厚的12册,比鲁迅多得多。图书馆的书架上,两者的比较非常明显;有时看着书架上排列的书,心里就想笑:这个购书的日本人也太不够意思了,周作人和胡兰成的书是精装的,而鲁迅的书是平装的。排放在一起,我看了很不顺心……周作人在总结自己80年的历程中,仍然坚持说自己一生在为这个民族提供有益的精神食粮,这不能不算是一种坚强;我也佩服陈璧君宁愿把共产党的牢底坐穿,也绝不向世人认罪。看来,强盗有强盗的理论,汉奸也如此。

汉奸者,即通敌卖国,投靠侵略者,或引诱异族侵略中国之"卖国贼"也。心有所动,我就写了篇千余字的《汉奸文化简议》,内中写道:"中外战争史上,出卖中华民族利益的汉奸是个大得让人触目惊心的数字;唯其太众、致使这个民族在'二战'中成为对入侵者抗击时日最久、付出代价最巨、遭遇又最为惨痛的一个民族。因此,对周作人、张资平、胡兰成这类汉奸的文学作品,不宜盲目地提倡和宣扬。"写成之后,投向上海的《社会科学报》。

过了个把月光景,不知何故,该报副刊版的头条却刊出一篇署名"河西"的随笔,声称从胡兰成绮丽的文字中获得了美的享受,胡兰成像是《金瓶梅》中人物",虽是朝秦暮楚,一手制造了张爱玲的悲剧,但胡张之恋仍然是"华丽"美好的,而且索性将该文题目称曰《华丽缘》,又进一步认为,胡兰成"是一位文学史亟待平反的散文家"。

妇孺皆知,胡兰成是个臭名昭彰的大汉奸,单是那西门庆式的寡情薄义、玩弄女性于股掌之间的恋情,就让人作呕,其文字怎么会"韶华胜极"、能给人"美的享受"呢?怎么由此就认为这个民族败类"亟待平反"呢?我是横竖也想不通"河西"这个"三十年河东,三十年河西"的逻辑。出于义愤,我将短文又寄给北京某大报的韩小蕙,一番波折,最后还是未能见报。

"汉奸"二字,在中国大地上是猥琐卑鄙、可耻透顶的字眼,这是中华民族在长期的艰难岁月里以千百万同胞的鲜血、生命所铆下的一个历史结论。改革开放,社会转型,与世界接轨,我以为只要侵略者还没有灭亡中国,汉奸的铁案是翻不了的。不论汉奸个人的文字多么漂亮,也为他们编不出一个"美轮美奂"的救生圈。

一个清醒的民族,是不会让自己的民族英雄与千古罪人同排共坐的。上述《华丽缘》刊出的第二天(8月26日),《人民日报》便在特约评论员的文章里激情讴歌抗日先烈的牺牲精神,左权、彭雪枫、杨靖宇、赵一曼、赵尚志、马本斋、李林、张自忠、佟麟阁、赵登禹、狼牙山五壮士、马石山十勇士等千百名为保家卫国而流血牺牲的将士排列榜上。20世纪上半叶,中华民族之所以能站立起来,炎黄后裔中这种顶天立地的勇毅精神是至为关键的因素。然而,众多为国捐躯的优秀儿女里,又有多少是被为虎作伥的汉奸所出卖的呢?到了今天,那些用烈士鲜血染就红顶子的汉奸,都"亟待平反"吗?

文稿难发,韩小蕙也气愤。她在开过年的一篇文章里写道:

> 放眼看看吧,消费主义浪潮已经变成了魔鬼,把多少人心中的神圣一点一点啃噬掉了……就在这种情势下,我们退、退、退,现在已经退到了连声讨汉奸文人的文章都无处发表,将来还要退到哪里呢?

难于隐忍而仗义执言,是因为韩小蕙深爱我们的祖国,珍惜民族精神的宝藏。此稿在京沪两地的遭遇,让我也多了个心眼,留意了当时有关汉奸的动向。没想到,网上竟有如下消息:

2005年,新华网让网民讨论让秦桧站起来、让岳飞跪下去的问题。试图挑战中华民族的文明历史与道德底线。

2005年10月23日,上海的艺术家金锋在一艺术馆展出秦桧夫妇的站像。秦桧的一个后裔便认为,从前的"跪像是侵犯人权的违法行为",另有艺术家即随之附和:秦桧夫妇的站像"体现出现代人类的思想进步"。南京方面,在江宁开放的博物馆里,出现了一尊正襟危坐的秦桧雕像。

看到这些,我才悟到,为汉奸翻案的后边,分明有"背景"存焉!也难怪某大报踌躇再三,最后只好咬牙撤下此文。

从抗战胜利到今天,69个春秋过去了,我们的艺术界、出版商,为什么要依照日本右翼的心迹,淡化汉奸们的丑恶行径,将其打扮成被历史埋没的文坛骄子,来误导正在成长的年轻人呢?当今格调低下,宣扬享乐主义、极端个人主义的作品实在不少,在这种情势下进一步为汉奸翻案,后患深巨,更应当引起人们的警惕。

　　古往今来,一个普通人站起或者跪下,无关大局,仅是他个人的事;而那些进入历史的人物,站起或者跪下,却为一个国家与民族的前途和命运埋下了沉重的伏笔。爱国与卖国是对立的,革命烈士与汉奸更是水火难容、不共戴天的。我以为,汉奸彻底站起来之日,必定是我们这个民族跪下去之时!

千年风尘一知己

　　李清照的"生当作人杰,死亦为鬼雄;至今思项羽,不肯过江东",简洁上口,浅明易懂。20个字传诵近千年了,为什么还愈外地引人注目呢?原因是,此诗不仅能启迪人们对宁死不屈的抗争精神的深沉思索,反复咀嚼,再再思之,也强烈地折射出人间情爱那蛰伏着的惊天动地的生命力。

　　乌江亭长欲摆渡项羽过江,项羽无颜见江东父老,心中有愧的原因有三条:始皇帝游会稽渡浙江,他挤在人群里看热闹,对季父说是"彼可取而代也!"秦王朝是被项羽击垮了,而他所期待的那顶皇冠却要落在政敌刘邦的头上,衣锦还乡化为泡影,一愧。"力拔山兮气盖世",身经大小70余战,所当者破,所击者服,然而垓下一战却一败涂地,蹉跌惨重,铸成奇耻大辱,二愧。八千江东子弟是项羽纵横天下的钢铁羽翼,而眼下枕藉荒野,血染蒿莱,无法收拾,卷土重来的希望彻底破灭,此其三愧。

　　上述三愧之外,背后另有一条人所共睹、却易于忽略的心理因素:楚军被汉军围困数重,夜闻汉军之外也尽皆楚歌,这是什么样的歌声呢?当然是欢呼汉军获胜而楚军行将全线崩溃的歌声,这歌声对项羽的打击太沉重了,在军帐中惊悸不安,借酒浇愁,而且忍不住悲歌慷慨,"歌数阕,美人和之,项王泣数行下,左右皆泣,莫能仰视。"这个美人,就是虞姬。

　　虞姬和歌于先而突然自裁于后,这一激雷闪电式的举动,一下子将项羽趋于绝望的心态猛地推上极限、顶峰,精神上再也没有了任何徘徊、犹豫的余地。

刀兵乱世里,剽悍勇猛的项羽白日里奔走厮杀、呼啸冲突,每当夜幕降临之际,更是需要一顶温馨的、安谧的、宁静的帐篷。常相幸从而形影不离的虞姬,自然是这顶帐篷里唯一的精灵。这一座帐篷是漂浮在战云里的精致的花房,也是黑熊式的项羽恢复元气的窝巢。

虞姬猛然间展袖自刎,勇敢、决绝、冷静,没能阖上的眸子清澈而美丽、无奈又凄凉。她清楚,她的这最后一剑将斩断项羽那一脉缱绻、缠绵的征尘之恋,会急遽升华其灭裂心态、毁灭情绪,能从温柔异性特有的角度将其推上悬崖,使其桀骜性格白热化、绝对化。

虞姬主动毁秀色于战尘,移柔情于黄泉,正如项羽在巨鹿之战中以破釜沉舟激励麾下士卒那样,虞姬最后时刻面对着灯下的霜剑、酒杯,也将置之死地而后生这一手段果断地移用于项羽身上。期待自己青春的生命能够在项羽躯体里化作突击性、撕裂性的火炬,掷向阴霾,燃起所有的血性、豪气作最后一泼,血溅大江,也是好的(战神以生冷沉重的足音成全了虞姬残酷到极限的这一心愿)。

虞姬、项羽自刎于同一条剑上,在他二人身后所矗立而起的,又何止是忠贞不渝、生死与共的爱情之碑呢?尘世间刚毅魂魄之合璧在激荡风云里是怎样铸成的?如何淬火的?跨着乌骓马扶摇而上的项羽、虞姬,为此做了个最剀切的注脚。

人说真正的爱情是美人鱼在刀尖上赤足舞蹈的情景,惨痛然而美丽。垓下之夜,项羽面对着乌骓坐骑与怀中美人,可奈何,奈若何,缠绵呜咽,悲歌慷慨;令人遗憾的是"美人和之",那一刻究竟"和"的是什么?《史记》对此无载,在最关键处留下千古之谜。读到这里,掩卷沉思:我忖度虞姬的和歌,最起码与项羽的悲歌也是般配的(主旋律当高于项羽)。司马迁特意留此空白,莫非是别藏用意?

蹊跷的是,文字山积,诗手如林,自汉迄宋,史册中潜伏着的这一命题,在千余年后,才由一个"人比黄花瘦"的弱女子自辟蹊径,点石成金,吟成绝句(依照常规,这等相和项羽的诗作应为有骨力的大丈夫所吟,才合乎情理)。历史先行,文学后随,可这随进的脚步也太艰难、太周折了吧。

中年丧夫,国破家亡,不得不随着狼狈的宋王朝过江南渡,这样的遭际使李清照对流离失所、疲于奔命有切肤之痛。漂泊于乱世烽火,本能使她渴望现实土壤里焕发出郁勃的血性,也使之企慕项羽式的烈魂英魄,希图以此抖落掉那个衰颓腐败的阴霾氛围。谙悉中国历史的李清照,处身于这等情境,便水到渠成地联想到楚汉对决时的"不肯过江东",无形之中便与虞姬那等绝望的心态自然接通,构成一种景仰人杰与鬼雄的共识。苟活于世,"凄凄惨惨戚戚",远不如像虞姬那样脱屣红尘,去追随那一尊痛快淋漓的鬼中之雄!

这首绝句对虞姬只字未提,对项羽则呈示高山仰止、敬其伟烈的神态。同属女性,虞姬是喋血军帐,捐躯于项羽,李清照则是含泪歃歠,深深地思念着项羽,时距又拉开1300年,前后史实作如此安排,恰好能够让我们将李清照视之为虞姬的一位风尘知己、远年知音——"生当作人杰,死亦为鬼雄;妾身归大王,岂能过江东!"笔者将此《夏日绝句》略动几字,视之为虞姬自到时的"美人和之",如何?

刚烈、贞柔之气,且又能在极限上、绝境里顽强闪光的,为真美,亦为大美。"不肯过江东"这一等阳刚之气所凝成的剑光,使得整个楚汉之争都显得有声有色,在历史长河的上空无疑是一道灼目的闪电,在美学范畴里则属至境。

背景过于辽阔,闪光实在逼人,这就决定着李清照的《夏日绝句》必然要在人生的前锋像彩虹那样现形,启迪人生,引领社会一步步前行。

(注:此文 1994 年 7 月 16 日载于《光明日报》;并载于《新中国散文典藏·第八卷》,山东友谊出版社 2015 年 4 月出版)

书 话

景仰杖藜人

杖藜者,多指腿脚不便而上了岁数的人。我这里景仰的,是《中山狼传》里"遥望老子杖藜而来"的那位"丈人"。

儿时翻看小人书《东郭先生》,非常崇拜那位站在奔驰的战车上扯弓搭箭、对"人立而啼"的中山狼奋力攒射的赵简子。武艺超群的赵简子,行猎时乡官前导、鹰犬罗后,所过之处惊尘蔽天,足音雷鸣,十里之外,不辨人马。幼年之仰慕,与我长大后从戎也有些关涉。实际上,赵简子和杖藜老人只是故事里的两个陪衬人物,文中所着力刻画的,是贪婪诡诈、忘恩负义的中山狼和迂腐麻木、滥施仁慈的东郭先生。

社会发展,人口剧增,现在的原野上很难见到狼了。但社会风气滑坡,名利膨胀,物欲横流,贪污盗窃、坑蒙拐骗的,抢劫杀人、拐卖妇女的,屡扫难绝,可以说,狼性依然深深地渗透于生活之中。马中锡写的《中山狼传》,仍不失其现实主义的尖锐锋芒。

东郭先生,代表着一类广泛而糊涂的人性。明知狼"性贪而狠,党豺为虐",却溺于泛爱,袒遮庇护,他欺骗赵简子,救下狼之后,狼却要吃掉他,"先生仓促以手搏之,且搏且却,引避驴后,便旋而走,狼终不得有加于先生,先生亦极力拒,彼此俱倦,隔驴喘息。"像东郭先生这样烧香惹鬼叫、直弄得自己"隔驴喘息"式的自以为高明的角色,今天仍大有人在。

捻指间,本人也年逾古稀了,重读这则寓言,大约是年岁相仿所致,忽然对文末的杖藜老丈产生了浓厚的兴趣:

遥望老子杖藜而来,须眉皓然,衣冠娴雅,盖有道者也。先生且喜且愕,舍狼而前,拜跪啼泣……丈人闻之,欷歔再三。以杖叩狼曰:"汝误矣!夫人有恩而背之,不祥莫大焉。儒谓受人恩而不忍背者,其为子必孝,又谓虎狼之父子。今汝背恩如是,则并父子亦无矣!"乃厉声曰:"狼,速去!不然,将杖杀汝!"

狼就是狼,不服训诫,狡辩再三,最后被丈人处死于布囊,弃扔于道而去。这位很平常的村野老者,未必博览群书而有多大学问,可他正气入骨,善恶分明,遇事沉着,处变泰然,惩恶狼有如弈棋,救焚溺易如反掌,真不愧是一位神仙似的"有道者也"。杖藜老人性格坚卓,活得潇洒,处置恶狼后,对东郭先生说道:"仁陷于愚,固君子之所不与也。"言已大笑,先生亦笑。

同样是笑,杖藜老人的笑是开心清爽、坦然明亮的,自以为学富五车的东郭先生,则笑得有些尴尬。杖藜之"藜",即乡野常见的灰菜,一年生草本植物,嫩叶可食,老茎可作拐杖。杖藜老者,穷而骨朗,对人情世故了然于胸,迂腐透顶的东郭先生,这个时候应当跪地拜师才对。

自古以来,儒家忠恕,佛家诚善,道家空灵,墨家兼爱,其共通的弱项乃惩恶乏力,将世事推诿给轮回与天命,致使污浊、腐败之气长期侵蚀着社会与人生。然而,在广漠的原野上,在人间不起眼的传统脉络里,也正因为不乏"杖藜"的有道者,中山狼之辈才很难得逞,总也成不了气候——经验难得,阅历可贵,老年人切近于恢恢天网,是谓"大道低回"。

时下中日关系出现障碍,有友人认为,我们作为一个热爱和平的民族,假如识不透日本右翼的狼子野心,就是个典型的东郭先生。这样比喻,引我深长思索,便想起这则寓言里的杖藜老人。

活到老,学到老。少年时钟爱赵简子,属于天真孟浪;中年时未改初衷,分明为志大才疏;而今进入晚年,转而景仰杖藜者,也算是随着光阴趋向于成熟吧。

(注:此文2017年2月13日载于《解放军报》)

重温《好了歌》

迷恋《红楼梦》者,着眼点各不相同,让我难于忘怀的,是第一回里的《好了歌》:

世人都晓神仙好,惟有功名忘不了!
古今将相在何方?荒冢一堆草没了。
世人都晓神仙好,只有金银忘不了!
终朝只恨聚无多,待到多时眼闭了。
世人都晓神仙好,只有姣妻忘不了!
君生日日说恩情,君死又随人去了。
世人都晓神仙好,只有儿孙忘不了!
痴心父母古来多,孝顺儿孙谁见了?

由跛足道人所唱出的这首歌词,总共112字,其间真正腾挪变换的,也就半数文字。全曲着力于客观扫描,每一节都含有耐人寻味的二重性。比如第三节的"君生日日说恩情,君死又随人去了",金屋藏娇、迷醉于闺房之乐的男子,尚非放浪形骸之徒,可对他的这位娇妻,歌词却嘲讽其丈夫死后即琵琶别抱,这不有"卫道"之嫌么?还有第四节,面对孝顺儿孙从来鲜见的人生现实,天底下一代代生儿育女的长辈,难道就应当退其痴心而淡化亲情吗?

人生于世,心窍通灵而具备七情六欲,属于正常现象,否则,便与顽石、动物无异。调换一个角度去看,欲望历来就是社会发展的动力,千秋万世的人欲此起彼伏,潮汐般交叠为用,及至将那些最有才华最有能力的人类精英都赶到了一架旋转不已的踏车之上,这才推动着历史车轮不断地前行。

全部问题的症结,在于天下事都有个度与量,适度、适量属于天经地义,毋庸指摘,过与不及,则走向反面。"世上无如人欲险,几人到此误平生",这里所针对的是常规生活的另一方面:社会由个人组成,而个人立身、行世的险要、艰危之处,莫过于私欲膨胀。《好了歌》的本旨,正在于以隐晦委婉、含蓄不露的方式提醒人们:警戒"贪"字,节制欲望。

歌词精炼巧妙地提摄归纳出四大人欲,置"功名"于首席。

"功名"本指功绩与名位,当"将相"们的历史风云掠了过去,随即转化为单纯的官职和地位。在我们这个古老的国度里,人一旦求得"功名"而戴上乌纱帽,就什么事情都好办了;官做得越大,外界的束力越小,越是能遂心如意。世间流传"心想事成",为官者用不着惦记金银,金钱就无孔不入地涌过来了;不需记挂儿孙,自有人安排着"入学、从政、出国";更不用寻花问柳,美女们也会竞相投怀送抱……残疾者对世情的参悟力往往超乎寻常——跛足道人一开口就唱出"世人都晓神仙好,惟有功名忘不了",显然是曹雪芹的精意安排。千万字的巨著《红楼梦》,鲜花着锦,盛而后衰,不就是围绕着"功名"二字展开的么。

历朝历代的衮衮诸公如过江之鲫,"身后有余忘缩手"的高官显贵摔跌下来者接连不断,可究竟有几个知足知止、能够自动地抽身退步呢?究其原因,是"功名"的诱惑力太强烈了,前途分明隐藏有暗礁、深渊,可它所呈示出的,偏偏是天堂里灯红酒绿的无尚辉煌,导致入仕者的贪慕之心不由自主地由小及大、竭力上攀。求官热切者必作伪,求利过甚者必趋邪,无法控抑于精神,难以节制于细微,自律、克制的堤防全线崩溃。巨大利益之挟裹着他们,很快即等同于少女之于色狼,细虫儿之于麻雀,骨头块之于流浪狗……因欲火中烧而走火入魔,自烈火烹油直至于爆裂粉碎,便成为既定的收局。

茫茫尘世有似于一潭浑水,而名利纠葛更是水潭里诡谲莫测的套着光环的巨型漩涡。官场上下,古今一辙。难怪跛足道人在对《好了歌》作解注时,重点仍然落脚于自盛而衰的豪门与仕途。

《红楼梦》之开卷,即特意安排一位疯疯癫癫的道人吟唱《好了歌》,朗朗上口的节奏、韵律,契合着落拓道人行进时的步调、节拍;它不同于民歌,所蕴含的哲理性又远远地超越着顺口溜,尤为难能可贵者,是用古老的中国汉字将尘世间建立功业、发家致富、贪恋女色、顾念后辈的诸多微妙心态,简洁凝练地做了个总结:"可知世上万般,好便是了,了便是好。若不了,便不好;若要好,须是了。"这些脱口而出的话貌似胡言浪语,实则很为哲学,其底衬则是对于尘世的凄然与无奈。在这里,中国汉字是进入了炉火纯青的地步,曹雪芹也就谱定了《红楼梦》的基调与旋律。

本人年轻时读过《红楼梦》,暮年迟钝,脑海里只剩下化石样的《好了歌》了。天底下歌手如林,歌词多矣,忖度其针砭古今时弊的寓意、张力,似乎尚未见出其右者。既然这样,能否目之为一曲"绝唱"呢?日月苦短,贪欲毁人,我佩服跛足道人所留下的至理名言,顺便也来狗尾续貂,诌句如下:

世人都晓神仙好,功、利、妻、儿忘不了。

四条"蛇虺"纠缠疾,双腿一蹬眼闭了!

(注:此文原载于2017年第6期《杂文月刊》)

《三滴血》探源

天水籍学者千里青是我大学时的老师。在我心目中,他对秦腔剧目及其演出的熟悉程度,非一般研究者所能及。他说过:"在陕西,如若推选观众最熟悉的剧目,《三滴血》定然居于榜首。"风靡于西北的《三滴血》,大致情节如下:

山西的周仁瑞在陕西韩城县经商,生意折本,妻子又于产后死去,留下一对孪生儿子,他迫不得已卖了一个、自己抚养一个。十多年后还家山西,想不到弟弟周仁祥企图独吞祖产,硬说哥哥带回的儿子是"野种";官司打到县衙,县太爷晋信书用书本上记载的"滴血认亲"来判案(剧里的第一次滴血),断定周仁瑞之子周天佑不是亲生,逐出县境。

周仁瑞的次子卖于陕西韩城李三娘做义子,取名李遇春,并与三娘的女儿李晚春定亲。行将成婚时,李三娘不幸病故,恶霸阮自用欲强娶晚春为妾,控告遇春、晚春是"姐弟成亲,有伤风化"。韩城县官断不清这二人是否同胞,请求"上宪"将晋信书从山西调来判这一案官司。晋信书又一次"滴血认亲",活活地拆散了一对夫妻,遇春逃亡,晚春也在阮家的新婚之夜逃出虎穴。后来,周天佑、李遇春路途邂逅,情义投合,患难中结为金兰;再后来,彼此立下战功归来,喜烛双烧,阖家团聚。那个晋信书被削职为民。

晋信书上边是两度滴血,为什么剧名称作"三滴血"呢?因为第一次滴血以后,周仁瑞硬是不服,认为晋信书这是胡闹,晋信书为了证明"亲骨肉的血,没有不粘合的",又把周仁祥父子调上堂来进行"滴血"实验。前后滴血三次，剧名就成为《三滴血》了。

大堂上铜盆里的反复滴血，特别是晋信书用周仁祥父子进行实验，务必要证明真理握在他的手里，便揭示出此剧的源头是纪昀的《阅微草堂笔记》。原文不长，抄录如下：

> 从孙树森言：晋人有以资产托其弟而行商于外者，客中纳妇，生一子，越十余年，妇病卒，乃携子归。弟恐其索还资产也，诬其子抱养异姓，不得承父业。纠纷不决，竟鸣于官。官故愦愦，不牒其商所问真赝，而以古法滴血试；幸血相合，乃笞逐其弟。弟殊不信滴血事，自有一子，刺血验之，果不合。遂执以上诉，谓县令所断不足据。乡人恶其贪媚无人理，佥曰："其妇凤与某私昵，子非其子，血宜不合。"众口分明，俱有征验，卒证实奸状。拘妇所欢鞠之，亦俯首引伏。弟愧不自容，竟出妇逐子，蹲身逃去，资产反尽归其兄。闻者快之。

陕西的范紫东依据这二百来字，在纪昀逝世百年之后，改编为秦腔《三滴血》。将这节文字与全剧认真进行比较，可以肯定的是，《阅微草堂笔记》里的记载仅仅是引线，而《三滴血》则是炉灶全新的创作。

黄河两岸二"司马"（司马迁、司马光），是史学界对峙的两座文化高峰。在这里，却出现了一个泥书不化的晋信书。周仁瑞一家，隔一条滔滔黄河，为生计奔波于秦晋两地，却又被这个隔山渡水的晋信书异地判案，硬是将夫妻拆散，父子离分，一家四口人在两个省经历数次生离死别，波澜迭生，情节曲折而不离奇，头绪纷纭又不杂乱，先后多次以六人之血滴于同一"穴位"，最后形成的归结点是揭露晋信书的"死读书,读死书",眼睁睁制造一连串的冤假错案。

"尽信书,则不如无书",这是孟子2400年前所说的话。晋信书三字正是"尽信书"的谐音。迷信书本,死心塌地做书本的奴隶,实在是贻害无穷。1959年,田汉认为此剧妙趣横生,且寓意深至,可以"追步莎氏"。

《三滴血》其所以能风靡于西北(后拍摄为戏曲影片),正是它深深地扎根于中国历史、来源于现实生活的佐证。中华民族的文化源远流长,由此剧的成功改编,可窥知一斑。

天水,是个地灵人杰的好地方;《三滴血》,是个文化寓意深沉的好剧目;另外,我的老师千里青又是天水人。更为巧合的是,在《三滴血》里扮演周仁瑞的老演员刘毓中,关键处非常动情,令观众唏嘘泪下;可这个刘毓中,虽是陕西临潼人,1949年前,却在天水唱过七年戏。天水的老辈人,对刘毓中是很熟悉的。上述情景促使我写下了这篇短文。

林冲的朋友

著名诗人聂绀弩,被周恩来誉为"20世纪最大的自由主义者"。

针对林冲,聂绀弩写过两句诗,一句是"家有娇妻匹夫死",这是大实话。高太尉的义子高衙内为了染指林冲之妻,80万禁军教头林冲硬是被高太尉一步紧一步地逼上了梁山;林娘子倘若姿色平平,我估摸,林教头的小康日子起码也是安逸的。另一句对仗的,是"世无好友百身戕",这里的好友指的是鲁智深,却是省略了花和尚的重要对立面陆谦。

总体上看,是高太尉将林冲逼上梁山的,可暗施阴谋诡计、直接采取具体措施勒逼林冲的,却是那位"和林冲最好"的朋友——陆谦。陆虞候表面上与林冲"如兄若弟",亲昵之至,骨子里却是太尉府的心腹,一旦林冲与太尉的利益发生冲突,陆谦可就"顾不得朋友交情"了。

在高衙内首次纠缠林娘子而未能得手时,陆谦凭借自己与林冲交好,调虎离山,将林冲哄到外边去吃酒,却精心地安排高衙内在自己的屋里强行摆布被谎言欺骗过来的林娘子。这步棋失手之后,陆谦知道林冲识破了他的"朋友"画皮,不敢回家,在太尉府里躲了三天。躲避之际,他向林冲使出了更毒辣的狠招:托人售林冲以祖传的宝刀,并以太尉要欣赏宝刀为由,将林冲巧妙地诱入白虎节堂,决心定林冲一个"手持利刃,故入节堂,杀害本官"的死罪,彻底除掉林冲,然后再去摆平高衙内朝思暮想的那个林娘子。此招是抓捕了林冲,但因主持公道的开封府据实力争,又只好免去死罪,将其刺配沧州牢城。

临动身前,在林冲与爱妻生离死别之际,陆谦又暗地出马,用重金收买押解林冲的两个差人,叫他们于半道上了结林冲的性命,而且"是必揭取林冲脸上金印回来做表证"以领取重赏。这紧随的第二步毒招,被精细、勇猛的鲁智深用一条铁禅杖给打得粉碎。这就出现了戏曲舞台上颇有名气的剧目《野猪林》。第三步绝招,仍是陆谦亲自出马,从开封赶往沧州,张开官场惯用的黑暗罗网,设计拟将林冲烧死在风雪中的草料场里,而且务必要"拾得他一两块骨头回京",向高太尉报功。当林冲知晓了这千里追杀的一系列黑幕之后,挺着花枪,闪电似的从破庙里冲了出来,先戳倒两个帮凶,回头一看,张皇失措的陆谦才跑了三四步:

> 林冲喝声道:"好贼!你待哪里去!"批胸只一提,丢翻在雪地上。把枪搠在地里,用脚踏住胸脯,身边取出那口刀来,便去陆谦脸上搁着,喝道:"泼贼!我自来又和你无什么冤仇,你如何这等害我!正是杀人可恕,情理难容。"陆虞候告道:"不干小人事,太尉差遣,不敢不来。"林冲骂道:"奸贼!我与你自幼相交,今日倒来害我,怎不干你事!且吃我一刀。"把陆谦上身衣服扯开,把尖刀向心窝里只一剜,七窍迸出血来,将心肝提在手里。

读者看到这里,人人解气,谁也不会责备林冲残忍。

我向来认为,梁山泊一百单八将里,林冲的含金量最高,高就高在对"逼上梁山"四个字逼真、剀切的阐释上。人们喜爱《野猪林》,是喜爱鲁智深爽直磊落的友情道义,可在实际生活里,鲁智深这样的人相当稀罕。林冲与鲁智深是刚刚结识的。林冲的朋友里,鲁智深与陆谦为什么新旧错位,一阳一阴,一正一邪,正是截然相反的两种人呢?

豹头环眼的林冲,当初闻讯后赶进岳庙,发现有人正在调戏他的妻子,一把"扳将过来,却认得是本管高衙内,先自手软了",便只好咽下一口唾沫,放走了这个流氓。随后赶来助援的鲁智深听了情况,当即责备林冲:"你却怕他本官太尉,洒家怕他甚鸟!"粗话骂人的"鸟"字,重逾千钧,可也在婉转地告诉人们,只有在粪土名利、不畏官府、不怕权势的人群里,才可能找到肝胆相照的真朋友。而陆谦是权贵门下的走狗,为了得到几块扔下来的骨头,对于朋友,只能是谬托水乳之契的肘腋之患。

吟味聂绀弩的诗句,用意看起来浅显:找老婆,别找太秀媚的,知冷知热就行;交朋友,于患难中结交,远离名利场所。实际上,事情并不那么简单。人生途中,大抵是到了死生攸关的极限上,这才可能悟得行世的一些普通常识。娶妻、交友,是人生无从回避的两桩大事,而林冲的厄运,正犯在妻子姣美与交友失慎这两块顽石上。花花世界,云雨翻覆。天下所谓的"朋友",仅仅是利益二字在人际关系间的投影而已。善良的林冲一直认为陆谦是最好的朋友,而面临利害,陆谦恰恰是个最狰狞的杀手,最阴险的敌人。我推测,当林冲最后骂着"好贼、泼贼、奸贼",并一刀剜出陆谦血淋淋的心肝提在手里时,大概才真正明白了这样一条似乎并不怎么深奥的生活常识,是所谓"血的教训"。犯这等常识性错误者,岂独一个林冲,古往今来,普天下触目皆是。

《水浒传》对陆谦的描述,用笔省俭,以鲁智深、林冲左右衬托,反而将陆谦的灵魂、官府的龌龊及林冲的觉悟过程刻画得细致精微,入木三分。施耐庵在人生大局上如此画龙点睛,实不愧为神来之笔。

人杰武松
—— 英雄的底色

勇武超群者,即为英雄。梁山泊108条好汉,在我心目中倘要排个次序,首席非武松莫属。武松具备鲁达的阔爽,林冲的坚忍,石秀的机警之外,另有几项,也非寻常英雄所能及。

英雄豪杰,感情上难免于粗疏、鲁莽,武松则情深义重。

思乡心切,是因为武松要回故里清河县看望穷苦的哥哥。途中打虎,仅是偶然遇险;嗣后在阳谷县奠兄杀仇,才是重头戏——这一场重大纠葛,正是由兄弟情分引发的。

武松两个月出差归来,突见兄长亡故,他在灵牌前烧化纸钱,放声痛哭,"哭得那两边邻舍无不凄惶"。这样痛哭,既哭兄长之殁,又因为他业已意识到哥哥是"负屈衔冤"的,哭声里也裹挟着报复的因子。此案的介入者唯有一个依靠买时新果品养家的乔郓哥。这小厮非常聪明,一看见团头何九叔领着武松来找他,就知道麻缠事来了,立时表态:"只是一件,我的老爹60岁,没人养赡,我却难相伴你们吃官司耍。"武松掏出五两银子让他安顿老爹,且进一步表示:"兄弟,你虽年纪幼小,倒有养家孝顺之心……事务了毕时,我再与你十四五两银子做本钱。"待得事务了结,武松将被解送东平府时,果真又拿出十多两银子"与了郓哥的老爹"。

"无情未必真豪杰",鲁迅先生早就在勘探着、琢磨着英雄的底蕴。尘世间有的是"兴风狂啸者",在所谓"儿女情长"方面,他们是无法与武松相提并论的。武松深明事理,然诺重情,对刁徒泼皮毫无畏惧,对小民疾苦铭刻于怀,赢得了阳谷县上下之由衷钦佩,临上路时,许多人"资助武松银两,也有送酒食钱米与武松的"。武松显然不是那等草率的武夫。

武松的另一特质是不恋女色,而且参透了女色。

一母同胞的弟兄,武松身长八尺,仪貌堂堂,浑身有千百斤气力,而武大矮短,头脑猥琐可笑。在爱情上倍受生活凌辱的潘金莲小武松三岁,颇具姿色,她怎么能不春心荡漾,迷恋被武大邀进家里的这个叔叔呢?步步切近,婉转引诱,她是使尽了浑身解数。英雄好色,天下皆然,因为美色之魅惑最易让男子汉失却理智。可潘金莲以这一常规尺度忖度武松,却是看走了眼。反复挑逗最后碰了钉子,她恼羞成怒,便在武大面前恶意挑唆。武松知趣,收拾行李,搬到别处去安身。

武松深知,这样的嫂嫂极可能是放在哥哥床上的"定时炸弹"。过了些天,将赴外地出差,他又来到紫石街哥嫂家里,特意劝谏:"嫂嫂是个精细的人,不必用武松多说。我哥哥为人质朴,全靠嫂嫂做主照看他。常言道:表壮不如里壮。嫂嫂把得家定,我哥哥烦恼做甚么?岂不闻古人言:篱牢犬不入。"潘金莲羞得无地自容,转而指骂是武大背后说了她的坏话。防患于未然,弟弟之关爱兄长,令人动情。

也正因为精细的武松有所预感,出差返回,掀开门一看到兄长灵牌,立时呆了,吃惊是吃惊,却并未感情失控,悲泣号啕。前面所说的哭得"凄惶",那是武松直到晚间才另行安排的一幕——悲痛之背后,显然别含用意,这是典型的"男儿有泪不轻弹"。

关羽其所以成为被后世神化了的英雄形象,有一个细节很重要——他在护卫二位嫂嫂的过程中,不越雷池一步,守定了不染女色的距离。较之于武松之拒绝挑逗,并由此深入推断,进而预感到兄长的危险处境,武松精细多思的心理素质是更其难得。

勘破内幕，抓紧时机，有步骤地迅猛复仇，属于事件高潮，也是武松使出的最精彩的撒手锏。

对于这一桩背景深邃、精意编织而成的无头案，武松作为外来户，匹马单枪而欲达目的，确实像是老虎吃天。第一步棋，他将突破口选在了参与焚尸的何九叔身上。以生死威逼的方式由此突破之后，马上带何九叔、郓哥及哥哥的两块酥黑骨头走正常渠道去告官（此为第二步棋）。县吏与西门庆是"有首尾的"，西门庆暗中又再度许了银两，官府便以证据不全（要求尸、伤、病、物、踪俱全）为由进行推托，"不准所告"。第二步棋之难于走通，已先在武松意料之中，他深知，寄昭雪之望于贪贿枉法的官府衙门，无异于画饼充饥（心细如发，目光如炬，斯为大智）。西门庆再度行贿，且将私下买通官方的讯息迅速地传递给王婆、潘金莲，让她俩不必惊慌，稳住阵脚。换言之，武松此时此地所直接面对的，不仅仅是财大气粗的西门庆，更重要的是峥嵘庞大的国家机器。武松对官场衙门之了然于胸，《水浒传》里以杨花过庭而无影的笔法轻轻掠过，却极度强烈地体现在一连串紧紧相随的行动里。

在道义与法律面前，冰山亮出严峻的本相。武松没有丝毫犹豫，立刻不动声色地着手第三步棋。他带三两个士兵，以答谢帮办丧事的邻里为名，在亡兄灵位前摆设宴席，王婆、潘金莲之外，他软硬兼施、不由分说地请来了开银铺的姚文卿，纸马铺的赵仲铭，酒店的胡正卿，卖馉饳的张公。请了进来就走不出去，因为士兵在把门。七杯酒吃过，武松让胡文卿作笔录，忽地拔出尖刀，放翻嫂嫂，两脚踏定，命她与王婆从实招供。详情招供之后，在场者全都"点指画了字"。接着宰了潘金莲，提着她的头颅飞奔狮子楼，猛虎下山似的斗杀西门庆，返回家再以两颗人头祭奠了哥哥，这才押了王婆，一干人径投县府自首。

"好汉做事好汉当",以有理、有利、有节的手段让伤天害理之徒加倍偿还之后,便步调从容地投官自首,益发展示出武松其人的悲壮、慷慨,这神完气足的淡定身姿,轰动了阳谷县城。刀锋犀利的武松为何留下王婆呢?他心中有底:腐败龌龊的官场也需要给脸上贴金,它是饶不了这个肮脏透顶的"老猪狗"的。武松在动手之际,先宰谁、后杀谁,将谁扭送衙门,他是仔细考虑、详尽掂量筹划了的。

　　醉来打杀景阳虎,精彩至极;省时剪灭西门庆,实则更见分量。武松面对极境所施展开的棋路,一会儿是草蛇灰线、风拂草动,一忽儿又雷鸣电闪、掀天揭地。智慧支撑勇敢,勇敢拓展智慧,三步棋环环相扣,间不容发,衔接巧妙,细致周密,一桩惊天大案干净利落地了结于两三天之内。这等智勇兼具、敢为敢当的人杰本色,直惊得老谋深算的官府衙门也目瞪口呆……

　　梁山好汉之多无妻室,忽然间让我想到了"文革"中风行全国的样板戏。为了塑造"高大全"的英雄形象,样板戏里的男女主角俱不见其配偶与亲属。从古到今,无论男女,一旦有了家室拖累,似乎也就干不成"革命"事业了。武松则不然,他是深深地介入了现实生活中无从回避的婚爱姻缘,而且在人伦大节上守定了传统道德的底线。从艺术上着眼,武松也是梁山好汉之一,如果说样板戏塑造英雄人物的路数是在学习《水浒传》,显然是没有读懂施耐庵。

　　围绕此案交织出场的各色人物,生动传神地展示出阳谷县情味浓郁的市井风俗。施耐庵以省俭的笔墨提纲挈领,烘云托月,将人物心理活动聚拢于雷厉风行的一系列行动的背后,自风尘旋涡里矗起了一尊内涵丰厚、人性光辉几近于中天满月似的英雄形象。

　　(注:此文 2015 年 11 月 13 日载于《光明日报》)

过不去的黄泥冈

　　《水浒传》是古典长篇小说里最成功的作品之一。其中《智取生辰纲》一节曾收入中学教材,以示为文之典范。

　　文中的主角杨志,精明强干。在押送生辰纲的过程中,先后四次以"不"的方式提出过个人的"正确"意见:第一次被采纳,第二次被调和,第三次、第四次,却是被和了"稀泥"。

　　当梁中书夫妇选中杨志押送生辰纲时,杨志推辞,由于他知道上年的生辰纲遭劫的底细,若是再依样画葫芦,重蹈旧辙,势必难脱厄运,所以特意提出改车运为担挑,一行人"只做客人的打扮行货",连夜送往东京——如此这般,他才愿领受任务(此行关乎杨志的前程,他一心想顺利地押送成功)。梁中书见他胸有成竹,考虑得细致周密,便依了杨志。

　　第二次是将要启程时,梁中书道:"夫人也有一担礼物,另送与府中宝眷,也要你领。怕你不知头路,特地再教谢都管并两个虞候和你一同去。"杨志听罢,再一次推辞不干了。回禀道:"叫老都管并虞候和小人去,他是夫人的人,又是太师府门下公,倘或路上与小人别拗起来,杨志如何敢和他争执得?"杨志说得在理,却是经不住梁中书折中调和:"这个也容易, 我让他三个都听你提调便了。"既然当场敲定由杨志全盘指挥,杨志也只好应允。

　　上路之后,实际情况比杨志预为设想的要复杂得多。

　　急于事功的杨志,只想在蔡太师生辰日之前夕抵达京城。上路五七日后,对挑着重担的军健们逼催不已,停慢者轻则痛骂,重则藤条抽打,只背些包裹行李的两个虞候喘得跟不上,也被杨志挖苦、嗔骂了一顿。虞候坐在柳荫下等老都管上来,便诉说杨志的蛮横、恶劣。老都管也看着杨志太为张狂,但碍于梁中书的吩咐,便竭力隐忍,只表示"且奈他一奈"。蹚行十多日,十四人"没一个不怨怅杨志"。一比十四,杨志已变成孤家寡人了。

六月四日,烈日当空,一行人赶到了黄泥冈。军健们实在是累极了,便去松荫下躺倒,杨志打这个起来,那个又睡倒,杨志举藤条只管去打。任何忍耐都有个限度,巴挨到冈子上的老都管实在看不下去,终于喝道:"杨提辖且住,你听我说。我在东京太师府里做奶公时,门下军官见了无千无万,都向着我诺诺连声。不是我口浅,量你个遭死的军人,相公可怜,抬举你做个提辖,比得芥子大小的官职,直恁地逞能。休说我是相公家都管,便是村庄一个老的,也合依我劝一劝,只顾把他们打,是何看待!"老都管终于是忍无可忍,足见杨志与众人僵持到了何种地步。倘要继续赶路,显然是不灵了。

恰在此时,对面松林里现出了七辆江州车儿及躺地乘凉的人,杨志赶上前打问,人家自称是贩枣子去东京的,暂且歇脚纳凉。这时节,远远地一个汉子挑着一担酒,唱上冈子来了:

烈日炎炎似火烧,野田禾稻半枯焦;
农夫心内如汤煮,楼上王孙把扇摇。

军健们渴得要死,便凑钱拟买酒吃,杨志用朴刀杆又一次打着不许买:"多少好汉,被蒙汗药麻翻了!"适才是不准歇脚,眼下又不许吃酒,这边正在闹动争说,那伙贩枣子的已买去了一桶,你一瓢我一瓢吃完之后,又从另一桶里要"饶我们一瓢吃",卖酒人夺瓢,贩枣的耍赖,一来二往,叫喊闹腾……老都管又一次对杨志发话,要让大伙吃酒避暑气。事已至此,精细观察的杨志便也寻思:"俺在远远处望,这厮们都买他的酒吃了,那桶里当面也吃了半瓢,想是好的。打了他们半日,胡乱容他们买碗吃罢。"慎重思考之后,杨志又一次做出让步。

众人吃时,杨志自己也口渴难熬,可心里又难免踌躇,只吃了半瓢,嚼了几个枣子。就这样,杨提辖却硬是"起不来,挣不动,说不的"了,眼睁睁看着那七个人捎下枣子,"将这 11 担金珠宝贝"装在车子内,一直往黄泥冈下推了去。杨志眼前,满地尽是鲜亮闪光的枣子。

那七辆江州车儿底下,笔者估摸是藏掖着七般兵器的。倘是智取失效而必须"力争"时,杨志也绝难取胜,因为他所面对的是早就准备停当的七条好汉,自己却是孤身一人,14 个同伙,让他给得罪完了。

七位胜利者,正是以晁盖为首的聚义"七星"。刀枪未动而智取成功,是因为他们占住了"天时、地利、人和"。

天时——乃炎热的六月间,面对的是一伙长途负重、疲惫跋涉的苦不堪言者。地利——为黄泥冈,这是由大名府至东京必经的第五个地旷人稀的"强人出没的去处";况且,冈之东 10 里的安乐村早就有个晁盖的内线白胜,此为伏藏龙虎、巧设酒计的绝佳所在。再者,晁盖为东溪村保正,其家作为通民情、传号令、保治安的窠巢,讯息灵通,情报准确,不仅摸清了杨志其人的落魄家底、性格心理,甚至也了解到这一起生辰纲里杂有蔡夫人的私货、私人及私情。

十万生辰纲,说到底是老百姓血汗的结晶。七条群策群力的好汉,筹划精致,盘马弯弓,以逸待劳。而谋勇兼具、武艺超群的杨志,刚愎自用,太过自信,自己将自己弄成个光杆司令(热衷于仕途者,对上峰巴结愈紧,对下属则愈加苛刻),即纵有天大的本事,这生辰纲能过得了黄泥冈吗?张恨水对这一节的评语:始终不过运用七八人,"而恍若有千军万马,奔腾纸上也者"。

仔细检点过不去黄泥冈的诸多原委,实在是耐人寻味:施耐庵在这里无意于塑造什么英雄人物,显示出的却是众人的智慧,群体的力量。

从醉翁亭说起

醉翁亭在滁州琅琊山麓,岳阳楼处于岳阳洞庭湖畔,分别坐落于长江两岸,东西相距千里之遥。《醉翁亭记》出自欧阳修,《岳阳楼记》出自范仲淹。二记精短,合起来也就770个字。异地而同时,二记俱形成于庆历六年(公元1046年)。

《岳阳楼记》波澜雄浑,展现出范仲淹"腹中自有数万甲兵"的云水襟怀及其"先天下之忧而忧,后天下之乐而乐"的崇高境界。《醉翁亭记》纡徐有致、流动潇洒,深深地隐伏着欧阳修强烈的政治忧患和人生感喟。近千年过去了,细读"二记",我们似乎也只能取"高山仰止"的份儿。

欧阳修一杆笔纵横开阔,文备众体,诗、词、文、赋之外,其《六一诗话》则开创了文艺评论的新体裁,并在史学、经学、金石学方面有很高的造诣。唐宋八大家里,宋代占六位。欧阳修"奖引后进,如恐不及,赏识之下,率为闻人。曾巩、王安石、苏洵、洵子轼、辙,布衣屏处,未为人知,修即游其声誉,谓必显于世"(《宋史·欧阳修传》)。那个时候,几乎所有的文学家都得到过欧阳修的推举、延誉,这里点名的五位大家,正是由欧阳修率领着步入中国文学史的。

史学家宋祁,比欧阳修年长九岁,与欧阳修一起编修了为后世称许而进入二十四史的《新唐书》。定稿之后,朝廷派御史告诉欧阳修:按照历朝修史的惯例,撰写人只能署最高官职者的名字,"公(指欧阳修)官高当书"。欧阳修回答:"宋公于列传功多,吾岂可掩其名乎!"于是,纪、志书修,列传书祁。宋祁知道后佩服地说:"从古以来,文人相轻。像欧阳公这样高风亮节者,前所未闻也!"

至和二年(公元 1055 年),欧阳修担任贺契丹登宝位国信使时,契丹使其国地位最高的四大贵臣在宴会上一齐作陪,史料记载"此非常例,以卿名重",于此也可见欧阳修声望之高。

后来的人们总是认为,欧阳修其所以位高望重,声誉远播,根本原因是"翰墨致身"——是由于他的文章写得好的缘故。然而,宋史记载学者求见欧阳修之际,彼此交流,"未尝及文章,唯谈吏事,谓文章止于润身,政事可以及物"。也就是说,欧阳修认为军国大事才可以惠及万物,于国于民有所裨益,而会写文章以抒发襟怀,仅能滋养的是个人的精神气质。后世所推重的诗文名篇,包括《上范司谏书》《与高司谏书》《朋党论》《秋声赋》以及《醉翁亭记》之类的文字,在欧阳修的心目中,只是为官从政的副产品罢了。

说起欧阳修的从政生涯,则不能不提及比他年长 18 岁的范仲淹。

庆历三年(公元 1043 年),宋仁宗任命范仲淹、富弼、韩琦同时执政,欧阳修、蔡襄等人同为谏官,开始了有名的"庆历新政"。庆历四年,欧阳修写下了政论文中的精品《朋党论》,论据充分,论证剀切,从理论上彻底掀翻了一个涉及朋党之争的历史大案。因为切中时弊,从根本上触犯了暮气横生的腐朽政治集团,改革失败后,范仲淹、欧阳修他们被诬为"朋党",同时被贬。实践证明,文章无论怎样的缜密到位,说到底也还是纸上谈兵的翰墨功夫,范仲淹、欧阳修他们之横遭贬黜,却是不争的现实。峰回路转,令人意想不到的是,"文章憎命达",也正是在被贬黜的境遇里,又同时出现了散文史上的两朵奇葩:《醉翁亭记》与《岳阳楼记》。胡耀邦1982 年秋天来到醉翁亭里,还能一字不差地背诵《醉翁亭记》。

二记并读，从中可感知两位作者襟抱相投，气质相类。宋史评价欧阳修"天资刚劲，见义勇为，虽机阱在前，触发之不顾。放逐流离，至于再三，志气自若也"。将这31个字移用在范仲淹身上，也真的是天衣无缝。从共通的襟度气质上，也不难揣度出他两人何以能写出那等大气磊落、面对浩浩长江而互为照应的文章。

醉翁亭里，"苍颜白发，颓乎其中者，太守醉也"——这正是欧阳修的自我画像。他不到40岁，须发尽白，自诩为"翁"，连皇帝看见，都觉得可怜。我觉得，欧阳修并非是读书人那样为穷经而皓首，他这纯粹是严酷无情的政治斗争堆在头上的永冻难消的霜雪。"醉翁"二字，作为欧阳修的自画像，是最成功的一帧，也是最让人心酸的一幅。后世的人们向往滁州，许多是奔着欧阳修而来的；正如人们之向往岳阳，仰慕的是范仲淹的风骨与文采。

忧劳可以兴国，逸豫可以亡身。
夫祸患常积于忽微，而智勇多困于所溺。
祭而丰不如养之薄也。
万树苍烟三峡暗，满川明月一猿哀。

单是凭这些耳熟能详（耳熟能详一词，也出自欧阳修的《泷冈阡表》）的名言警句，就可以想见北宋的欧阳修是个怎样的文坛领袖了。

欧阳修的文章"超然独骛，众莫能及"。真正理解欧阳修为文之道的，应推当代作家孙犁。孙犁认为："道德文章的统一，为人与为文的风格统一，才能成为一代文章的模范。"也正因为如此，欧阳修的文章才"见重于当时，推仰于后世"。

孙犁究竟是因为什么缘故而能深至地认知千年前的欧阳修

呢？我忽然想到了1982年的12月4日。那一天，当百花文艺出版社为孙犁老人赠送新出版的《孙犁文集》时，孙犁从楼上看到一位女编辑抱书上楼的肃穆情景，心中万般感喟："她怀中抱的那不是一部书，而是我的骨灰盒。"大道低回，古今同理。文学殿堂里真正的散文精品，作者的文字与他的骨灰是化为一体的。

（注：此文2014年3月19日载于《天津日报》）

失序与缺钙

某出版社近期出版了12卷精装的《新中国散文典藏》,包罗宏富,用力良多,序言认为:"这是散文界与中国学界的一件大事,必将成为一个重要的界碑与标志。"全书收入251位作家的作品,本人也忝列其间。翻检全书,我却是有点异议,起因是排在首卷首位的是周作人。选个变节为汉奸的人在新中国散文的系列里领头,实在不是个滋味。

周作人小其兄鲁迅4岁。抗战期间,出任华北政务委员会常务委员兼教育总署督办等伪职,1945年以叛国罪被判刑入狱。主编者却认为"人归人,文归文",周作人的"散文创作是如此的辉煌与壮丽"。可此书里收入的两篇作品,我是怎么也找不出什么"辉煌与壮丽"。本人弱智,无奈。

多数论者,一再推崇的是周作人的理论主张。

散文的个性化是周作人一以贯之的创作理念,他将"言志"与"载道"对立起来,尤其注重于抒发个人感情,于是便提倡"美文",认为美文的特征是"真实简明",从字面形式去看,这样的美文也合乎情理;问题是倡导美文而否定"载道"之际,周作人奉劝人们对岳飞、文天祥"不必去学",认为这样的人是"徒有气节而无事功,有时亦足以误国殃民"(《关于英雄崇拜》);继而进一步提出:"秦桧的案,应该翻一下"(《再谈油炸鬼》)。有如此理论开道,几年之后,日寇入侵,周作人就水到渠成地叛国附逆,当了汉奸。

文人之无行,周作人算是走到了极致。其举动遭到文化界的强烈谴责。1938年5月,武汉文化界抗敌协会通电全国之外,其会刊《抗战文艺》刊出了《致周作人的一封公开信》,谴责他"昧却天良","背叛民族,屈膝事仇","贻文化界以叛国媚敌之羞"。

鲁迅先生是文学界的旗帜。巴金在《怀念鲁迅先生》一文里写道:"人品和文品是分不开的。""血荐轩辕"的鲁迅享年55岁,而卖身求荣的周作人活了82岁,难道是因为周作人活得长久,就能在文学界取代鲁迅的位置吗?

周作人又名周启明,在他叛国附逆之前,鲁迅对其评价就是"周启明颇昏"。现在进入21世纪,认为鲁迅与这个"颇昏"的弟弟是双峰并峙者,倘非昏上加昏,真让人怀疑是别有用意。孙犁认为"参天者多独木,称岳者无双峰",他在1974年秋天的《书衣文录》里怀念鲁迅先生时写道:"而因缘日妇、投靠敌人之无聊作家,竟得高龄,自署遐寿。毋乃恬不知耻,敢欺天道之不公乎!"沾沾自喜而自署"遐寿"者,正是这个周作人。

历史与实践反复证明,针对以抒发性灵为重的散文而言,言为心声,"文如其人"应当是一条不可移易的原则。明代严嵩有过"晚节冰霜恒自保"的诗句,奸佞阮大铖的《咏怀堂集》也不无"小慧",将其诗文与其人品两相比照,倘非伪诈奸巧,自欺欺人,最起码也能进一步看出他们人性深处复杂微妙的变异历程。

周作人骨头软,鲁迅的骨头最硬。理论界一致认为,我们的散文创作近些年阴盛阳衰,严重缺钙。缺钙也者,也即"抽掉了文学的骨气和血性"。探究缺钙原因,却似乎难得要领。这部《典藏》将被钉在耻辱柱上的周作人列为领衔人物,或许能透露出几丝消息。

中华人民共和国成立68年了!出版《新中国散文典藏》,寓意大好,编者也下了很大的功夫。我却是怎么也想不通:这部《典藏》

因为时间限于中华人民共和国成立之后,就算是没有鲁迅先生的份儿,可为什么偏要拣一顶污秽难闻的"毡帽"冠于《典藏》的头上呢?

呜呼!天如假年,鲁迅先生若能够活到中华人民共和国建立之日,在这部《典藏》里就能取代周作人的"领衔"位置吗?

(注:此文 2017 年 1 月 6 日载于《解放军报》)

散文似水

朋友和我聊起散文,问何为散文?我说,小说、诗歌、戏剧以外的文学作品,都是。听起来似乎有些含糊、笼统,然而这并不意味着散文这一文体是松散的、无约束的。我觉得,散文是写作山道上的第一个台阶,上进不易,易写而难工,写好很难。如果以水比喻,或许便于理解。

散文似水,随物赋形,了无定态。

贮水的瓶盆锅坛,千差万别的湖海江河,俱是水所聚集成的状态,而水的具体形象,是微小的一滴一星呢,还是那波涛汹涌的汪洋大海?谁也说不清楚。书信、表章、檄文、杂文、游记、传记、小品文、报告文学,其间的优秀篇章皆可归之于散文范畴,可究竟如何定义散文呢?词典、辞海上也都含糊其辞,远不像小说、戏剧、诗歌那样界限清晰、鸿沟分明。也就是说,散文是自由恣肆、难于把握、难觅写作诀窍的一种文体。上下数千年,纵横几万里,这神龙变化之本身,就是中国散文长期以来所形成的独立品格。

散文似水,源深流长,无所不至。

我很赞同老作家柳萌所说的,比之小说、戏剧、诗歌,"散文更容易表现出一种真实的自我"。文学即人学,散文尤其注重"个性",总是在寻释人的灵魂的秘密,是作者内心世界最逼真的反映。换言之,散文的源头,只存在于作者心底。当今假风炽盛,谎言迭出,人们看好散文,就是在向往着真实灵魂与本真情愫。

读一读古文里的《报任安书》《出师表》《岳阳楼记》《醉翁亭

记》《秋声赋》《赤壁赋》《西湖七月半》《祭妹文》……即可证散文之自由不羁切近于水:水汽化云,可于历史天空风起云涌;云凝成露,能在大地原野上濡养万物;渗入地底者,当有万斛清泉涌出。散文有史以来,一直在不懈地开拓新的境界。诚如另一位老作家、《散文》月刊的创办者石英所言:"散文的路子最宽,宽到无所不至,无所不能。"

散文似水,简洁凝练,韵味隽永。

散文之源头在作者心底,也就从源头上决定着感情的真实、蕴藉、质朴、自然,忌讳故弄玄虚、夸张生造、涂脂抹粉、自作多情。

散文有百题,具百态,通常情况下却是抻不长的——多则滥,长则泛。含蓄凝练的短作,韵味悠长,所包孕的力度却不容低估。深山幽壑里的源头,滴水从不间断,日久必然穿石;水之汇聚成江河湖海,可以行舟载舰……魏文帝认为:"盖文章,经国之大业,不朽之盛事。"他所指的文章,未必是长篇大论。古往今来,读者心里所铭记着的,往往是精短、隽永之作。鲁迅那些短枪匕首式的文字,其杀开血路的力度是世所共知的。

水在滋养着人类万物。散文似水,大美存焉,亦有大力潜伏。源于心底的散文之流宁静致远,能明心悟性,使人沉着、稳健地向善向美。

在这片追求文明的土地上,人们只要离不开水,散文就不会消亡。

(注:此文2016年7月15日载于《光明日报》)

难忘信天游

一

陕北信天游,是民歌艺苑里别致的一枝。内涵淳朴、丰沛、厚实,抒情手法是多姿多样的。

和别的民歌一样,信天游纯真直率,坦荡热烈,有些章节几近于放浪形骸,打破了爱情故事在小说里、舞台上通常呈现出的那种月暗花移、扑朔迷离的神秘境界。"半夜里想起干妹妹,狼吃在山后不后悔";"听见哥哥唱一声,浑身打颤阳气生";"捉着你的胳膊拉着你的手,难说难笑难开口";"叫一声哥哥摸一摸我,浑身上下一炉火"。脱胎于村野,免不了俗气,似乎又俗得天真、洁净而热烈。

从古以来,人们就乐于向星月、高山、花草、流水袒露襟怀。袒露方式不一,有人是欲说还休、半遮半掩,有人是矫情卖弄、故作风雅,也有人是隐忍不住、一吐为快。信天游仿佛是另一类型,它袒露得最真切,最彻底,仿佛最具艺术性。

任何人也离不开生养自己的土地。陕北处处是阔大荒秃的峁塬,深长纵横的沟壑,拦羊的,收糜谷的,一人一架山梁,独自一方"世界",有感而发,无须顾虑谁个躲在暗处偷听。远近一览而尽,没有草树遮饰,外人在近旁也不好藏身。即便有赶脚的人逮得三五句,声远,人更远,歌者如蛙打鼓,行者如雁经空,谁知道谁是谁呢?人们把难于告人的秘密最先倾诉于空旷的川塬,这川塬就是第一个听众,最高巍、最坦诚的一个听众,它所听到的是最能摇撼灵魂的心音,是起自陕北黄土地上的天籁。

在人烟辏集的闹市,耳目如林,歌者碍于情面,有些话就没法启齿、出口,而空旷的峁塬地旷人稀,便于洒着汗水的劳动者亮开本色,直抒胸臆,于是盛产信天游。

二

比兴之际,信天游放纵、开张,听者感到耳目一新。

"黄河无路水推船,这一回起身这么难";"一阵阵黄风一阵阵沙,一阵阵心事乱如麻";"麻阴阴天来蒙生生雨,马背上丢盹想起妹子你";"南瓜秧子爬冷地,做梦也想不到这些罪";"侧楞楞睡觉仰面听,听见我二哥的驼铃声";"听见下川马蹄子响,扫炕铺毡换衣裳"……黄河、风沙、马蹄、驼铃之外,还时时出现二饼子车、荞麦花、糜谷、老麻子之类,尽是与空旷的土地息息相关,且是与人情、心性水乳相融的景物、景致。

信天游的这个"游"字,大可推究。历史上的陕北多战争、多天灾,人们生活安静的时日有限,颠沛流离的生涯便成为信天游的主题因素之一。塞漠孤烟,落日夕照,仆仆旅者独自跋涉,寂寥至极,四外单调,无好景寓目,什么消遣之物也没有,于是,枯燥乏味的灵魂亟需要一股"清泉"来滋润。大漠深处可能沁出清泉,而这旅人的"清泉"就只能靠回忆。回忆那熟悉而温馨的窑洞,回想那个"哥哥起身妹子照,眼泪滴湿大门道";"哥哥上马妹子上了房,手攀烟囱泪汪汪"的人儿,沿途仅见的稀疏景物突然间也就染上了浓烈的感情色彩——闷极而回忆,思忆而心声流泻,这心声便是信天游。

很显然,正如风夜里穿行的灯笼闪闪烁烁、分外惹眼一样,没有陕北这样的特定环境与特有的生涯,信天游会失却独有的亮点。

三

困顿的磐石之下,人的精神蕴含反而旺盛饱满,一开口则宣泄如瀑。

"鹁鸪喝了清泉水,十三省地方挑下你";"听见哥哥南梁里唱,妹妹我坐在水路上"——悠然晓畅,和悦自恣。

"红鞋绿鞋绣花鞋,崖畔上摆手背后来";"你看我来我看你,眼睫毛动弹定有鬼"——婉转细腻,相契入微。

"月亮跟前的红云彩,妹妹生得好人才";"清水水鸭子浑水水鹅,我把我哥哥送过河"——体贴温馨,蕴藉雅致。

"麻不过花椒辣不过酒,甜不过妹妹的小舌头";"哪怕身子刀尖上穿,交朋友把死活撂一边"——泼辣淋漓,坚逾铁石。

"你妈妈打你不成材,露水地里穿红鞋";"红布小鞋绿线锁,狠心的爹娘卖了我"——情境兼得,乡俗如绘。

"擦了根洋火冒了一股烟,咱俩的名声扬了个远";"为人寻不下好男人,不如早死早转身"——幽默冷静,看破红尘。

活泼大胆,不拘一格,词语简劲,联想鲜活而巧妙,充分显示出陕北劳动者既诚实勤恳、又睿智聪明的性格和心态。有些地方的民歌脍炙人口于一时,再展开传播,生命力便现出些单薄与脆弱,环境局限之外,感情上调度不开,很可能是其致命伤。

四

艰苦岁月里,陕北曾是革命圣地。时日持久,声势煊赫,在取代旧世界的进程中,信天游补填进新的情愫,新的血液。

"他们是命咱也是个命,不和他拼命就活不成";"大路上扬尘马嘶叫,咱们的队伍回来了";"一杆杆红旗空中绕,前路将军是朱毛";"红军打仗真勇敢,墙畔下往上扔炸弹";"眼泪顺着筷子流,子孙世代想老刘(刘志丹)"……一方面配合风起云涌的革命潮流,为红军而鼓吹,因先烈而动情,另一方面,则用火烈、辛辣的音符发出对旧世界的批判锋芒:"民国世事鬼捣鬼,快抢不如'黄鳝尾'(指长矛)";"狗腿子衙役不是人,抱住女娃就把嘴亲";"白军走了红军来,下湾里破鞋吃不开"。轻捷明快,锐不可当,仿佛空际杀下了扫荡式的雷电。

不论何时何地,爱情永远是民歌里的精灵。"山丹丹花开背洼洼红,我送我哥哥当红军";"叫一声妹子手放松,上级命令要服从";"宁叫皇上的江山乱,不叫咱俩的关系断";"一碗凉水一炷香,谁坏良心挨钢枪"……甜蜜爱情弥漫着崭新的勃勃活力,洋溢着旧民歌所从未有过的刚烈气息,在民歌艺术史上也不失为罕有的一笔。

常见衣食不敷的穷困地区,产生的少许歌谣里难免含有哀怨之音,陕北却是个例外。"抓把黄沙扔上天,信天游永世唱不完"。茫茫黄土地上有这样昂奋、强劲的旋律,有如此深广雄浑的歌声,忽然间使我想到绵亘于这块土地上的万里长城了。长城有形而无声,是千百万劳动者以强悍之躯夯筑起来的;信天游,有声而无形,却是劳动者感情与智慧的结晶!

(注:此文 2015 年 1 月 21 日载于《天津日报》;原载于《驼铃》文学月刊)

读书与写作

日常生活里的读书人,大多数意在实用或者消遣,是不需要写作的。今天在座的,都是有志于写作的散文爱好者,我这里所谈的读书与写作,就不能泛泛而谈。

先谈读书。

读书首先要划出阅读的范围。为了打开视野,古今中外的书籍应当博览,但对于时下泛滥的长篇小说,不宜多读,更不能泡在其间。而今科技发达,印刷术先进,一年出版长篇小说5000余部,而1949年到1966年期间统共才出版了700余部,以年度为单位两相比较,出书数量猛增了100多倍,现在的生活节奏又这样紧张,人生苦短,如果陷在一大堆文字垃圾里,时间、精力都是耗不起的。然而,要打好文学基础,古今中外公认的经典作品,又不能不读,我们需要有选择地进行涉猎。

我从前读过英国哈代的《德伯家的苔丝》,法国雨果的《巴黎圣母院》,俄国托尔斯泰的《战争与和平》,肖洛霍夫的《静静的顿河》……我们的四大名著里,我喜爱《水浒传》,这本书切近平民生活,最接地气,是燕赵齐鲁地域一枝独秀的精神遗产。本人生于陕西,一直在西北当兵,60岁以后举家东迁青岛,与《水浒传》的潜在影响还是有牵连的,也可以这样说,晚年东迁,是齐鲁大地上的追梦之举。吴敬梓的《儒林外史》,不属于四大名著,鲁迅却十分欣赏,所以,也就写出了《孔乙己》那样的名篇——将中国知识分子的灵魂剔到骨子里去了。

其次，阅读要立足本土，扎根于本民族的传统文化。

我们是一个盛产诗歌、散文的国度。要写好散文，对自己本土的诗、词、文、赋不阅读是说不过去的。我个人出版过的散文集里，《野旷天低树》《江清月近人》《不肯过江东》《大风起兮云飞扬》《明月松间照》《清泉石上流》《只有香如故》，好几本都是以诗词名句命名的。拟定这些书名时，难道是有意的吗？现在回想，我觉得是下意识的，水到渠成的。

对于"五四"以后兴起的新诗，也曾经喜欢过一阵，时日长了，终于感觉是有些隔膜。这里正暴露出我个人的局限性。原因很可能是浸淫于古典诗文，中毒太深，封闭成癖，未能接受西风东渐的新生事物。为什么这样说呢？当代的优秀诗人里，不少人对古典诗词是烂熟于心。从他们那里，我才发现自己对新诗没有入门。

有的中学教师从古诗文里选了些名句设为上联，让同学们对出下联，这里且选录如下（后一句为学生所对）：

清水出芙蓉——乱世出英雄

床前明月光——李白睡得香

西塞山前白鹭飞——东村河边爬乌龟

葡萄美酒夜光杯——金钱美女挤成堆

洛阳亲友如相问——请你莫要告诉他

日照香炉生紫烟——李白进入洗手间

穷则独善其身——富则妻妾成群

两情若是久长时——应该尽快去结婚

天若有情天亦老——多情男女下世早

问君能有几多愁——需要一壶二锅头

书到用时方恨少——钱到月底不够花

从这样的对句可以看出,古典诗文与现代人之间形成的代沟是巨大的。倘若过度沉迷于古典,也就很难跟得上这个急速发展的时代。

比起中国散文,外国的起步较晚,但人家在理性思维方面是后起之秀,蒙田、雨果、莫泊桑、屠格涅夫、高尔基……他们的散文随笔,在哲理性方面就很值得我们的散文家借鉴、学习。我国传统的优秀散文着重于抒情,比如《出师表》《陈情表》《泷冈阡表》,确实感人至深,催人泪下;而英国培根的著作,常读常新,我们的那一类思辨性的散文,耐读性怎么也赶不上人家。我所说的要立足本土,不宜绝对化。

再次,读书的关键,在于坚持。

人们从小进学校念书,最后有建树、出成果的非常有限。大多数人是中途易辙,半途而废。"书是生命中永恒的香味。把读书作为日常,是一个人生命中最好的习惯。"既然是最好的习惯,也就最难于养成。

散文作者,在阅读时有几点值得留意:

一、散文创作是生活的升华与感情的燃烧,无法师传,不易授受,所以,不要相信那些"散文速成""散文作法"之类的名人的"经验"。因为作家一旦变成名人,往往信口开河,故弄玄虚。

二、对于喜爱的作品,要反复阅读,认真消化。对自己心仪的好书只读一遍,拍案叫绝之后便束之高阁,等于是过眼烟云。"温故知新","复习是学习之母",属于至理名言。自己选中的佳作,每读一遍,总有收益,这就是潜移默化,是看不见的无声的精神积累。"好山好水看不足",对于自己选中的诗文,决不要轻易放过。"好读书而不求甚解",对有志于写作的人是误导。

三、好诗文不胫而走,流传愈是广泛、久远,也就愈容易引发争议。李陵的《答苏武书》,诸葛亮的《后出师表》,岳飞的《满江红》,有人就认为是他人伪作。"鞠躬尽瘁,死而后已",就是《后出师表》里的句子;"三十功名尘与土,八千里路云和月",是《满江红》里的句子。前一句是对诸葛亮一生的提炼与总结;后14个字是对岳飞形象的精确概括。我个人觉得,如果有谁能虚构出《后出师表》与《满江红》这样的文章,确实是不简单、也不寻常,足可以在文学史上占定一席之位。另外,那一首《生查子·元夕》的宋词,"月上柳梢头,人约黄昏后",概括恋情,美到极致,这首词到底是欧阳修的还是朱淑真的?大多数选本归在欧阳修名下,我在阅读朱淑真的《元夜》(三首)之后,很怀疑是属于朱淑真的手笔。好诗文容易引发争议,说明人们在反复思考,认真品味,因为疑惑与质疑,是只有在阅读中寻根究底才会产生的;大而化之的阅读,提不出疑问。

　　读书与写作,我以为是骨肉关系,读书是骨,写作为肉。读书就谈这些,下面谈散文写作。

　　散文作者,首先要弄清楚什么是散文。天下万类,水是自由的象征,用水比喻散文最为确切。正因为散文是行云流水那样的质地,没有成法,也无定式,"鞠水月在手,弄花香满衣",作者在动笔写作时,反而是老虎吃天,难于下手。日常应用文,网络上铺天盖地的时文,是不能称为散文的。我们几千年流传下来的文章,《古文观止》收了222篇,加上教科书里所收的,习见的也就500篇上下。这说明散文还是有标准的,约定俗成,不符合这个尺度,很快就会被淘汰。还有的人不知道写了多少,全部被淘汰了。这个淘汰是很无情的,是为"大浪淘沙"。

　　第二点,如何写散文?从有定论的名著那里取经时,认真地阅读其有定评的具体作品——从中揣摸其写作的奥秘。

我特别喜爱一个朋友的比喻:散文创作与学骑自行车是一个道理。我国的自行车曾在数量上是全世界第一,书店里却从来没有出现过《怎样学骑单车》之类的书本。教你学着骑车的人,扶着车把,喋喋不休地告诉你怎么往上跨,怎么把握车头,怎么去蹬脚蹬子?他怎么说也不管用。摔过几次,你终于是一迈腿骑上去了;他告诫你别撞树,你也这样想着,可偏偏地就照直撞了上去,而且撞得那么准、那么狠……初学散文也是一样,你满怀希望向外投稿,眼巴巴地等着见报,可偏偏就被人家退回来了(退稿是从前的事,现在是泥牛入海)。许多名家,包括孙犁那样得到公认的大家,都有过这样的经历,何况我辈普通作者。

作为过来人,我发现不怕摔跤,在摔打中揣摩门道,心领神会,自己进行摸索,倒不失为一条难得的写作经验。天下事都不能绝对化。每一个学骑自行车的人,开始时总得有人帮扶,从边上点拨呀。我今天说这些话,对于在座的各位,就是那个从边上帮扶的角色。

第三点,散文崇尚精短,忌讳又臭又长。范仲淹的《岳阳楼记》和欧阳修的《醉翁亭记》,诞生于同一时期,分布于长江之南北两岸,二文一共也不到一千字,然而,众多的选本反复印制,到底印刷过多少遍?谁能说得清楚呢!

精短的途径有二:一是反复酝酿,多打腹稿,思考成熟之后再动笔,小有感受就下笔千言,会导致"猴子扳苞谷"的乱象;二是每写成一篇就放几天,找一找其间得失,认真修改、增删。陀思妥耶夫斯基说过:"作家最大的本领是善于修改。"杜甫、欧阳修,都是善于修改的高手、圣手。怎样将所读之书化为自身的营养,我以为反复修改就是消化、吸收的具体过程。对于进入了化境的作家而言,这个过程属于一种不可多得的精神享受。杜甫的"笔落惊风雨,诗成泣鬼神",隐喻着长期酝酿、反复修改的双重含义。目前的稿酬按字数计算,长篇大论就泛滥成灾。追逐名利者看不上散文,散文原野上反而是干净一些。

第四点,善于坚持,这与读书里的"坚持"是并驾齐驱的、不分轩轾的。锲而不舍,十年寒窗,滴水石穿,十年磨一剑,板凳要坐十年冷,行百里者半九十……其本意都是在劝勉"坚持"。

人的天分是有高低之别,能否"坚持"却完全在自身。而天赋高者,往往又难于坚持,也不易勤奋,经常是"打一枪换一个地方",最后落下个一事无成。天底下"聪明反被聪明误"的人,常常是有天赋者,没有一个是傻瓜。可各个领域的成功者,初始起步的时候,好像并不是多么聪明过人的角色,于是,社会上又流行"大智若愚"之说。

一个人有无散文创作的天赋?初学写作时,无妨将各类体裁试一试,慎重选择自己的强项作为突破口。选择时要慎之又慎,多方试验,一旦选中,就要顽强地坚持下去,坚决弄它个"鱼死网破"。在这里,应当特别留意自知之明。"人家的婆娘,自己的文章",这是人性里的顽疾。"人家的婆娘",到了中年之后尚可摆脱,而认为自己的文章好,这种迷误的心理状态,人生到老恐怕也难于克服。总认为自己的文章天下第一,孤芳自赏,刚愎自用,这是创作道路上最狰狞的绊脚石。这里,我特别欣赏郑板桥的一副对联:"删繁就简三秋树,领异标新二月花。"领异标新就是创造,删繁就简就是反复打磨,要善于不断地进行创新。然而,话说回来,一个人如果没有主见,对外界的意见一味盲从,则会落到鲁迅所说的"抬着驴子走"的窘境。

第五点,要善于从各方面吸取营养。

我们的古诗词与散文是孪生姊妹,这里取两首五言绝句为例。

杜甫的《八阵图》:"功盖三分国,名成八阵图。江流石不转,遗恨失吞吴。"从长江边的八阵图入手,咏物抒怀,以小见大,感慨刘备违背"联吴抗魏"的大政方针,攻打东吴而败北,铸成了无可挽回的巨大遗恨。言简意赅的20个字,高度囊括了一段极其重大的转折性的历史事件,作者的内在感情又异常沉郁、凝重。我们的散文艺术,能进入这样的炉火纯青的艺术境界吗?

李清照的《夏日绝句》:"生当作人杰,死亦为鬼雄;至今思项羽,不肯过江东。"如果不了解楚汉之争,不了解宋王朝仓皇南逃的狼狈相,不了解李清照当时在长江边上的艰难处境,要理解这首诗作是有难度的。人常说"国家、国家",国在前而家在后,国是"大我",家是"小我",国破而家亡,国衰而家苦。这样的诗句,本应当出自男子汉、大丈夫之口,却由一个"人比黄花瘦"的弱女子吟成,后人可以想见那是个多么窝囊的时代。

这两首绝句,隐喻着什么才是真正的散文创作。我们的散文作者如果陷在"小我"的圈子里,尽写些太平生活里的小感觉、小情绪、小悲欢,我以为出息不大。这里提到的杜甫、李清照,是散文的高标杆。希望大伙能正确理解,不要造成"散文这样就没法写了"的误会。

在不愁温饱的前提下,名利之心越重,与艺术的缘分越浅。现在是红火热闹的经济社会,写散文是不能赚钱的寂寞之道。既然选中了散文写作,对此就要心中有数,有定见,有自己的主意。

以上所谈,散漫无序,与当下的现实生活南辕北辙,是很隔膜的。耽误大家的宝贵时间了,抱歉!

醉蜂图

　　15年前,南京画家吴国亭老人赠我一幅"醉蜂图":晨岚湿润的画面上斜下一道清湛碧流,两岸是黄澄澄的不见边际的油菜花儿,一群蜂儿缘流上下,嗡嗡嘤嘤地忙碌着。来我家里的朋友,无不在画幅前流连观赏。时日久了,我于过后思量:画面上倘是没有这些很不惹眼的蜜蜂,它能有这么诱人的魅力吗?

　　这个世界上,花圃花坛花园之外,也不乏花山花海,而每朵花里,花粉相当有限。蜂儿在雅致精巧的巢房里酿成一滴蜜汁,该需要多少花粉哟!庄稼人收获一粒粟,须付出大量汗水,滴蜜之形成,其耗费应不在粟粒之下。难怪采集花粉的蜂儿总是起个绝早,遍历花丛,仔细爬梳,且又不辞遥远,往返不息……我年已七旬,从未见过蜜蜂是怎么样打盹小憩的,脑海里只有这幅画上那忙碌不已的姿影。

　　姹紫嫣红的花儿次第开放,小小蜂儿之忙碌也就没个已时。"荠花满地无人见,惟有山蜂过短墙",自残冬与早春开始交割之日起,一直要忙到"游扬下晴空,寻芳到菊丛;带声来蕊上,连影在香中"的窝冬前夕。春气动而作,霜既降而息,一岁三季,与花终始,造物主倘是要为普天下勤恳的劳动者择一永久性的徽记,蜜蜂是最相宜的。

　　醉蜂图上的黄花与清流,使我想到杜甫的一首绝句:"黄四娘家花满蹊,千朵万朵压枝低;留连戏蝶时时舞,自在娇莺恰恰啼。"不论乡野城镇,大自然构成的境界太美妙了,可惜,杜甫所处的社会上,花团锦簇,花朝月夕,花天酒地,花花太岁,尽都是奢侈享受、浮华逸乐的事体,与醉蜂图上的辛勤耕耘风马牛不相及。

儿时喜好蜂儿的灵动机巧,伸手欲捉时,母亲拦而告诫:"它会蜇人,蜇人可疼哩。"其实,蜜蜂是"人不犯我,我不犯人"的典范。别的任何物类只要不侵害它,便决不动用尾部的针刺。据说,这尾刺与腑内的肝脏连结为一体,一旦翘刺御侮,刺中敌方,自己的肝肠五脏则全部扯出体外,蜂儿自身必死无疑。这等惨烈无比的御敌之举,终其生注定了是一次性的。生死关口孤注一掷,勇毅决绝,径直与尘世间的雄杰、烈士殊途同归。

"蜜蜂两股大如茧,应是前山花已开"。两股是多少个体?成千上万吧。春天是美好的季节,对于春之精灵,素常被人们归之于染露的鲜花,从这醉蜂图上,我则认为是奋飞不已的蜜蜂。蜂儿作为春之精灵,其内在隐含的生命底蕴尤其耐人寻味:天地大矣,常年劳碌者多矣,从来也不计享受者则不甚多见,至于御侮而不惜牺牲者,更属凤毛麟角。蜜蜂不唯上述优长荟萃于一身,极其难能可贵的是,能将上述高尚品格默无声息地融化为部落型的、群体性的生命素质。

我的一位朋友旅行于陇上,遇见了这样一件事:槐花盛开季节,养蜂人将一长排蜂箱铺排于路畔,一位骑毛驴的旅者在槐花香氛里下驴小憩,一边喝水一边与养蜂人天南地北的闲聊。时间长些,拴在一旁树干上的毛驴不安宁,后蹄不慎,一下蹬翻了一个蜂箱,众多蜂儿立时炸了窝,猛地从四面八方扑将上来围住驴儿,呼啸着扑蜇,毛驴熬不住疼痛,没命地蹦跶嘶鸣,箭镞似地蜂儿越聚越多,最后硬是蜇死了这个呼天抢地的庞然大物;驴倒于地,身底也垫了层密密麻麻死去的蜂儿。

驴子是肇事者,死了也就罢了;一地蜂尸,却令人不禁唏嘘:成百上千的蜂儿,适才间个个皆是有尊严的生命噢!一个群体,一个部落或者一个民族,面对外界袭来的横逆,如果其间的每一分子都具备蜜蜂这样的精神品格,该是多么珍贵多么强悍的一种凝聚力呵——对我们中华民族而言,一切开拓型、创造性的生机,无不蕴寓在凝聚力之内。

站在春水清澈、花色透香的醉蜂图前,望着那一群如痴似醉的蜂儿,我自己仿佛醺醺然地也有些醉意……

(注:此文2011年11月14日载于《人民日报》)

虎性不移

对人生而言,腐刑比杀头更难忍受。风雨如晦之中的史迁作如此艰难的抉择,正显示出其生命力的卓尔不群,坚韧与刚强。

《史记》载录了几千年的史实,这一面巨型的历史透视镜,是在极端痛苦、不幸,极端伤感、艰难的条件下用拌和血泪的笔墨写成的。历史以那么残酷的方式愚弄、挫磨史迁,决定了史迁所发之愤绝非一己之私愤,既愤慨封建与皇权,也愤慨俗风与世情。

李陵在漠北浴血死战之际,使报于朝,"汉公卿王侯,皆奉觞上寿",礼拜山呼,颂声雷动;当李陵战败陷落的消息突然到来时,武帝听朝不怡,两班刚刚欢呼过的文臣武将这时节全部成了哑巴,个个木雕泥塑似的,"大臣忧惧,不知所出"。此时此地,只有一个史迁挺身出列,剖白李陵对大汉王朝的忠忱与诚恳。当史迁被不幸送进图圄时,"交游莫救视,左右亲近,不为一言"(落井下石者自不乏其人),大伙眼睁睁地看着忠直无辜的史迁被送进蚕室去受刑。"交游"为同事和朋友,"左右亲近"指武帝平素所信赖的心腹大臣。这就是巍巍宫阙里的世态,这就是锦绣之乡的人情,当然也正是最现实、最深邃的"天人之际"与"古今之变"(这等"际""变",两千多年里绝少移易)。

封建大树所结下的第一号硕大果实是奴性,这奴性之果在臣僚群落里被培养的最为圆满和成熟。而人性里坚于磐石的奴性是怎样逐渐形成的?后人从《史记》中自能理出些眉目来。

成于封建阴影下的《史记》,其中的《今上本纪》中有"汉兴五世,隆在建元,外攘夷狄,内修法度"之类的颂词,这正是在重压下出现的纤弱以至于失色的蔓草,落笔写这等文字时,史迁自叹:"及以至是,言不辱者,所谓强颜耳。"古今皇权之下,强颜为笑、强颜为欢有的是,未必就属于奴性。《报任安书》里有言:"猛虎在深山,百兽震恐,及在槛阱之中,摇尾而求食,积威约之渐也。"李陵是毋庸置疑的虎将,人以群分,史迁心性亦与虎同。一文一武,在政坛上作为先后着鞭的难兄难弟,史迁之隐忍苟活,与李陵之寄身朔方是对应的、平行的。现实无论对他二人施加怎样的淫威与压力,他俩依然是猛虎。奴性笼罩宫廷,但在猛虎身上从来就没有丝毫立锥之地。

龙有龙角,虎有虎须。司马祠里造于北宋时代的史迁塑像,并非宫刑挫磨之后的"妇人之像"。这留须之像,传说是依照当年从芝川乡间寻访到的壮年线描画像仿塑的。壮岁时耕牧壮游,磊落奇迈,武帝冷不防给了他残酷的一刀,此一刀奇耻大辱,只能使其本有的阳刚之气被点火起燃那样进一步升腾。"天地有正气,杂然赋流形",史迁之气所赋予之流形,就是《史记》。祠里倘塑一"妇人之像",可真是大煞风景矣。

最凄惨的际遇,成就了一部最壮美、最瑰丽的《史记》。"绝唱"指的是最高造诣,《史记》证明,只有在绝境里才能产生绝唱,这简直形成了中国史学与文学的一条原始辙印——当是一条不祥的逻辑。"怜才膺斧钺,吐气作霓虹",这刀剑染血式的苦难,促人思考。而这样的思考,是为苦难加上一层霜并使之深入精神领地里再度受难,最后才绽放出一丛丛艳丽的菊花来。文才易有,史才难得。《报任安书》里列举了八个王侯将相遭祸泯灭之后,写道:"古者富贵而名磨灭,不可胜记,唯倜傥非常之人称焉。"对后一类,史迁又列出七位:文王、仲尼、屈原、左丘、孙子、不韦、韩非。八位王侯将相被封建绞肉机绞成团团肉酱而后泯灭，而这七位，是将被绞出的血花发愤而化为一簇簇的火花，他们这才升华为璀璨不灭的星辰。前八后七，后排里空出一个位置，莫非是上天预留给史迁的么？

天意高难问，《史记》如菊，蕊寒香冷，初问世时，汉晋名贤未知见重，很长时间，《史记》不为人知，处境是相当冷清、寂寞的。鲁迅先生 1926 年誉其为"史家之绝唱，无韵之离骚"时，已经是两千年之后的事情了。

随感

旷　达

厚墩墩一部《辞海》,对旷达的解释很简单:放任达观。

衣食住行、生老病死、功名利禄、家国大事,人一生太忙,营竞中顾不得什么旷达不旷达,实在烦得要死,朋友来疏导几句:"想开些,混一天算一天,人又结不到世上。"也就算是向着旷达进行努力了。显然,旷达是多数人不很留神、也不易进入的一层精神境界,历来只有文人蜂儿采蜜那样喜欢纠缠。工具书不多解释,也合乎情理。

怎样的人是天下最旷达的人呢?

如果认为和尚、尼姑、道士、道姑窥破红尘,心如古井,是旷达的楷模,那就错了。他们正是为俗所累,畏怯人生烦恼才躲出世外的。缩进僻静崖角的企鹅,隐藏于港湾里的小船,怎能算旷达呢?

也有人视醉生梦死、纵适一时为旷达。现代化的年轻人得乐且乐、放荡不羁,街上时见醉醺醺的酒鬼滚地作呕、哭哭笑笑、痰涕沾衣、肮脏奇臭,使行者纷纷掩鼻。这种生死不明、是非含混的昏头,与旷达何涉?旷达是既定的精神范畴,有严格的文化分野,与旁门左道是两码事。

旷达珍贵,是因为其间含有相当的野气。"何当摆俗累,浩荡乘沧溟"(杜甫);"九江秀色可揽结,吾将此地巢云松"(李白);"尘世难逢开口笑,菊花须插满头归"(杜牧);"水枕能令山俯仰,风船解与月徘徊"(苏轼);"酒酣喝月使倒行"(李贺);"笑拍洪崖,问千丈、翠岩谁削?"(辛弃疾)……宇宙天地空阔开朗,历时长远,与旷达有相通之处,文人亲近它,攫得些大自然的本旨,引野气以入诗文,返璞归真,活力勃然,所成诗文易臻于妙境。

政治家、军事家马背上角逐日月,刀火里锻炼成败,自然而然襟怀云水,旷达气质似乎更高出一筹。"大风起兮云飞扬,威加海内兮归故乡,安得猛士兮守四方"(刘邦);"秋风萧瑟,洪波涌起;日月之行,若出其中;星汉灿烂,若出其里"(曹操);"三十功名尘与土,八千里路云和月"(岳飞);"先天下之忧而忧,后天下之乐而乐"(范仲淹);"苍山如海,残阳如血"(毛泽东)……这是别一种旷达,丰沛的野气里熔铸着人生种种,独特的感情火炬在历史风云中起伏明灭,形成文人们可望而不可即的旷达层次。俗常庸夫,更无从望其项背。

旷达精神在人生紧要关口的表现方式常常是豪爽、勇迈。非旷达而硬充旷达,不豪迈而强作豪迈,那是很可笑的。十年特殊时期中有人大喊:"天下者,我们的天下!""问天下谁主沉浮?我们!我们!我们!"当时声浪汹汹,现在看来,与无知小儿来一通胡乱喊叫有多少区别呢?是时光的波浪淘尽了尘俗与浮嚣。

雾失楼台,月迷津渡。那时节,有一位妇孺皆知的理论家陈伯达,炮制大块的理论文章,自一而九,抨击邻邦及本土的"修正主义"。每成一文,声播全国,山摇地动,草木偃伏。晚年塌了台,他身陷囹圄,当预感到来日不多时,提出要组织上开恩,放他下到偏僻山乡去教娃娃们念书认字,终老残年。这时才想起叶落归根之念,惜已晚矣。回首得势之时,那等吞吐日月、气韵如虹的形象,只是自我膨胀了的、就势腾达于空际的一个肥皂泡,足可证明虚假的旷达沾染在文人身上,易与癫狂为邻;政治上的伪君子佯为豪迈,到头来总是笑柄。

相比较之下,视死如归的革命英烈才是人世间真正的旷达之士。吉鸿昌临刑前，用树枝在雪地上从容写道："恨不抗日死，留作今日羞；国破尚如此，我何惜此头！"手执大义之旗，打破了生死迷关，这才是漫无涯际的旷达汪洋里沉淀下来的一块光芒四射的真金子。人啊！太容易被虚荣的彩色气球拽离自己所赖以立身的土地了。

仿佛是西天真有个极乐世界似的，历来的旷达境界也只容许少数人涉足。这个少数，即凤毛麟角是也。

年轻辈姑且不论，就是许多老年人，终于也跨不进旷达之门槛。有的老干部在位之日，被人前呼后拥，炙手可热，谁个见了都颔首微笑，亲昵之至。一旦交权离位，回家来门可罗雀，外出则如入陌途，连以往的大熟人也一下子"相见不相识"了。于是，这老同志就心情沉郁，睡觉、住院、生病，容颜日见衰颓，须发急邃斑白，还真应了"政治是灵魂"的五字诀了，一下子散落了三魂七魄。今人眼中只认权，固然可恶，而老同志这样个迷失了本性的心胸，也就很不旷达。

有几位挺好的老同志，离休后不愿进住干休所。干休所老人群居，昨日给那个开追悼会，今天送这个去火葬场，哀乐阵阵，恸哭时起，明天说不定谁家又是"告别仪式"，所告别的往往又是低头不见抬头见的"我有迷魂招不得"的熟人。这对桑榆晚景的老者来说，无疑是些纠缠在身边的阴影。"居移体，养移气"，我不能说这些老同志就不旷达，但它可以证明，旷达精神与所处环境及个人体魄是息息相关的，而不是孤立的。

旷达精神对事业、对人生有益，对提高民族文化素质有利，这是不言而喻的。旷达不是天生的，失败挫折、人生磨难往往倒砌成了进入旷达境界的垫脚石。不怕困苦的人，读书渐多，阅历日深，视野逐层扩张，脚步又坚韧有力，这样的强者，眼前渐渐会升起旷达境界的曙光——"为霞尚满天"那样瑰丽的曙光。

"黎明即起,洒扫庭除",东天破晓时的自然曙光可以期待,而精神境界里"旷达"的曙光则是永远也等不来的——人活一口气,此气可通天,我们只有大步朝前!

（注：此文原载于《思辨散文选》,百花文艺出版社 1991 年 1 月出版；2015 年 4 月收入《新中国散文典藏》第八卷）

直面人生

望着鲁迅横眉冷对的那帧遗照,我疑心"直面人生"作为新生词语,或许正是鲁迅先生发明的。时至今日,这四个字不但没有过时,反而在社会生活里显得更为紧要。

马鞍山市的街头,歹徒公然抢钱,年近古稀的退休干部田继荣一声怒吼,冲上前揪住歹徒,围观人群迅速由50余人增加到200多人,老人再三向围观人群呼喊求援,始终无人应答。

成都市一男子以死相逼索讨血汗工钱,爬上酒店顶楼准备下跳,路人聚而围观,竟然自动组成"啦啦队",对着楼顶齐声呐喊:"一、二、三——跳嘛!"

衡水市一女孩如厕时被强奸,受害时间长达20多分钟,现场围观者40余人,竟无一人出手制止。

定西市堡子乡,村民侯某仗着酒劲闯入卢某家,对其妻、女进行强奸;在卢某报警的当晚,侯某又报复性地强奸卢母、妻、女祖孙三代,卢某之子在暴行实施时向200多户村民求救,大多关门谢绝……

从城市到乡村,从南方到北方,鲁迅先生所沉痛责备过的病态的"看客现象"为什么如此严重呢?简直有点病入膏肓的意味了。

直面人生,说穿了就是直面邪恶。《动物趣闻》里有这样一条记载:一群牦牛在荒野中寻觅青草,突然,几只觅食的狼出现在不远处,牦牛们纷纷抬头向狼望去,领头的牦牛冷静地站在原地,丝毫没有逃离的意思,其他牦牛学它的样儿,也抬头站立,原地不动,几只狼在牛群边虎视眈眈地踅摸、转悠了好一阵,最后见找不到下口缝隙,只好怏怏地走开了。面对惯于弱肉强食的邪恶,繁华闹市里众多衣冠楚楚的看客,怎么竟不如荒野上一群食草的牦牛呢?

天地有正气,主脉赋人间。对于社会而言,真正可怕的是冷漠;看客是冷漠的化身,众多冷漠的目光,无异于冷森森的冰屑。生活里这么多不敢直面人生的看客,全都是被阉割了正气的软蛋么?这样的提问是有失偏颇,但将其目之为不敢发出"一声怒吼"的懦弱之辈、苟且之徒,这才致成正不压邪的病态现象,大抵是不错的。

《天津老年时报》去年12月刊登了记者晓平采访一个抢劫团伙的头目(该团伙已被警方打掉)的文章,文中记者问,头目答:

"你通常都是向哪些人下手呢?"

"那些低着头走路,看见我时似乎有点害怕的人,是最好下手的对象。"

"据说,你多次在人来人往的大街上抢劫,难道你不害怕吗?"

"怕?再多的人,如果都是看客,你会怕吗!"

"如果有人出来制止,你会怕吗?"

"这就要看他敢不敢抬起头来同我说话。"

这"敢不敢抬起头来",仿佛正是敢不敢"直面人生"的绝妙注脚。天津距清朝那个纪晓岚的家乡不甚远,上述对话,忽然让我想到纪晓岚"小时闻巨盗李金梁"说的话了:"凡夜至人家,闻声而嗾者,怯也,可攻也;闻声而启户以待者,怯而示勇也,亦可攻也;寂然无声,莫测动静,此必劲敌,攻之十恒七八败,当量力进退矣。"

人间正气指正直的气节,它与勇敢顽强精神属于天然的统一体,这又决定了正气在襟者往往是敢作敢为者。可惜,古往今来,这样的人实不多见。"正邪自古同冰炭",忖度实质,邪恶在正气面前只能是虚浮的、脆弱的。正气在身者倘是像火气蕴含在炭块里那样,炭块一旦燃红生热,邪恶之冰立即会瓦解崩溃。巨盗惧劲敌,邪恶畏正气,正可镇邪,邪不压正,这是古今一辙不争的事实。然而,社会上仍难免反复出现"看客现象",问题在哪里呢?

  实际生活中,本人以为做个善良的人易,而善良人要认识正气、涵养正气,却并不那么容易。由历史上、社会上敢于抬起头来"一声怒吼"而"直面人生"的人并不多见,即可推知,做一个正气之人会有多么的艰难!

  艰难归艰难,不管多难,我们也要学习做一个正气在身的人。

  一个正气不能抬头的社会,正是滋生诸多腐败的天然温床。

(注:此文2009年5月1日载于《光明日报》)

淡之境界

水火交叠相依而构成的"淡"字,最初是产生于琐细的日常生活里。饭桌上食物盐分少、味薄,谓之寡淡无味;几个人所谈的事体不打紧、无聊、乏味,谓之扯淡;市场上某种产物紧俏、短缺,谓之淡季、淡月。这里形成的淡字,多含贬义。

老子被誉为"混元之祖,太清之尊"。混元者,天地原始状态;太清者,天之道也。这位东方哲学家,对"淡"字的归纳是"淡兮其若海",世界上的江、河、湖、汉统归于海,被老子用一个"淡"字囊括了。老子已后,多情、好思的文化人阔张视野,触类旁通,相继将这个"淡"字进一步提炼、升华。"水何澹澹,山岛竦峙"(曹操);"长空淡淡孤鸟没"(杜牧),示现的是广漠无际、驰荡无涯的寥廓视野。"春光淡沲秦亭东"(杜甫);"小溪微月淡无痕"(毛开),则是波光轻微荡漾、水汽舒缓恬静的景致。天际云翳,地面流水,"淡"字在这里渐渐转化为褒义,俱呈现为幽雅秀美的境界,被赋予了审美的意味。

真正爱美的女儿家,热衷于朝着"有大美而不言"的大自然看齐。苏轼的"淡妆浓抹总相宜",张祜的"淡扫蛾眉朝至尊",早早就窥破了此中消息:女性之取法自然,是其心底认为真性灵的质地与本色殊胜于人造的铅华脂粉。"自知明艳更沉吟",这类素面朝天者,不愧为"天之骄子",其姿色是超越了天上的七彩云霞和地上的轻烟疏柳的。尘世间所推重的"天香国色",归根究底,乃是最难企及的"淡"的境界。

女娲造人,人活一口气。因为清妙高雅的"淡"字与水、气连襟,似乎也就更易于渗入人的精神领地。我们这个民族在立身处世上渐渐地注重"淡"字,或许与诸葛亮(忠贞与智慧之化身)的"非淡泊无以明志,非宁静无以致远"有更为密切的关系:明志即坚定心志,致远即脱屣荣利,如能这样,人性中的俭朴、坚实、真诚、清纯、沉毅、从容,便与"淡"字水乳交融地化为一体了。诸葛亮距今1800年矣,这期间不知有多少人钟情于"淡泊明志""宁静致远"。每于别人家里见到以此为座右铭的条幅,我都禁不住要对这家的主人及其子弟刮目相看。

影视艺术作品出现之后,时空转换之际常出现"淡入淡出"(即渐显渐隐)的画面。人生百年之间,荣利对人性的剥蚀与考验是最严酷的。如果有人能将"淡入淡出"运用于荣利场合,那可就不属于等闲之辈了。

天网恢恢,人生实难,人一辈子要真正地领略、解读一个"淡"字,委实不易。仅就交情而言,"君子之交淡如水"是庄子的话,直过了千余年,唐代的白居易才写出"淡水交情老始知"进行照应。人际交往上体认"淡"字就如此不易,更何况一系列比交情深邃、复杂的领域呢。功名利禄,这是囊括着山珍海味、声色犬马的大味、至味。君不见,面对名利场合,古往今来,熙熙攘攘,多少人都在削尖脑袋往进钻、朝上爬啊,这能叫"淡入"吗?进退出入,相反相成,没有了"淡入","淡出"也就不复存在。古今中外有多少人进入功利场合,发觉情况不妙而谋算退步"淡出",则有似于陷进泥淖而亟欲拔身,愈挣扎而愈下陷,直至彻底灭顶而后已。雨果有一篇八百来字的短文《沙葬》,将此等陷落的无奈写到了极致。

大味必淡,即浓而后淡,这是一切事物发展进化的必然规程。上善若水,智者淡泊。祝愿急功近利的人们能看淡世事,参透人情,学会在花团锦簇、烈火烹油的场合"淡入淡出"。青山绿水雾霾少,宁静淡泊春长住——平平安安,小康度日,这才是人生正道。

淡泊中的真味

人的嗜欲与生俱来,就像婴儿降生时疏疏淡淡的乳毛那样,在成长的途中日渐浓密。年轻人血气旺盛,"嗜欲无限,动静不节",既带来愉悦,同时也造成焦虑,有限的愉悦,常常勾起无限的烦恼。"天道谁无烦恼,风来浪也白头",索性称这从娘胎里带来的头发为"烦恼丝",为了限制、稀释、剪灭这纠缠难解的烦恼,有人干脆咬牙割断一把烦恼丝,躲入深山为僧为尼,自我禁锢,自甘岑寂,主动杜绝世俗的诸种刺激和诱惑。天下梵刹寺庙历久不衰,而且壮观巍峨,可谓建筑在荒远僻静处的一座座古老城堡。

嗜欲五花八门,烦恼丝是一大把。在漫长的历史长河中,古人把最难剔除的嗜欲归纳为三桩:财、色、权。

富贵之马驮起它的主子如入无人之境,用钱财这把钥匙几乎可以神奇地捅开俗世间一切暗道机关。"人为财死,鸟为食亡",在许多人心目中便成了天经地义的处世哲学。

嗜色。溺乎其中者,魂为之销,魄为之夺。赌场上有一种骨磨的赌具,名曰"色子"。嗜色之徒作为潜入"爱河"的一个魔鬼,总是不计后果地从事冒险性的别一种"赌博"。

旧官场更是一座高深莫测的大型迷宫,有多少聪明正直者步入其中,随着青云直上,难免变易平常心,乱了步调,失却常态,终于是惑溺其间。"……出舆入辇,命曰瘚痿之机;洞房清宫,命曰寒热之媒;皓齿蛾眉,命曰伐性之斧;甘脆肥酸,命曰腐肠之药。"(枚乘《七发》)被财、色、权这三副枷锁死死套定了的人,满眼的锦绣无边,笙乐盈耳,美女成阵,窃以为神仙生涯不过尔尔,直至收局之日,他们不能不付出自己。仕途之惑人心窍、灭人理智,尚未见出其右者。

至于现代的芸芸众生,怎样才能摆脱嗜欲所招致的诸多烦恼呢?方法非常简单:安于平淡而已。

与其说平安是福,不如说平淡是福。不胡乱攀比,不奔竞征逐,不自视清高,不得陇望蜀,逢事不躁,处变不慌,毁誉不计,宠辱不惊。能有个冲淡平和的心境,即属安于平淡。

俭素、宁静与淡泊是连襟姊妹,一个人嗜欲愈浅,精神上愈能洒脱自如,襟怀里便愈能容纳各式各样的天光云彩。淡泊是成熟的最高象征。秋云、秋月、秋水、秋菊,构成天高气爽、七彩斑斓的淡泊意境。"却嫌脂粉污颜色,淡扫蛾眉朝至尊",弃绝浮艳,淡雅为神,这浓后之淡几近于云褪之月,是一种取法自然的娴静艺术。

人际关系上的淡泊迥异于寡情薄义,小康人家的知足自诩与淡泊无缘,士大夫式的闲逸无聊更不是淡泊。唯有久历风尘、熬出嗜欲的有识之士,才可能理解什么是真正的淡泊。

庄子的"君子之交淡如水",白居易的"淡水交情老始知",鲁迅的"扫除腻粉呈风骨,褪却红衣学淡妆",处淡泊以养志,取淡泊而扶真,反复提示着淡泊中有真味,淡泊中寓醇美。

"天清江月白,心静海鸥知",雨霁碧空是最清明的天地,大味必淡之"淡泊",是最悦目的视野,最雅洁的境界。

(注:此文原载于《中国最美的生活散文》,湖南人民出版社2013年7月出版)

说"痴"

劳动创造世界。痴,是人们在劳动、工作中所持的一种精神状态。

按部就班、准时作息者,通常被社会视为明白人;对于逢场作戏、玩世不恭者,且有人美其名曰"看破红尘",最后所获的结果是一事无成,不了了之。而"痴"字,颇含严谨的度量词的成分,痴迷、痴呆、痴傻、痴癫,"痴"字能与这四个贬义字连襟,只能说明其间的距离太切近了,与那个无可救药的"疯"字仅有半步之隔。少数年轻人的痴心妄想、白日做梦,个别老者僵化愚钝、木然呆滞,似乎也可以归入痴而失度之列。

词典界定:极度迷恋谓之痴。这是一种罕有的精神状态,属于内在的、进取型的人生境界。"书痴者文必工,艺痴者技必良"。这类痴者为什么终竟有成呢?因为心神投入,用意专一,有耐性有恒心也有毅力,针对难题勇于攻坚,易行突破。这种开拓性、创造性的锲而不舍,滴水穿石,最后往往能够换来意想不到的丰硕果实。

事业如此,爱情上亦然。有的男儿对认准了的女性痴心追求,"执着如怨鬼,纠缠如毒蛇",女方经不起缠磨而终允其求,究其实是她逐渐发觉这位"情种"有真意有定性而是个可托终身的人,这才依允了的。"精诚所至,金石为开",由此而结成的姻缘,多能休戚与共、相濡以沫,长远、可靠一些,迥异于那号一见钟情、一拍即合,一夜间又翻脸离婚的露水夫妻。君不见,常有新欢、常办喜宴的公子哥儿,外形翩翩,自诩是白马王子,有哪一个是痴情之辈呢？

　　痴情劳作如同耕耘播种，收获可期，但也要看在什么样的土地上耕耘，播种得播到点子上。世上百行百业，对有些事情则只能保持清醒的头脑，犯不得痴的。痴于吃喝嫖赌，会导致倾家荡产；痴于市场渔利，会溺于行奸诈骗；痴于弄权受贿，终将触犯法网——在关乎名位与享受的旺火行当里，极度与过度仅仅毛发之隔，灯红酒绿，一旦犯痴，直如滚珠上涂油，势必滑过为人的基本底线，越出正常合理的人生界定。

　　古往今来，在正当事业上能进入痴境之人是很有限的。进入之人，易忘时辰钟点，也忘记吃饭睡觉，乍然看去，这就是不合常规的病态。实际上呢？那些在历史进程中有成就、有建树者，都是步入了"痴"境的角色——举世"都云作者痴"，又有谁能解读其中真味呢？相反，生活中随处可见的见异思迁，半途而废，功亏一篑，不在一棵树上吊死，行百里者半九十的人们，尽可以归入痴劲不足的范畴。

　　针对聪明人视痴者废寝忘食为病态的偏见，鲁迅先生曾表述过这样的意思：聪明人太多了，便无法支持这个世界的正常运行。

　　时下，各行各业市场化、功利化，越来越精明的人在遽增，埋头苦干的老黄牛式的痴人大幅度减少，分明不是个吉祥之兆。"聪明反被聪明误"，古往今来，这可是一句放之四海而皆准的经验之谈。

（注：此文 2013 年 5 月 3 日载于《光明日报》）

智慧胜于珍珠

社会上有的是聪明人,但称得上智慧者的,却是海天片羽。

常人眼里,聪明人指的是得风气之先者,其间又有大、小之别。交通路口抢着闯红灯者,排队之处试图加塞者,子女入学、医院看病力图用金钱开道者,见缝插针,投机取巧,俱属于小聪明。大聪明则不然,经过认真比较之后,在大事上见地深刻,例如,透过金钱、女色、官位上的花团锦簇,红火热闹,知道其背后往往潜伏着不测与危险,这就是一种大聪明。

大聪明固然高于小聪明,可与智慧相比,仍然是两码事。

"说金钱是罪恶,都在捞;说女色是祸水,都想要;说高处不胜寒,都在爬;说天堂最美好,都不去。"这样的世态人情延续了数千年,似乎也并不违背对立统一的生活规程,可这一连串四个"都"字,却清晰地挑明了聪明与智慧之间的界限。聪明人虽然在这类大关节上深有所悟,实践中却身不由己,无论如何也控制不住自己的欲望,只好进入"都"字的行列。也正因为聪明与智慧不是一个层面,生活中"聪明反被聪明误"的现象,时或可见。

有人会问,而今市场经济,那些能挣大钱的腰缠万贯者,难道不能归入智慧者之列?眼下城市畸形发展,空气逐日恶劣,而富人大腕们纷纷以金钱开道,想方设法地往大城市涌,挤得房价居高难下,富人们在市场上智商不低,可他们这种群体性的趋向,分明与"智慧"又拉开距离了。鲁迅早就认为,众多的聪明人不能支持这个世界。财壮气粗的富豪大腕们,充其量也只是聪明人而已。

词典解释,智慧就是辨析判断、发明创造之类的能力。依此类推,我们的科学院自应是智慧者荟萃之所了。然而,举世公认的杂交水稻之父袁隆平,四次推荐才成为中国工程院院士。

　　有人认为美德也是一种人生智慧,甚至说拥有美德,也就拥有了智慧。我觉得二者有联系,却难以画等号。美德是做人处世的基本道德,它是智慧的基础。我以为,不计得失地埋头苦干,襟怀天下而奉献社会,几十年如一日,淡泊名利,愈挫愈奋——如袁隆平者,才不愧是一个纯粹的有智慧的人。人说袁隆平始终像个老农民,怎么也看不出有什么过人之处。只有以美德为底衬的智者,才能以默无声息的质朴形象出现于生活之中,俗谓之"大智若愚"。

　　蚌病成珠,智慧的珍珠不可能是天生的。每个人的生命智慧,许多是从跌倒、挫折中逐渐获取的。

(注:此文2012年10月2日载于《人民日报》)

人性的变衍

仕途上倘是露出一线微光,想当官的人决不在少数。原因是只要一当上官,自然就阔起来了。

"一阔脸就变",这可是鲁迅先生的话。乍然看去,说的是变态的表象,细究下去,则是心理性情的深度异化。先生在这里不单挑明一个"变"字,且进一步强调内在的变化是迅疾、猛烈而难以抵御的。

人一阔气,见识变浅。

旧话说"有钱能使鬼推磨",这鬼如今上哪里寻找呢?人所共知,健康最为珍贵,可再多的金钱也治不了绝症,却是不争的事实。钱财多了,福气就大、喜事就稠吗?众多的腰缠万贯者,瞻前顾后、动辄失眠的大有人在,日常生活并不比普通人安逸、自在。将巨额金钱鬼鬼祟祟转移到境外,子子孙孙就有享不完的洪福吗?这是自个儿臆造的海市蜃景,实在玄乎。这些一般人见得明白的常识,心中有数,为什么阔起来的人,色盲似的,就横竖也看不透呢?

人一阔气,质能蜕化。

仕途上凡能不断进步者,根基大抵清正,出身往往贫穷,也身历过苦难的陶冶,可一旦登上高位,食取山珍海味,衣着高档名牌,住则星级宾馆,行则高级轿车,那原本具有的勤勉、诚朴、节制、纯真会渐渐流失。身边的朋友也自动地"大换血",原有的益友、诤友悄然隐退,阿谀奉承的酒肉朋友则一拥而上,围得水泄不通。一人"阔气",鸡犬升天,七大姑八大姨忽然间也都人五人六、趾高气扬。上述现象,旁观者洞若观火,感到惊惧,也窃以为耻,而阔气者本人却浑然不觉,甚或沾沾自喜,反觉得荣耀。阔气之人,很显然已经不是简单的质能蜕化,而是彻底"脱胎换骨"了。

人一阔气,感情变味(这里仅谈爱情)。

"爱情的成功使人心情舒畅,使人的意识摆脱生活的痛苦、愁闷、惆怅和孤寂。"(瓦西列夫)我相信,那些高官在未曾发迹之先,大体上都有过一段像样的(或许也是甜蜜的)爱情。当初归当初,人在发迹之后,情况则急遽变化。河南省原副省长吕德彬为雇凶杀妻花了137万元巨资,河北滦县财政局原副局长郝永久雇凶杀妻付出了4万元的"酬金",河北沧州市原郊区外贸局副局长杨秀庭是手提菜刀残忍地将妻子杀害。当初的爱情转瞬间走火入魔,由瞒哄欺诈变成冰冷的算计、血腥的屠杀,不都是因为"变阔"才发生的么。近年被查处的贪官里,百分之九十五的人包养情妇,这些疏离、毁弃原配而包养情妇者,难道是移情别恋,将"爱情"转移到了情妇身上吗?浙江温州瓯海区原区委书记谢再兴与女下属邵慧灵鬼混了几近10年,由于担心她知根知底而可能"举报"自己,索性就剁杀了邵慧灵,抛尸大海。有些人一旦阔了起来,天良很快丧尽,简直比野兽还要凶残。当今传媒如此发达,为什么就找不到由于变阔而情爱益笃的消息呢?

小时候在乡村,年节时草班子常演的剧目是《铡美案》。当包拯办案受阻而往秦香莲手里递送银子时,痛苦地唱道:

这是纹银三百两,拿回乡去把家安。

教儿南学把书念,只读书来莫做官。

你丈夫他把高官做,害得你一家不团圆!

社会承认"学而优则仕",陈世美杀妻也究竟属于个案,聪颖刚正、历练老辣的包拯,为什么要提醒人们"只读书来莫做官"呢?直到今天,我是经见得多了,才渐渐理解了此言的深刻含义,也才感到这句话简直是不可多得的至理名言。因为包拯的话里,也暗藏着"一阔脸就变"的隐喻。

夏夜村巷里乘凉,也听到过老年人的喟叹:"屎难吃,钱难挣,人皮难披。"十个字里三现其难,其重心是乡下太穷,挣钱太艰难了。而今是市场经济,不少人认准了当官是赚钱的第一捷径,只要当个官,"阔"了起来,一切难题即迎刃而解,任是什么都不在话下。我是年逾古稀,自以为也读懂了鲁迅的五言真经,再回头重新品味当年老辈人的喟叹,才理解"人皮难披"应当是摆在首位:实践反复证明,学会做人才是第一位的。如果总是琢磨着怎么样去赚钱、去当官,很少思量如何去学着做人,实在是财迷转向,本末倒置。

人噢!父母生下即为人,人有良莠善恶;社会筛选可为官,官分好坏贪廉。官是有上也有下,可当可不当。而学会做人,却是安身立命的根本所在,不可迁就也无从回避,属于生命建筑中捶实墙基的最艰苦的作业⋯⋯做人未稳即为官,无异于盲人骑瞎马,突然间就红得发紫地"阔"了起来,注定是个不祥之兆。

(注:此文 2015 年 9 月 12 日载于《中国财经报》)

且看小人

天网恢恢,漏掉的却常常是小人。西周时代,视被统治者为小人;地位卑微者,在显贵面前又自谦为小人;《山海经》里,则称形体短小者为小人……这虚设的一道道人事屏障、一层层历史帷幕,恰恰让地地道道的势利小人钻了空子,像泥鳅在混水里钻来绕去一样。

小人着隐身衣,穿迷彩服,伺隙而动,就势发作,群起而汹涌,像恶浪浊流一样冲击礁石式的孤立君子。"落井下石","鼓破乱人捶,墙倒众手推",这"下石"者,这"乱人""众手"里,杂有大批的小人。瞒天过海,兴风作浪,以"群众"面目出现,最善于隐匿其身,为小人之绝伎。

"防人之心不可无",十有九成是谨防小人的。小人才是无孔不入、渗透力非凡的"祸水"。君子倒霉,君子落井,往往是栽在小人手里。

有一位学者说:"小人最隐私的土壤,其实在我们每个人的内心。"与此对应的是,小人所赖以攀缘、窜动的缆索与阶梯,更多的是悬吊在、支架在政坛左右。小人从政,如蝇横射,如蚊飘飞,横射、飘飞而得意者,便是到位的小人。

恶人以小人为羽箭,足以射杀君子。而君子误以小人作利刃,临终总难免伤自己的手。小人张开网罗,君子更容易上当受骗;从君子的手里,小人收获更丰。

司马光将古时的干部分为四类:"才德全尽谓之圣人,才德俱亡谓之愚人,德胜才谓之君子,才胜德谓之小人";"凡取人之术,苟不得圣人、君子而与之,与其得小人,不若得愚人"。他已经看出,小人奸猾,以势利二字为唯一取向,工于心术,长于计谋,攫利为己,成人之恶。细细推究小人的生存之道,便是透迤于正邪之交的一条工巧透顶、艺术之极的蛇行线。

战士举起投枪,如入无人之阵。这阵势,并非强劲敌手精于兵法、娴熟战术,却常常是大批的成群的小人以本能本色所布下的迷魂阵。鲁迅晚年,不得不"横站"对敌,这"横站"之身,何尝对准了真凶大恶?这分明是内耗的姿势、难熬的象征。

鲁迅病故于"西安事变"的前夕。在他病故之先,杨虎城在西安城里私下说过这样的话:"文人对国事说长道短,指斥责骂,蒋介石只是睁一只眼,闭一只眼;而我辈武人,是一句二话也说不成的。"蒋介石似乎心中有数:那无人之阵,便足以牵制住所谓的"如椽巨笔",用不着他委员长从政坛发号施令,大动干戈。

横站对阵,最后作战的鲁迅何其悲哀!

小人有自己的特征:事事为己,处处势利,时刻在预备着背叛。其伎足以强化、激化好人与坏人之间的矛盾冲突,如火上泼油,似吹火邪风。

"堡垒最容易从内部攻破",这堡垒里无疑是藏有小人。小人是堡垒里的蛀虫。

双方交锋,胜负揭晓,水落石出之"石",常常是小人——小人是最后一个揭去伪饰的、未伤一根毫毛却捞取了最大实惠的人物。小人,仅仅用才德尺度衡量,太简单了些。他们是历史轮轴上纠缠着的乱麻、长发,是古陶酱缸里最黏稠、最难闻的佐料,是一切有识之士望而踌躇的顽敌、劲旅。

聚蚊成雷,小人之声也;织蝇成毡,小人之阵地。小人伙,国势衰,小人活跃,天地混沌。

辨识小人,斯世尚无良方;

医治小人,斯世尚无良策;

扫荡小人,斯世尚无良将。

小人着实糟糕,对垒的双方皆不愿染指——这是明确了小人本相之后的共同心态。与小人相处,与小人相交,与小人相斗,谁都觉得降了人格,低了身价。

世上麻烦恼人事,莫过于与小人纠缠。"小人",两个字合起来才五划,仓颉造字时,大概也烦此小人,精简了又精简,不愿意多附上一二笔迹。

大地上有多少沙子,人世间便有多少小人;沙漠扼杀大自然的生机,小人趁风掀起的沙尘暴,足以使任何一个伟大的民族滞后、堕落。人间行路难,在大漠里行进尤其艰难。

(注:此文载于《新现象随笔二辑:当代名家最新随笔精华》,中央编译出版社 1997 年 1 月出版)

说　红

颜色里的"红"字,被艺术家剪裁运用得逾外出彩。"满园春色关不住,一枝红杏出墙来";"归时休放烛花红,待踏马蹄清夜月";"唯恐夜深花睡去,故烧高烛照红妆"……红花、红烛、红妆,所点化出的都是令人神往的境界。其实,"红"仅是诸多色泽里的一种,比起土地的褐黄、天空的蔚蓝、田野的碧绿、雪山的素白,红色不比它们浩大,稳定性也差池甚远。

然而,人们喜欢将红色向各个领域进行引申。

如玉映霞的女儿家,花一样妩媚,谓之红颜;胭脂铅粉,闺阁专用,谓之红粉;衣装入时,清丽可体,谓之红袖。用得多了,约定俗成,"红颜、红粉、红袖"就成为美女的代称,姿色不怎样的女儿家还用不成哩。红豆寄相思,红鸾主吉星,花红春满,女大当嫁,殷勤的红娘系起红线,红轿、红帐、红烛汇集成一个大红"喜"字,热热闹闹地概括了女儿家青春巅峰上的最佳风景。

女性之外,民情风俗里的运用也挺广泛的。一般人意外地逢见好事,认为交了红运;商家多赚钱财,称曰红利;宦途扶摇直上者,谓之红人;酒徒聚会,彼此誉为红友(因为"青酒红人面");而才子有了艳遇,便是交了"桃花运";至于好上加好、好事云集,就叫"满堂红";世事繁华扰攘,索性冠曰"红尘"。

万事万物的运行都有个分寸、度数。"红尘百戏多",泛滥之际,致使"红"字超载,难免会发生异化。

小时候我爱看戏。《窦娥冤》里的窦娥,《十五贯》里的苏戌娟,都是蒙冤的弱女子,当她们被绑上法场时,上下一身红衣,触目惊心得很。在我眼里,她们是一簇簇燃烧在黑暗罗网中的火焰,是狰狞刀斧所砍不倒、扑不灭的火焰。

中华人民共和国成立前出现过灯红酒绿、杯中酒是穷人血的场面,导致过杀人如麻、鲜血染红江河水的惨象。历代的揭竿造反者,往往选取红色为标识,赤眉军、红巾军、红袄军、红灯照、工农红军……天南地北,山川江河,疾风劲草所燃动的火焰是炽烈、壮丽的。红色被引申得如此广泛、强烈,显然是世间每个人皆有血液,而血液是红颜色罢。

20世纪的十年特殊时期,红色则被严重歪曲。社会上到处是红造司、红联会、红色纵队、红色总部,红旗上招摇的尽是"红"字为首的旗号;大街小巷的名称也都改成了红字牵头的标牌;商店的器皿衣物,也一一喷染上红字,汇成的一个总口号是"红海洋"。

那时候我正上大学,心绪乱,学校待不住,就回乡下的姑姑家暂且静静心。有一天,街上突然响起"咚锵锵"的锣声,童孩们边跑边嚷:"快去看噢,耍猴的来啦!"是谁个吃下豹子胆,竟敢在这年月耍猴戏?这不寻着招祸吗?我赶到村头时,人们早就密麻麻围了一圈。但见猴儿瘦小,铁链拴着,套个艳艳的红袄儿,爪子抓一布卷,"哧溜"一下攀上了竖起的长竹竿,翻转腰,没毛的红屁股朝天,咧嘴龇牙向观众敬礼、致意,滑稽得很。衣着破旧的耍猴人"当当当"敲了三声锣,猴爪里的布卷"哗"地绽开落下,展开长长的尺把宽的红布标语,上书"革命无罪,造反有理"八个大字,标语轻轻荡悠,满场爆出哄哄笑声。我身旁几位竖眉横眼、挽袖叉腰的角色,瞅定耍猴的,本来是准备给点"颜色"看看的,哄笑声中,紧绷的脸儿倏地松弛了……我这才明白,城里的红色浪潮蔓延到僻静的乡村来了。

"万绿丛中一点红,动人春色不须多"。平静、淳朴的生活里,红色本是喜庆的标志。乡村年节送礼的暄软白馍,顶端上拓一点红;家里小女儿着实可爱,母亲便于其眉心印一点梅花之红……可红色一旦泛滥成"海洋"时,乌云似的憋闷、压抑、窒息感就出现了。

作为特别热络的色彩,红色的运用源远流长。古代王侯,讲究以红色大门显示尊荣,俗称"朱门"。"旧时王谢堂前燕,飞入寻常百姓家",这等朱门,有哪一座不是过眼云烟呢?历史的指示再三反复,而当今的官场内外,还有人参不透"红"字,贪赃受贿,敛财聚富,企图子子孙孙永无尽期地"红"下去,这可能吗?

经见多了,我悟得红色的变衍,透露出的是辩证规律所固有的光芒,红花易落,红颜易衰,红烛易烬,红焰易灭,《红楼梦》的魅力无边,正因为它从"烈火烹油,鲜花着锦"之盛中衍出了熄灭的真谛。

天地之间,千流百汇俱含起伏,万事万物必有盛衰,而红色本身,始终是明丽、鲜活的象征,周而复始,张弛有度,它所展示的前景永远是灿烂光明的。

(注:此文2016年2月17日载于《天津日报》)

朴素的质地

强毅的对应词是懦弱，俭约的对应词是奢侈，朴素的对应词是什么呢？倘以"豪华""富丽"作答，似乎不甚确切。

朴素，是人类生命里先天形成的内在情愫，它与朴实连襟，属于生理积淀、精神内蕴的自然流露，是本色、本心的外晕与光芒，无色无味，悄静、平淡，在现实生活里很不起眼——实在难于做具体界定，这里只好自其对应面试图归纳：

不雕琢修饰，不包装遮掩；不追求时尚，不随波逐流；不矫情做作，不张扬卖弄；不注重名位，不出人头地；不艳羡强者，不嫉妒同行；不贪图享受，不溺于安逸；不因循守旧，不随俗裹足；不无所作为，不甘于平庸。

朴素与庸俗是截然不同的两码事。芸芸众生里，布衣荆钗者有之，洗去铅华者有之，沦落为丐者有之，这与朴素不能画等号。另有什么"红装素裹"、"素面朝天"、"淡妆浓抹"，也仅仅属于修饰与表象，与朴素的内在质地无涉。此外，有人一夜暴富而豪奢，有人财巨业大而悭吝，有人权重位高而颐指气使，有人官小职微而怀谄相，这号人陷在虚饰、贪婪与鄙污的泥淖里自鸣得意，自以为华贵、荣耀，则属于地地道道的庸俗。至于仕途上随处可见的"一阔脸就变"，那是因为其未阔之前就是庸俗透顶的阿Q和小D，地位升迁而变脸，水落石出，实则是现其本相也。

朴素气质貌似静止,实质上含有如云似水式的流动性。天下江河是愈走愈雄壮,而朴素,迁徙、潜移的趋向恰恰相反,在行进过程中仿佛只能是日渐式微,是消散与流逝,徐徐地走向消亡。

仔细推敲,朴素质地也切近于阳光、空气,在漫长的历史进程中,是酝酿力量的源泉,是藏掖闪电的渊薮。

社会失衡,贫与富一旦列阵对峙,朴素的一方貌似弱小,前途却注定是光明的。从事革命十余年的方志敏,经手的款项"总在百万元",他严谨不苟,舍己为公,将过手的金钱一点一滴地用之于革命事业。1935年临难之际,他执笔写道:"清贫,洁白朴素的生活,正是我们革命者能够战胜许多困难的地方!"唯有不断地战胜困难者,才有希望迎接胜利的曙光。素者至美,朴也无敌,洁白朴素之所以是艰苦奋斗的巨大基座,根本原因,正因为洁白朴素是扎根、诞生于灾难、困顿、痛苦的浩大漩涡之中的缘故。实践早就证明,方志敏所言是颠扑不破的真理。

雾霾遮蔽阳光、污染空气,因为来势凶猛,扩张迅疾,直接地威胁到诸多生理体系,人们尚怀有治理、复明的期望。如果全社会大幅度地趋向于奢靡而盲目地、了无节制地扫荡天经地义的朴素质地,看不到铺天盖地的"糖衣炮弹",下一步将会招致什么样的后果呢?

(注:此文2016年3月载于《羊城晚报》)

悟　佛

"天下名山僧占多"。平时进入名山大川,逢见寺庙,我必要"随喜",很少空过。参谒大佛,数点罗汉,转悠曲径通幽的禅房、玲珑曲折的廊庑,在红墙碧瓦、梵音檀香的氛围里瞻云就日,看法轮常转,渐渐地便生出几点人生感悟。

一为知足。佛身威仪圣洁,相好庄严,眉如初月,目似朗星,耳轮垂长,通体丰润,给人们最深的印象是圆满、知足。凡尘苦恼,正苦恼在欲壑难填上,诸多麻烦事,从不知足发轫;意外祸殃,也是由不知足招致的。

蛇之舌细长而分叉,乡下人称曰"信子"。人的欲壑,近似于蛇张其口,抖动不息的欲火正是扑闪不已、咝咝有声的蛇信子,最难收敛。寺庙里,佛因知足而宠辱皆忘,对足下升腾的香火供奉瞧也不瞧,佛之手永远是花朵一样绽开的、松弛的。在这个世界上,人皆有两手十指,有多少长伸的黑手,胆比天大,什么都敢捞,什么都敢抓,所有的抓捞者共同收获、最后落实的,只是个"虚空"。这等波折坎坷、艰难痛苦的人生弯路,千条万条,殊途同归。佛是成竹在胸,早就看得一清二楚,是谓看破红尘。

次为明察,知足则不为物使,不为物使而后明察。人世间的钱财,只说是潜入了官府衙门,大堂上那高悬的明镜阴翳自起,自然蒙尘(物欲最迷惑人的玄关灵窍)。比较而言,佛殿上真正乃明察秋毫之地,佛体的背后空空如也,唯见我佛虚极静笃,视线端正,稳若泰山,聪慧而无语。人说到清凉境,生欢喜心,这才是彻里彻外的清凉境界。

明察与内省相邻。"苦海无边,回头是岸";"放下屠刀,立地成佛",皆佛门心语,本旨是点化众生返观自我、内视灵府。神与魔原本一体,善自内省者,从严自律者,有希望从水里划开清浊界限,自魔而晋升为神。

人一旦成佛,可了不得,天启慧目,为"天眼"开(肉眼凡夫横竖是睁不开那只"天眼"的)。坏人之坏,恶人之恶,俗人之伪,小人之邪,普通人怎么也猜不透他们会坏到什么程度的,毒汁十成,人们充其量只能估到三分。芸芸众生,扰扰攘攘,从其间感受好人容易(如坐春风),辨识坏人、恶徒,则务必要付出痛苦的代价(风刀霜剑)。唯有佛,能透析恶人的五脏六腑,洞悉其内心动机。

再次是容忍。世人难容、难忍的,佛宽大为怀,概不以为意。"忍"字心上一把刀,我佛高于大英豪,尤其一个"忍"字,包含着坚于磐石的精神操守。佛,在天地之间向来是专意精诚守护着一方净土家园的典范。知足而后无欲,明察才有包容,"无欲则刚,有容乃大",在刚正、廓大的基座上,才有条件插定"忍"字的大旗——这是佛门的帅旗。

说及容忍,自要讲究气度。而气度,要苦苦修炼,方能成云水之渊薮。"炼"有别于"养","修养"与"修炼"之间不宜画等号,"炼"有炼狱之火长期焚烧、熔铸的一层重大意味伏寓其间。

地狱乃魔鬼的归宿,炼狱为消愆的洪护。扶善惩恶,永远是佛门的第一宗旨,也是法轮旋转的唯一中轴。

"养怡之福,可得永年"。我总以为,佛门不像是颐养天年的所在。禅院山门左右侍立着"金刚",左称密执金刚,右为那罗延金刚(四天王又称"四大金刚")。他们赤身裸体,缠裹衣裳于腰际,威风凛凛,虎气勃勃,怒目奋臂逞威猛相,其天职是镇魔、降妖、驱邪。

佛,静静地坐在正殿里,派遣出各位金刚向天下信徒率先显示佛的意志(自古迄今,拜佛敬神者尽属良善百姓,恶人、坏人视佛门为畏途,恰恰是内里胆怯)。

金刚者,金中最刚之义,稳固、锐利、无坚不摧。他们的共同态度是:无迁就的余地,无饶恕的意思,无通融的缝隙,但只消灭、镇压之一途(这像是鲁迅临终前说的:一个也不宽恕)。这里分明在宣告:江山易改,人性难移,所谓的诱导、教育、改造、脱胎换骨,对坏人、恶徒基本无效。人性是脆弱的,一切理性只是从人性里滤出来的少许晶体,故也更其脆弱。坏人、恶徒是定了型的狰狞陶器,唯有击碎了之。常人对恶人难免抱有幻想,那是上天让善恶取得平衡的砝码,是佛法典籍里隐秘的、必备的一页。

佛门金刚成双成对,或二或四,这大约是坏人能量大,活动力强悍,而且横生竖萌,层层叠叠,赶不尽兮杀不绝,需要金刚们手持法器,通力镇压之,反复扑灭之。

朗月清风,花放水流。古往今来,信徒蜂拥。梦想成佛者,也是连踵接袂。而真正修成正果的,有几个人呢?

阿弥陀佛,成佛不易!

(注:此文原载于《中国最美的哲理散文》,湖南人民出版社2013年7月出版)

温暖的记忆

孔子享年73,孟子84,民间便有"七十三,八十四,阎王爷叫你商量事"一说,认为这是一个人是否会离开这个世界的两道门槛。

当今太平安逸,"长寿"二字在媒体上广为流行。我以为,老年人如果单纯为安享清福而不亦乐乎,一味地追求长寿,说实在的,意思也不大。这里敢于直言,是因为我个人业已处之于以圣人名义所设置的门槛上了。

其实,健康才应当是老年人追求的核心。生理健康,老人如陶器那样基本定型,这里的健康主要指精神。既然是精神生活,回忆就占着不可轻视的比重。人在年轻时努力奋进、拼搏,没有回忆的余地;壮年时节只觉得任重道远,密切注视着前程与"进步",也没有功夫顾后;及至于将涉老境,又近于西行者之步入黄昏,前景渐趋黯淡,也不大愿意回头反顾身后边不断延长的阴影。由此可知,回忆二字非常现实,它是随着年岁的递进、阅历的增长才渐渐浮现出来的。然而,老年人的回忆,具体情况也因人而异。

军旅中阅历特殊者,有人行将届入老年,便热衷于回忆。其回忆的路径往往又陷入"老骥伏枥,志在千里"的怪圈,所写的回忆文,是将自己从前"过五关斩六将"的那些事儿肆意膨胀,尽兴发挥。这等忆文留于儿女,儿女会尾巴自翘;赠送亲朋,难免于贻笑大方。

20多年前,我曾经帮助人写过回忆录之类的文章。经历过烽火的老人，是有些经验存在于过关斩将之中，而更为难得的珍贵教训，却是隐伏在"失荆州、走麦城"的历程里，因为这个世界上不存在常胜将军，人与事无不具有二重性，倘若只是将自我感觉辉煌、得意的一面放大之后形成文字，误导子弟，也就失却回忆的本旨了。

人与人不同，日出而作、日落而息的普通人进入老年，经历平庸无奇，对回忆兴趣不大，反而不出这等让历史老人嗤笑的洋相。

我是因为喜好读书，便常常思量，检点往事——我们这一代人，阅历还是可圈可点的。小时候使用千多年前传下来的镰刀、斧头、犁锄、碌碡，回家来掣送风箱，煨柴禾烟熏火燎地烧饭，嗣后，使用过拖拉机、收割机、煤气灶、微波炉；当年曾推过地老鼠车、拉过架子车、坐过牛拉车，后来就依次换成了卡车、轿车、飞机、高铁；当年参与过成群成伙吃大食堂、数百人一字儿排开锄地、割麦的场面，也眼见过斗批改、全国大串联、文攻加武斗；从前的老一辈子农村人，出远门逾百里者十分罕见，可现在，我朋友的儿子与媳妇，在加拿大多伦多就业了，我的外孙女也去了澳大利亚留学……这才半个世纪啊，变化多么惊人！

过往数千年未曾有过的，今后不可能再现、重演。比起先辈只经历过老牛破车的过去，比起儿孙们只体验着数字、网络生活的当今，我们所经历的比梦还要离奇的一系列真实故事，实在是空前绝后。往前推理，朝后设想，天地苍茫，千秋万岁，谁还有我辈这样的资格"忆苦思甜"呢！

为增强回忆的力度，我是延续积习，不放弃读书，重读那些从前感觉必须重温、不重温则无以领略其真谛的经典与相中的旧书，在重读过程中吐故纳新，忘却应当忘记的那些卑鄙、伤害与污秽，相应地，也牢牢记住那些善良可贵的亲情、友情和爱情。这些温馨尚存的情愫,是坎坷跋涉中一丝一缕编织、积淀下来的真正的"财富"。进入老年,这样的"财富"在自动地流失、消退,能于桑榆晚景中再度洗磨而挽留下来的,山高月小,水落石出,就更是熠熠闪光的珍珠!

读书间隙,偶尔兴发,也写点小文。历来成功的艺术品,往往文史结缘,无形中含有回忆的成分。我于名利、奔竞之类的俗世泡沫业已散去的晚年,随感而发,信笔涂鸦,不计短长,不拘形迹,则纯粹是消闲、娱乐了。

随缘为文,也是想以此抵御老年痴呆之进袭——无所事事,以尘封笔,什么也不思量不向往,那与患上阿尔茨海默病有什么区别呢?

(注:此文 2016 年 11 月 29 日载于《解放军报》)

幸福·圆满

一

这个世界上,人人都在寻找幸福;古往今来,试问谁找到了真正的幸福,谁算是最有福气的人呢?

有人说平安是福,小康是福,快乐是福。

有人说吃亏是福,辞让是福,沉默是福。

有人说知足常乐就是福,没灾没病就是福。

有人说正义与多才是福,德行与智能才是福。

有人说吃饱穿暖后,"难得糊涂"、不胡思乱想就是福。

年轻人热恋时信誓旦旦:能使所爱的人快乐,就是最大的幸福。

光棍汉、剩女觉得:爱与被爱才是人生罕有的幸福。

扑腾于爱河者认为:有爱情,这爱情又清白无暇,乃是最大幸福。

乡下有人说多儿多女就是福,也有人说能吃能睡才是福。

至于孩子认为大人有福,大人认为孩子有福;月宫里的嫦娥认为过着柴米油盐的生活有福,而活着的人认为死了的人才有福……每到春节,家家门上都是斗大的金闪闪的"福"字,而实际生活却在反复证实:所有的幸福更像是"掬水月在手",很快就从指缝间流失了。

文化人对幸福的求索曲折复杂、微妙深至。就说唐诗里的四个"李杜"吧,李白的"低头向暗壁,千唤不一回",杜甫的"香雾云鬟湿,清辉玉臂寒",李商隐的"一弦一柱思华年",杜牧的"十年一觉扬州梦",是有些意念中的幸福气息,可尽都存在于回忆之中,似轻轻纸面上淡淡的回甘薄味。

坐着轮椅的史铁生认为:"最幸福的人就在于他们有一种天赋——自行其乐。"爱尔兰人萧伯纳认为:"醉心于某种癖好的人是幸福的。"史、萧所言,过于宽泛,远不如托尔斯泰说的:"做好事的乐趣乃是人生唯一可靠的幸福。"幸福的真谛,实在难以捉摸,于是,有人说是埋在土里的"黄金",有人说是尚待萌芽的"花蕾",罗曼·罗兰说是"灵魂的一种香味",海涅干脆说"幸福是见异思迁的娼妇"……上穷碧落下黄泉,怎么也找不到幸福的准确位置,文人们简直给急疯了。

文豪福楼拜有言:"要幸福的唯一办法,就是只把自己囚禁在艺术中,而把别的事情都看作无关紧要。"艺术至上,几近于呓语。苏东坡认为:"安则物之感我者轻,和则我之应物者顺。外轻内顺,而生理备矣。"苏东坡一生太过坎坷,深感平和、安顺的"生理"问题才是第一位的,比什么都重要。敢爱敢恨、骨头最硬的鲁迅说得更为直接:"幸福永远存在于人类不安的追求中,而不存在于和谐与稳定之中。"

词典写着,"觉得生活和境遇美满、称心如意",即为幸福。如此解释,似乎也说得过去,如果能补充这样一层意思——"人世间的一切幸福都是劳动、辛苦、克制与学习的成果",是否更为确当些呢?

二

幸福含量宽泛,笼统而难觅。"天下大事,必作于细"(老子语),人们在日常生活中便不大言说幸福,却致力于追求圆满(这是变相地寻求幸福)。

爱美之心,人皆有之,追求完美、期待圆满,属于人们最普遍、最平常的心态(可以归属于人的天性)。尘世视皎皎满月为完美的象征。满月是月中一现,一年十二度,如此稀罕,还可能被云絮掩遮,下界人们所能仰望着的,也注定是"月满则亏",瞬息间就不圆满了——上弦、下弦,西沉时夜夜亏损,上半月又渐渐益添。天际皎月尚且如此,滚滚红尘间的人与事物,哪有完美无缺的呢?在一个处处有缺憾的世界上坚持追求圆满,实质上是可怜、可笑的行为。

人类是"魔鬼和天使的化身",人人都想把亮丽、光彩的一面展示于公众的视野,对于阴暗的一面则全力遮蔽,生怕为人觉察。人性的这一顽疾势必导致下列现象:看到朋友有缺点与不足,便冷淡、疏远;觉得长辈有错误,就对他们不再尊重、孝顺;发现儿女顽皮不肖,则指斥、打骂。还有,人们认为顶尖的美满幸福是婚姻,婚姻大门上是烫写着"幸福"二字。可是开门进入之后,才发现真的是"不是冤家不聚头",嗣后渐起的矛盾、纠纷,很可能发展到离异、分手。这样的后果,不正是因为苛求圆满而不得所酿成的么?

完美主义者与人相处时一味地追求圆满,自身则是不自觉地陷落在"不自量力"的窠臼里。对外是苛求他人,将目光执拗地聚焦于对方,看人家这也不是、那也不足,对内则是放任自己,从来不观照自我,不检点自身的缺陷与不足。这种人生活里有无形的压力,精神上抑郁寡欢,不单眼下活得烦苦,很可能也为下一步埋下更加不幸的祸胎。

既然圆满是如此虚幻,这样难得,人生还要不要去追求呢?有那"智者"认为:话说到七分,酒饮至微醺,花看到半开……凡事量力而行,适度而止,含蓄蕴藉,这才不失为完美的境界。智者所言,易被文人念成歪经:"自古人生最忌满,半贫半富半自安;半智半愚半圣贤;半醒半醉半神仙。"假如对一切人事都圆滑应酬,敷衍将就,应担当的担不起,该放下的放不下,这能算是有意义的人生吗?

鲁迅曾说"不满是向上的车轮",人生的基本要义在于有信仰,有理想,有追求。合乎逻辑的推论是,依据自身条件,在客观环境许可的前提之下,选择可取的"优化"目标(心目中设置"最优"的理想),实践中尽最大努力,一步步地进行争取。实践一再证明,实事求是、脚踏实地地追求"最优",不同于盲目地企求"完美"。完美难及,而最优目标是能够抵达也可以实现的。自强不息,坚忍不拔,再接再厉,愈挫愈奋,这都是一代代有识之士向着最优目标挺进时所留下的深深足印……

追求最优,实质上也是在寻求幸福。而幸福,归根结底只属于有智慧、有魄力的人。这样的人眼观六路、耳听八方、善于学习、长于分析,他们在择定的原野上,默默地、坚韧地耕耘着自己足下的那一方土地。在这勤奋经营的过程中,"幸福"便像润物无声的春风雨露一样悄然降临……

人生的重峦叠嶂

五岳之外,黄山、庐山、峨眉山也是了不得的名山。"横看成岭侧成峰,远近高低各不同。不识庐山真面目,只缘身在此山中。"实际上,无论进入哪座大山,苏东坡在庐山的这等感觉对任何人都是适用的。

人在成长途中总要相继进入不同的境地。这境地大体可分为八类,每一类似可以大山为喻。

天地间最为养眼的,是纤尘未染的青山绿水;人的美妙青春,无妨喻之为"青山"。人在青春期,万象蓬勃,眼前是绵淼无限的光阴与岁月,裹挟着七彩缤纷的幻想与理想,浑身有使不完的丰沛气力……然而,古往今来的走出青山者,自悔青春懵懂,因为少壮欠努力而到世上空来了一回的大有人在,认定自己青春得意而无悔者,能数出几人呢?一代一代的过来人谆嘱儿孙辈珍惜青春,一直是对牛弹琴。

春日之山容,其色如黛,《西厢记》称崔莺莺"这些时春山低翠,秋水凝眸",隐喻爱情的最佳状态。步入婚爱期的男女,青春被推至极致,自然是进入了"春山"。春山美梦,千古之谜,且不计在爱情波涛中翻船溺水的众多男女能泅出几人,世上的长久夫妻纵然不少,其爱情内涵究竟如何?在"白头偕老"这株大树上又曾吊死过多少真正的爱情?有史以来,涌进春山者永远是熙熙攘攘,爱情与婚姻一直是怎么也理不清的人生命题,就连其间的哲学家、美学家、政治家,也一一变成了"爱河饮尽犹饥渴"的角色。

女儿家秀媚明艳,娇美绝伦,无妨说是步入了"丽山"之境。数千年里,有哪一位出类拔萃的美女、丽人的下场收局是令人称道的呢?女性秀外慧中,敏感聪颖,可她们只从镜鉴中、水月里、人们的眼光中看到本身无上珍贵的潜在值,谁也看不清潜在值背后所潜伏着的危机,更想不到身后会是那样个"花钿委地无人收"的残局。红颜薄命之说,在烟波浩森的"丽山"领地上不知道要反反复复地演示到何时为止。

第四座,是财富叠成的光芒灿烂的"金山"。

人行于世,几乎都有投向金山的欲望。奇怪的是,进入之后即使已经腰缠万贯,却仍然不可能知足知止。一旦巨富,富人自身也无所适从,不知巨额钱财要将自己导向何方,归宿何处?西方的富人长期摸索,最后归纳为"在巨富中死去是一种耻辱",于是皈依于慈善事业。后起的东方富人呢?硬是被巨富送进了地狱而仍是迷财不悟者,屡见报端。非凡的迷惑力之外,金山内蕴的渗透力也极为强烈。无论青山、春山、丽山,金山的光芒照射到哪里,哪里就更加呈示出"横看成岭侧成峰"的迷魂阵状态。

与金山并峙而立的,一为"官山",一为"名山"。

涉足官场而握得实权者,不论权力大小,有些人便很难看到身在其位而应负的社会责任,唯觉官越做大自家的水平就越高。身前身后,赞声盈耳;顾盼左右,实惠聚集。"一阔脸就变",实在是由不得自己;不仅自己变脸,连其夫人遇见以往的熟人朋友,连笑一笑也不会了,偶尔启唇,令观者感到很不自在。

名誉是上天赐予尘世的瑰宝。因之,成名者自然是入了"名山"。人一旦名声大震,不唯金山、官山会向他含笑点头,就连春山、丽山也要为之折腰献媚……可入了名山的人会本能地忘记生活里的一句俗话——"人怕出名猪怕壮"。猪壮了是挨宰的征兆,人出了名则可能于无形中断送自己业已现出曙光的事业(因名誉降临之际,此人往往正处于事业进展之中途,却尚未进入炉火纯青之境)。各行各业技艺娴熟的匠人俱是各自艺术道路上的铺路石,为什么其间晋升为里程碑的罕稀难逢呢?"盛名之下,其实难副",为名所累而难成巨擘者实在太多了。名声、名气、名望的危害是潜在的,而且潜伏至深。

第七座是"健山"。健者强壮,失去健康的生命,病病怏怏,任是什么也无从谈起,也就是说,生命进程中的任何山峦,都得老老实实拜伏在"健山"脚下。医院是人生旅途中的一个紧要去处:出了"健山"之人只好进医院,进得医院者又不能不回头而"一览众山小",这时才体认出平时不在意也不惹眼的健山实乃诸多山峦里的一座"神山"。拥有健康之日,人总不知珍惜,待会得"珍惜"之意时,健康已如流星之坠海,"神山"这才亮出其巍峨雄奇的本相。

人生历程中的最后一座山是"老山",夕阳西下,这是人生不得不进入的岁暮之山。山深龙蛇古,能进此山者多所阅历,自以为过的桥比年轻人走的路长,自诩成熟而智慧。但是容易保守、僵化、故步自封,觉不出自己在社会潮流面前已成老朽。"朽木不可雕也",他常因昏耄过甚而自以为是,反将此语施于年轻后生。看样子,老人也有个桑榆困境,很难走出生命里既定的最后一座山峦。

人生一世,山体连绵,重峦叠嶂,诱惑力最烈的丽山、官山、名山之外的五座山峦,大抵上是绕不过去的。每座山峦,自成体系,要往高处攀登,却是至为艰辛的——这是与幸福同在的那等艰辛。

(注:此文2012年4月25日载于《人民日报》)

野草无言

天底下最不起眼之物,莫过于野草。

"草色遥看近却无",早春冒芽探身时,由于众多,远看有色,又因为过于渺小,就近审视则看不出眉目。仲春盛夏,葳蕤成阵,绿茸茸地笼盖四野,这才亮出了大自然固有的原色、本相。

小草含清露,清风恋小草。风儿温柔地掠过草原,草色连绵起伏,"天苍苍,野茫茫,风吹草低见牛羊",肥饶广阔的草原因为被轻轻地抚摸而抖动不已,呈示出绿野清风最迷人之画面。大风起时,则掀起海潮样的接天碧浪,此际此时倘有扬鬃成阵的马群,壮马骏奔矣蹄声挟雷,惊天动地,形成的则是壮观、神奇而美不胜收的景致。

变幻莫测者,风也。常听说狂风、飓风折断了大树、掀翻了屋顶,小草在风地里俯仰、翻卷是有的,却从未听说过有什么风吹折了纤枝细叶。俗话说"疾风知劲草",貌似柔弱的小草匍匐于地、深深扎根于泥土,积聚着坚韧顽强的力量,与大地同呼吸共命运,有哪一株不属于劲草?风闹不清底细,是在盲目突袭中认识了小草而已。

风或起于青萍之末,火是从顽石缝里迸溅出来的,秋冬季节,二者时或相逢。风之吹灭灯火、踢散火堆、张扬尘土乃寻常琐事。然而,当它骄恣地撒野于原野却又奈何不了小草之际,便将诡秘的火种携进草丛里来了。纵火焚烧,烟焰如龙,将秋草之苍绿化为灼灼之炽红,风助火势,火趁风威,风愈疾则火愈旺。遇草之丰茂蕃盛处,挟风之火直如猛虎添翼,拥裹翻动,轰轰烈烈地向远方推进。

——"星星之火,可以燎原。"这里切莫轻忽:星星之火其所以能够迅捷成势而"燎原",表面上得力于风助,实质上是脚底下踩着接踵联袂的小草,草野蕃盛,风与火有所凭依,这才有了猎猎攻进、愈行愈远的根本。天有天光,云有云影,风与火结伴,简直疯狂得无与伦比。众多野草贮备蓄藏世代之生力,莫非尽在此终极之一拼乎!

——风火之威,天下无敌,东方的神话里这才出现了哪吒足下的风火轮。风火交轧兮焚草扬灰,就能够彻底灭亡小草吗?"野火烧不尽,春风吹又生。"风火之摧残愈是强悍猛烈,春草再生之际则更添力度,益增活力——大千世界总有风火,愈挫愈奋的往复争斗,相依相生的存亡规律,由野草以"一岁一枯荣"的写意笔法,在大地上反复地阐释着"大道低回"的美学哲理,是为颠扑不破的一条真理。

其实,这个世界上,萋萋芳草与平民百姓最为切近。盖茅屋以栖居,织草席而夜憩;择草药以疗疾,掘草根而充饥;戴草帽以遮雨,结草瓮而贮粮;斯世罕见的二万五千里长征发轫于80多年前,红军穿的是草鞋,可他们硬是在刀兵血火中战胜了兵力几十倍于己的穿皮鞋者。难怪,卑微、困苦的普通百姓,祖祖辈辈,自称"草民"。

盘古至今,不畏齿牙撅嚼、不惧利刃刈割、无视铁蹄践踏的小草,在这个世界上从未获得过什么"勇迈""坚韧"之类的头衔与桂冠。然而,走兽飞禽,牛羊马驼,凭着习见、平凡的野草以繁衍生息;仔细推究下去,整个人类,上上下下,无分尊卑贵贱,离得开野草么?

(注:此文2017年3月10日载于《解放军报》)

杨柳依依

"灞桥烟柳"属长安八景之一,入诗入画,驰誉天下。韩愈留在此地最美的诗句是"草色遥看近却无",从上中学开始,我的笔底常常误写成"柳色遥看近却无"。虽属笔误,倒也是切合实际:早春远眺,柳色鹅黄,就近细看,实在分辨不出是什么颜色。

灞桥最迷人的时候是"灞柳风雪扑满面",茸毛状的柳籽又称柳绵,柳绵驾着淡淡的轻风到处飘荡,酷似雪花漫天飞舞。"春魂已作天涯絮",这起伏扑荡的"风雪",实际上是对经冬入春而复活繁衍的杨柳生命进行着形象化的演示。江南、塞北、昆仑、东海,柳绵落在哪里,就在哪里生根发芽。

"春风杨柳塞北",内蒙古与陕北一线的杨柳被称作"椽柳",一株大树的顶端一次可以斫取百余根笔直匀溜、轻韧耐用的柳椽,牧民迁徙流动的帐篷凭此支撑,仿佛隐伏于甲帐里的傲视风雪的一杆杆长枪剑戟。

黄河北上穿越朔方大漠时,宁夏青铜峡上下有古代开凿的秦渠、汉渠、唐徕渠,渠岸旁之古柳粗于碾盘(后继的新柳也难以合抱),它们一对一对从两岸将颀长的柳丝儿低垂于渠面,戏水拂风,粗巍虬盘的柳干怀有塞北气韵,倩姿袅娜的丝条间莺燕穿梭,一派古香古色的江南风致,这是名副其实的"塞上江南"巨型图。

左宗棠光绪元年征讨入侵新疆的阿古柏军队,长途远征,命令部队利用作战间隙沿途植柳,以便于旅进旅退时标示行军路线,漫漫西征路上,仅从陕西长武起至甘肃会宁止,成活的柳树即有264000多棵。光绪五年（公元1879年），即将继任陕甘总督的杨昌浚应肃州大营的左宗棠之约，越陇西行，见道旁行行柳树，不胜感慨，遂即景赋诗："大将筹边尚未还，湖湘子弟满天山。新栽杨柳三千里，引得春风度玉关。"为征途上"夹道种柳，连续数千里，绿如帏幄"的景致做了形象生动的总结。今人西行，指称遗留的参天古柳为"左公柳"。左宗棠率领着骁勇的湖湘子弟兵早已远去，苍劲雄巍的"左公柳"依旧昂然地挺立于西北大地，这不叫"名垂青史"么！

左宗棠是武将，白居易、苏东坡乃文人。文武之道，同传递于柳。

杭州西湖有白堤、苏堤，这是白居易、苏东坡的另一笔得意之作。朝朝暮暮，长堤上引人注目的并非杨柳，而礼赞西湖的名句是："山色如蛾，花光如颊，温风如酒，波纹如绫。""由断桥至苏堤一带，绿烟红雾，弥漫二十余里。""绿烟"二字，却是挟裹着以"不斗秾华不占红"的杨柳为底衬、作背景的巨大消息。更有那与二堤隔水遥望的"柳浪闻莺"，穿梭的莺儿在旖旎柳浪里鸣啭得自由自在，鸣啭之音使得那遥相对映的桃、李、梅、荷在拍水长堤上益发展绽得尽兴尽致……游西湖者，倘若忽略了俯水以挽小舟的杨柳，当是一个悔也无及的遗憾。

松之亲山，柳之爱水，属于天然物性。有史以来，与天空松月相望，同地上杨柳结缘，已渐渐成为中华民族传统性的思维定式。"柳垂江上影"之外，南国水乡还有"好柳浪里行"之说，这里大抵有两层意思：一是以柳造船，受磨耐泡，远航难朽；二是杨柳"不插自生芽，浮起先吊根"，1998年长江发洪，沿岸之柳被淹齐到哪里，紫红色的毛须细根就从哪里密麻麻地向水而生，逆浪而挥旗，固堤护坝，与恶浪顽强搏斗。

而今闹市扩容,繁华遽增,"柳暗花明又一村"及"杨柳岸晓风残月"的景象很稀罕了,旧城郭的杨柳后裔全都悄悄地踅进公园里去了(因为此地尚存水月)。临街的肉案上只见厚厚的圆形柳墩,手执锃锃利刃的屠手剁肉砍骨于墩上,柳墩很少脱沫掉渣,鲜肉翻来覆去、洁净如洗,有顾客问道:这柳墩偶尔脱渣掉沫怎么办?屠手笑曰:"《本草纲目》上写着柳屑可以入药,吃下去对你是大有好处的噢!"顾客哈哈大笑,称赞道:"想不到你老兄还有这么大的学问……"

我家祖辈是灞桥人,窃以为,倘有好事者为生命力旺盛且又裨益于人类的树木排列座次,杨柳很可能坐上第一把交椅。

长期与文字打交道,愈到晚年,愈觉得汉字通神。

"杨柳依依",这是我国最早的诗集《诗经》里的佳句。"依依"二字,恰巧是16画,袅袅兮青青,正像妙龄少女似的情深义重——她东西南北,铺天盖地,无限依恋这个世界上所有美好、善良的生命,甘愿以激活人类、造福大地为己任,这或许正是杨柳的生命真谛。

(注:此文2017年4月28日载于《光明日报》)

贪盲九症

智商平平的低能者是上不了仕途的。日常生活中,也没有谁认为当官为宦的都是傻瓜。令人费解的是,官场上古往今来,贪腐者前仆后继,层出不穷,怎么也无法根绝,足以证明聪明人也有无从回避的局限性——贪官们在智识方面存在着共通的盲点。

其一,双面人生,心口不一。

在台上是居高临下,正襟危坐,俨然是冠冕堂皇的正人君子,大庭广众里大谈反腐,口若悬河,慷慨激昂,信誓旦旦,言词掷地有声,说得比什么都响亮、动听,灵魂里则财迷心窍,属于典型的贪欲膨胀的魔鬼,私下里、背地里的接人待物、评判是非,完全以到手的实惠、利益为尺度抉择取舍。

其二,心思如磐,难有宁日。

仕途上升迁到一定位置,掌握的权力越大,所受到的外部约束反而会越小,渐渐地视手中权力为奇货可居,对凡是上门有求者,不见实利轻易是不睁眼、不放手的。权钱交易、收受贿赂有个步步升级、由少到多的渐进过程,其间知足知止的宁静心态是极其短暂的。当今之世,倡导法制,不义之财的积累很快就转化成巨大的精神压力:昼夜不安,忧心忡忡,每接到上级通知去开会,或者夜里听到有人敲门,即胆战心惊,身冒虚汗,担心贿事败露,东窗事发。

其三,易招窃盗,自食黄连。

现在的小偷也机灵,发现普通人有点钱,不装身上,存于银行卡,随用随取,贪官钱多,反而是不敢存银行,因为银行究竟不是自家的,易露马脚;另外,只要觑准时机,偷了贪官,贪官也不敢张扬,如果报案,那么多的钱款来路不明,怎么向纪检部门交代?贪贿多而成"包袱",贪官们那一根"哑巴吃黄连"的软肋,小偷是揣摸透了的。

其四,色瘾过罢,情海翻波。

陕西省政协原副主席庞家钰,是被他的情妇们组成11人的"告状团"拉下马的,11人里,有人提供庞家钰收受贿赂的票据,有人掌握庞之妻子的公司的资金账目(至于别的贪官,以各种手段进行反制,杀死情妇的案例就更多了)。女性的媚丽色相会使男人的大脑瞬间形成短路。贪官几乎都是"爱河饮尽犹饥渴"的角色,初始相爱之翻云覆雨与继相厮咬之残忍惨烈,我们的大作家能"创作"出来吗?

其五,潜逃域外,凄苦莫名。

在本土祸国殃民的巨贪,潜至域外,人家外国人难道就认不清这潜入者在本质上是个什么货色吗?改换一个环境,他就能脱胎换骨,立地成佛,摇身一变而成为遵纪守法的公民么?天底下大了,却是不存在贪官的乐园。某国之硕鼠,携一窝子亲属潜逃出境,最终没有丧身域外,能被遣返归籍,已算是天恩高厚,逢着"特赦"式的待遇了。

其六,一朝倒台,众叛亲离。

贪官最风光的日子是前呼后拥,颐指气使,门楣生辉,祖宗光耀。有人做过统计,贪官百分之九十的贪腐过程,俱有家人参与。不知道有多少腐败案件,都是削尖脑袋套近乎的亲人、朋友给惹的祸,他们沆瀣一气,狼狈为奸,以虚伪的感情将"贪腐"二字滚雪球那样推演到极致。贪官一旦滚鞍落马,亲朋并作鸟兽散(其散离之倏忽,无可比拟)。"墙倒众人推,鼓破乱人捶",这个时节能够不落井下石以划清界限、洗刷自身者,就算是够意思的亲戚、朋友了。

其七,黄粱梦散,前功变味。

能将官一步步做大者,前半程总有些铺垫,起步时往往几近于"能吏",大抵上是下过苦、立过功而政绩显著的,否则,就不可能构筑连续晋升的一级级台阶。到得灯红酒绿、炙手可热的黄粱梦消散之后,从前那些作为,往昔的一系列举动,很有可能就变成向上攀缘的心术与投机取巧的机谋、手腕了。政治从来是官员的生命线,倒台而结论成,与"盖棺定论"有多大距离呢?

其八,退路封断,悔矣无及。

而今反腐得力,惩恶严厉,贪官没有回旋的余地。检察业务专家姜德志与落马贪官近距离接触时,成克杰、慕绥新、刘金宝都请求过他:"能不能向中央反映一下,一分钱也不要了,什么官也不要了,到偏远地区盖个小房,做老百姓行不行?"人生途中,悔过图新、重新做人的话是有的,历史与现实却又反复证实,这话与权重位高者是绝缘的。与清官迥异,天底下没有不失悔的贪官,可因为陷之太深,罪业深重,"眼前无路想回头",再想回身是不可能的了。

其九,身败名裂,累及子孙。

巨贪敛财,多有为子孙筹划者。翻检旧书,时或看到贪官的儿孙坐吃山空,沦落为盗,或是变成叫花子者;时下的吸毒、酗酒、嫖娼、聚赌、飙车、暴力犯罪,几乎无不是坐享其成而自戕自毁的例证。对此,林则徐有言:"子孙若如我,留钱做什么?贤而多财,则损其志;子孙不如我,留钱做什么?愚而多财,益增其过。"刚直、贤达的林则徐距今天并不遥远,其后络绎不绝的那些老虎、苍蝇,有哪一个能听懂林则徐的良言忠告呢?

人的生理病变有"痰迷心窍"一说,其实,精神上的"贪"迷心窍为害更烈,也更其普遍;俗话说"一叶障目",实践早就证实,"世上无如人欲险","贪"字是现实生活中最能障目的一叶。上述的一系列盲点与悖论,既不深奥也不隐秘,早已被历史演绎为司空见惯的从政之常识,可一茬一茬的贪官们,硬是熟视无睹,置若罔闻——亟欲入仕者,竭力追求的是无限风光,朝思暮想着如何把官做大,登上高位,一旦被"贪"字网住,只感到自己是个人上人、活神仙,反而忽视了"无限风光在险峰"的现实……

从古到今,仕途漫漫,其间可圈可点的廉洁者向来是寥若晨星。那些关注于前程而阅历尚浅者,如果能读书学习,冷静、清醒一些,理顺俗情,慎涉官场,将学会做人置于首位,陷入"贪"字泥淖的比率,会不会相应地减少一些呢?

乡情 思絮

野旷天低树

中年人在烦恼里常常怀念儿时，久住现代化的闹市很容易回忆起田野上的风景。西行入陇，身住兰州，我忘不了儿时的故土在关中，那是原野上到处分布着云团一样的绮丽大树的关中……

杏树，早春里最先开花。仿佛是隐形的春神跨着来自日边的娇艳轻捷的一骑骑"骏马"，当先闯进了旷野，通体的云霞之色与蹄下刚刚立起的麦苗儿同降同生，粉红嫩绿，洁净如洗。杏花展绽得疾速繁盛，褪落得也齐促彻底。待那小麦泛黄时，叶儿里时时亮开的杏儿也黄澄澄的，丰腴润泽，十分诱人。杏树以粉红、翠绿、澄黄之色彩将花叶果实铺排在一个紧凑、简练的序列里，以悄无声息的方式显示着春之多情，春之浩茫。麦收之后，使命已毕的杏树仅余青叶，静下来了，一直平静到落叶之秋。

洋槐，万花凋谢它才开。在刚刚波荡开来的绿色里，槐花一嘟噜一嘟噜素白似雪，雅秀高洁，清芬阵阵，新鲜的气息夜静时尤其袭人。这正是青黄不接、许多人家揭不开锅的时候。有那盈盈新妇，捏一长钩挎一竹篮，拽弯带刺的青枝，小心翼翼地采撷槐花，花串儿嗅之幽香，生啖之则微甜。回家去洒以井水，一笸箩白花撒上三五把麦面，敷霜敷粉，两手和匀，尔后入笼焐蒸，熟时趁热拌以少许油盐，油香淡淡，花香微暖，筋实而耐嚼，妙不可言，村人便称之为"麦饭"。陆游的"风吹麦饭满村香"，很切合关中的这一景况。鲜花白面，调料不宜重，火候不宜猛。新过门的小媳妇外表俊样，是不是兼有内秀？这春日里第一课就考个八九不离十了。槐从鬼,有鬼气,其考试新妇之手段也相当诡秘。

柿树,无疑是色调至为沉着的一种果树。春深时节,它才将指甲盖似的蜡黄花儿隐蔽在密叶里,不露色相,什么异味也没有。有的顽童长成棒小伙了,仍以为柿树十年二十年不作花哩。经夏而入秋,雁唳长空,寒霄里杀下了严霜,碧绿的柿树这才着火一样旺烘起来,蜡黄花儿偷偷结下的拳样的青柿子先红,红灯笼一样惹眼,接着是巴掌大的叶儿突然间洇染而红透,整个硕大树冠像是坠接西海的残阳,泼血一样焚烧,泼血一样红。火炬在黑夜里最热烈,柿树在秋野上最壮观。它是自然界的最后一抹成熟,是天地间所有绿色卷旗回营的号令。

杏树掀开了春之裙裾,柿树则收揽了缤纷的秋意,以杏花之粉红为始,以柿叶之绛红终局,既关乎人事,也正属于造化的安排。

更有花色雅淡者,是柳树。在村外贴河近渠的野地里,鹅黄初上,茸如小茧,谁晓得是叶芽呢还是花苞?丝绦如帘,叶儿秀媚,荫凉浓淡相宜,正好隐蔽住人身,也匀匀地泄漏下月辉,这正是男儿的粗犷青春与女儿纯真的情愫迸射出生命的第一朵火花的所在,这"火花"便是柳树所独有的天然花朵了——论绚丽,论神奇,大千世界里难得其俦。

柳树是天地流水差遣于月地里的爱的信使,由它撮合成的姻缘是最美满的姻缘。村巷媒婆们捏弄下的婚姻,全不及柳下之盟来得幸福,来得如意。

兰州市区里,我住六楼,在最高层。东过马路,是宁卧庄宾馆,宾馆外围林木荫荫,内部设施是相当出色,自北京来的有些领导,俱安排在那里。"宁卧庄",好漂亮的名儿,和平安恬,高枕无忧,有出尘脱世之意味。有一天,一进城的菜农忽然告诉我:"这地方以前是庄稼地,村名叫'牛卧庄',后来改名儿时动了一个字。"一字之移易,截然形成的是两重境界,何况我是远走他乡,从戎西上千余里呢!回得家来,俯倚阳台,我又一次眺望那个宾馆,自"宁卧庄"往东,在那黄河投奔而去的远方,便有我的故乡,思絮如云,我又想起了乡村原野上一株株的大树⋯⋯

——这几样树,花果枝叶动不动被人攀折,立身多艰,躯干是怎么也射不高长不直的,形貌不扬,绳墨成性的木匠们也便不屑为顾;匠人不屑,反而能长命高寿。田垄、井台、河道旁边,一株株龙干虬姿,偃蹇、倔强,默默然伫立于野。乍然看去,偻腰俯首,又一如阅世颇深的老人。老人自有老人的信念:饥馑岁月兮新树繁花,风骨弥刚;接济人世兮不拘一格,丑又何妨!

我的儿女们自小从城市里长大,日后不论有多大的沧桑变迁,他们也不会有这样一页寥廓而富于野性的回忆了。失却此忆,在他们是有幸呢,还是不幸?

(注:此文刊于 1989 年第 5 期《人民文学》)

日月行色

我们村西有一条河,流水清澈,平平的河滩廓大宽展,自远处眺望,浅亮亮的河水仿佛是铺晾在沙滩上的一派银箔,轻轻闪烁。

农村兴订婚,"订"者"定"也,仪式就既简单又庄重。记得订了婚的第二天,她随我涉水过河以后,有意地、稍稍拉开些距离,不即不离,不紧不慢地行走在匀净暄软的沙滩上。夕阳衔山,晚烟萦树,河那边农家矮矮的房屋半掩在烟霭里,上下远近静极了。她不上二十岁,刚刚撞破乡下小女儿的"壳"儿,正要步入农家姑娘的行列。我斗胆拧过头去,想仔细瞧瞧她。她那儿仿佛早就防我呢,倏地摆过脸去,避开了我,故意注视那落日。顺着她的眼光瞄过去,西方天际遥远的地平线上起伏着矮矮的黛青色山峦,那就地绵延着的黛青色与她那披下的洁亮浓密的乌发是同一个色调。半边脸颊红红的,与衔山半隐的落日遥相映衬,弥散如火的晚霞从侧面铺张开来,勾画出秀婉窈窕的一尊倩影。

她没有回头,却轻轻放过一句话来:"村里那么多赢人、出众的女子,你咋就……"

"村里人说你聪敏、灵性。"我回答。

"谁说的?"

"老人都这么说。老人经的事稠,我信老人的话。"

她顺下睫毛,不吭声了。我反问了一声:"你……你对我的印象呢?"

滩上晚风习习,清畅、爽凉。她翘起指尖掠掠被晚风扰散的鬓角,不打算回答。这怎么成!你能问我,我就问不得你么?我暗暗用目光逼住她。她见躲不过去,微微咬咬唇儿,有点不怀好意地瞟了我一眼:

"你一定要我说,不说不行吗?"

我郑重地点点头。

"你是个鳖熊!"声不高,字咬得很重。

鳖者王八,水底青腥烂泥里的硬壳软体爬行动物;熊者狗熊,天下蠢笨无二的"黑瞎子"。在我们那个地方,这是个恶狠狠的、咬牙切齿的比喻。

"谁说的?这是谁说的?"我止住脚步,脚底猛地腾起一股无名火,屏住呼吸,胸脯一起一伏。

她那细密的牙儿咬住唇儿,眯缝起细长的眸子,平静地、神秘地斜睨住我:"也是村里老人说的!"说这话时,眼波活似乌油油一眨闪电,那一瞬间,致使她的全身在收束将尽的晚霞里显得益发俏丽、撩人。

我"咕咚"咽下一口唾沫,像是咽下了一砣秤锤。

"这么说,你……你信那些老不死的嚼舌头了?!"

她垂低头,没有了任何声息。伸动一只脚在软沙上划过去、划过来,金黄色的细沙净净亮亮的,宛若凝结在地的晚霞,纯洁无比。我俩刚刚涉过河,她的一双薄薄的新布鞋提捏在手里,脚趾反反复复,画了个半圆形的弧圈。落日隐灭了,这弧圈像是东天刚刚出山的半轮新月——新月美极了!

"有话早说,回头还来得及。往后再后悔就迟啦。"我正告她,催她重新表态。订婚仅仅是个形式,这"订婚"与"结婚"之间,才横亘着爱河里真正的关口。

她抬起美丽的细长的眼睛,瞅了瞅东方那刚刚托起新月而呈

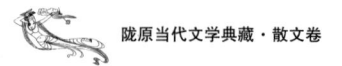

现暗紫色的山垭,脚趾依然下意识地划着弧圈,划着、划着,长长地舒一口气,接着是一声无可奈何的、深深的叹息:

"唉!老人还说来,灵性人是鳖人的奴!"

(注:此文原载于《雨花》1992年第8期)

春水一畦辘轳声

山里人靠泉水生活，我们平原上的人靠井。

半个世纪前，八水仍绕着长安，井水水面离地表才五六尺，秋雨时上升三四尺，有的人家浣衣洗菜，伏在自家井沿伸长手臂，就能拎一桶清水上来。

无垠的田野上，绿树井台合，哪儿若是耸起一团绿云似的高树，其下必有一口椭圆形水井。青草茸茸的井台位于地亩中央，远看是处于一马平川之内，实际微微上凸，是四周田亩无形的一个制高点。

我家在村东有一口井，井台周围植有七棵杏树，最粗的一抱合不拢，更粗些的槐树、柳树，间杂于杏树之间。暑天旱季是井台上最红火的时日。平常人家，是用临时撑架起来的辘轳绞水浇地，牛皮绳在直径八寸的辘轴上缠绕十余匝紧相排列的圈儿，空桶"咻溜溜"下放，吃满水时"吱扭扭"上绞，每桶水百余斤重，"哗"的一声倒进箍好的水池，任它由渠口冲入渠道，蹚进高可没人的青纱帐里。青纱帐里有老者持锨看水，一畦一畦逐次灌溉。绿禾似海，密不透风，暑气蒸腾，看水之人大汗淋淋。

在我成家半年时，曾与二十来岁的妻子在水井两端各守一架辘轳，面对面绞水，她那水桶比我的略小一圈，我这桶水翻倒进池时，她那空桶正好放至井底汲水。两只桶一起一落，需搭配有序，速度恒稳，长长的渠道里才不会断流，畦垅之水也才能缓缓漫进，让禾苗润透饮足。偌大井台上只有我和她，她着一袭淡红碎花薄衫，我则赤膊上阵，一边绞水一边随意说笑，配合默契，两只水桶交替均匀，上下若飞，桶粗水满，我俩额头、鬓角淌着汗水，裤管高挽，两双赤脚浸在沁凉的水池中。头顶有荫凉遮蔽，微风轻轻拂动着树梢，池里湃着祖母从园子里摘来的西瓜、黄瓜、甜瓜与蟠桃。池里每进一桶水，瓜果们便要欢舞庆贺似的忽上忽下，翻转沉浮一通，天宫王母娘娘宴会上的仙苑珍品，也比不上这些池中物碧脆鲜美。"哗"然而有节奏的水声里，笑语阵阵，高蝉鸣于树，小鸟饮于渠，不知不觉便浇过一二亩庄稼。劳动可以为人生编织出最美的花环，辛勤劳作本身就是尘世间最生动的画图，不似七夕又胜于七夕⋯⋯

岁岁年年，转动不已的辘轳显示着人们的意志和力量，人越是勤快，足下这滋养万类的水井越是不会干涸，反而愈淘愈旺——只因连续取水，水位下降，井内水压减弱，底部那泉腺会受到四方地下水勒逼之威，冲压而后畅达，暗泉自动疏通。这样的水井酷肖于人的生命，有志者愈勤奋、愈努力，愈是探测不来自身蕴有何等厚重的能量、多么雄浑的潜力。

我家院落里的小圆井与田野水井是相通的。小圆井旁供有尺许高的龙王爷拓像，每逢春节，祖父、父亲都要点烛进香，叩首礼拜，那一缕细细香烟袅袅起升，逸过房檐，飘往田野那井台方向去了。老辈人认为井底的水眼水脉与大海龙宫相通着哩。

地下水脉辽远，流动而鲜活，井台之花早绽于东风，别处花树才孕春蕾，这里的杏花已经粉嫩嫩湿润润的像一团从天际卷过来的水红色的烟雾。同时栽于别处的同一种树，三年以后，井台就近的明显生机勃勃，茁壮许多。秋风落叶，别处已落净了，井台之树仍迟迟地挑着几串黄叶儿⋯⋯庞大的根系纠结盘错在井台地底，广摄养分，先汲活力，新陈代谢中与众不同，春秋换季时也便自树一帜。树犹如此,长饮井水之村野人家岂能例外呢?

半个世纪过去,关中地下水位降落得厉害。绕长安之八水中曾有灞水,我们家就居住在灞水边上。麦收天的傍晚,辛苦一天的人们经常下河洗澡,洗去风尘,也洗去疲乏与劳累。后来是洗不成了。先是上游有了工场、电厂,水面上漂动着颜色怪异的一绺绺油腻,而今索性萎缩成臭不可闻的一股马尿……河已不成其为河,长安八景之一的"灞桥烟柳"早已烟消云散,两厢那绿云掩映的水井还能设想吗?人们吃用的已经是自来水了,名曰"自来",实际是从地下数百米处钻出来的,是从龙王爷的血管里强行抽取的;至于水质,只恐怕也不能与当年的乡井之水相提并论了。

我在异乡工作几十年,年逾花甲,落叶应当归根,而故乡水位跌落,好景流散,人口骤增,我还能回归到那儿去吗?

(注:此文 2004 年 6 月 3 日载于《人民日报》;并载于 2008 年第 5 期《中学语文园地·高中版》)

薯 忆

离开关中故乡,西行入陇,我定居兰州。可能是"人离乡贱,物离乡贵"而引起的,每当看到踏着秋色远道赶来的亲友解开布包儿,亮出还沾着几星泥土的紫红番薯时,我便禁不住直起目光,心头很有些"他乡遇故知"的热乎味儿。我是土生土长的关中子弟,在我的半生阅历中,红薯烙下过一些很难抹杀的印记。

家乡的红薯和玉米、高粱、糜谷一样,是一种生命力旺盛、生长期紧促的急庄稼。

春节刚过去,农家院落向阳的角儿上便铺起厚厚一方细碎的、半干的马粪、牛粪,粪窝里埋进年前精选出来的大个儿红薯作母体,起秧发苗。五月天急急忙忙收了麦子,闪亮的麦茬还遗留在野地里,镢头便从茬缝间掘出窝儿,墙角密匝匝簇拥起来的二尺多高的薯苗被剪成半尺长的茎节。一根根埋进窝儿里,注进一碗清凉的井水,苗儿就在田野上落住根了。

当一行行麦茬在来去倏忽的风雨里干霉腐烂、渐渐隐灭时,薯秧儿也便悄悄地扯长绿蔓,巴掌形的叶儿开始覆盖地表,整个田垄由黄转绿,在悠悠南风里转换得很快。仓颉造字,将"暑"略加变化,上方加盖个草头便形迹近"薯",似乎巧妙地概括了暑天疯长这层自然物象上的意思。

薯叶儿封地太严,阳光漏不进去,叶下的许多无名小草硬是活活给捂死了。那贴地扯长的蔓儿极容易扎下不定根须,庄稼人担心它到处抽拔地气,放肆地生叶开花,分散了总根处的凝聚力,于是在它生长最旺势的时候要翻一次蔓——蹲在畦里,以那总根系为中心,一根根地抽拽那远远延伸开的蔓儿,所有的蔓儿拢握进手里,猫起半腰,像挽那美女长发似的挽结成一团云髻儿,便一撒手扔在了地上。"花钿委地无人收",湿地上折散几朵茎叶,并不在乎——强行挽髻只在于收束住大好散漫的年华。

秋深了,万物成熟于空中、地表,而红薯则是亢奋于泥土之中,胖大结实的块头硬是将沉重的黄土层拱起一个龟背,挤错开指头宽的长长的裂缝,土地大约被它挤疼了,疼得不自禁地咧开了嘴巴,薯儿那亮亮的红色,就从土缝里朝外窥视,透过地上半歪的绿髻儿窥视蓝天白云,窥视日月星辰,从湿润润的土层里睁开的是惊讶的、生疏的眸子,自地缝里嘘出了陌生的鲜活气息。

秋霜浇醉枫叶那样染红着大树枝头的柿子,同时也就催熟了这土里的红薯。不经霜的红薯是不宜掘的,勉强掘出来,如咬木块而死硬,如嚼青果而微涩。一旦经霜,立即就若梨若枣,甜脆爽口。霜天万里,寒粉敷地,杀败了天下浩茫的绿色,封埋在黄土里的红薯怎么一下子就有味了呢?莫非是叶儿、蔓儿里的什么秘密素质,被严霜勒逼入土了么?天候、地气在万物果实上的冷热交递,是很神奇的。

这时节秋霜漫地,我晨起上学是脚冷手冻。散学赶回家吃早饭,一进屋门,正拉风箱烧饭的奶奶便从灶膛里掏一个烤红薯扔到脚边,红薯在洁净院落里几个蹦跶,弹掉了灰烬火星儿,我飞快拾进手里,烫得不行,两只染着墨水的红红的小手捯来捯去,唇儿对住热薯吹嘘不已,清旷的冻馁之气顷刻间吹散了,没有了。

在生计不很宽裕的农村,这时也正是家家户户麦子将尽而苞谷收获的换季时节,新出土的红薯总是那么适时那么得体地为粗粮的降临帮衬着一臂之力。苞谷粥里掺和了剁成菱角形的红薯块儿,黄澄澄的粥儿裹定薯块,筷子夹起来抿开粥,便亮出一层比纸还轻薄的红皮儿,咬破红皮便是细腻腻的黄瓤,粥儿黏糊烫嘴,薯块之香很像那刚刚炒熟出锅的山板栗。青瓷小碟儿里正有几撮绿闪闪的野菜相佐,大碗擎起,大口吸溜,食之不足却驱寒而耐饥,贪嘴过量也决不伤脾胃,在农家当然是既节俭又实惠的第一流饭食了。三十几户人家的小小村庄,逢个刚刚揭锅的早炊时节,温馨的香味在黄叶簌簌飘坠的村巷里弥漫开来,这村庄便像秋江里一叶小舟似的悠悠然荡入了半痴半醉的境界里……这就是最后一抹秋色,醉人的秋色!

乡村逢个红白大事,狗肉、驴肉没资格上席面,而红薯是可以的。四盘子八碗里,有那么一碗鼓起的涂抹了红糖的过油条子肉,逸着白气,看着挺富态。那肉正好是一人一片,同时伸起的八双筷子颤巍巍地夹去肉片之后,下面亮出的就全是油炸薯块,与那肉片一色——热腾腾的酱红色。没经验的人乍然一看,还以为是红烧肘子哩。刀杖叮叮,笑语哗哗,家家如此,年年如此,谁也不说这是吝啬。

红薯生长期短,贮藏期却长远,而且是搁置越久越甜脆。成熟于秋冬之交,贮存也怯热怯寒,九里天,是特意贮之于水井半中腰拐进去的窨子里的,窨子位于封冻层与地下水水平之间,长年恒温,主人家坐在"吱扭扭"作响的辘轳木桶里秉烛上下,随吃随取,十分方便。可也得留神,千万别让那醺醺酒鬼进入地窖,红薯染着酒气极易溃烂,溃烂时的味儿实在是难闻,及至连整个地窖都报废。若是存放得法,红薯直可与翌年结下的新薯接住茬口哩。仔细些的人家,长年四季都会有鲜艳硕大的红薯待宾客,赠亲朋。

国家困难时期,粮食紧缺,关中许多粮站有一度索性用四斤红薯顶替过一斤粮食。个头大的红薯一个就超过四斤重,一天粒米不进，只啃这个红薯，而且一连延续上四天五天，肚子里就很不妙了。天地造物，最讲究搭配合理，运用得宜。红薯属于蔬菜、粮食之间的中介品，倘使硬要晋升到主食地位，那就是人们自己的不对了。

我是土生土长的关中子弟，从戎之初，尚未随军的妻子仍旧留居故乡。有一个深秋，我回乡探亲。一夜醒来，旭日红窗，小女儿尚在酣睡，身边的妻子却不见了踪影。我正在纳闷，虚掩的柴门轻轻开了：妻子提着短镢，挎着竹篮，篮底尽是拳头、核桃大小的红薯残片，在小渠清水里漱洗过了。她嫣然一笑，说道："霜降刚过，咱队的红薯还没出土，邻村生产队昨上午出过了，我到人家地里捡拾了些，别嫌散碎，你先尝尝鲜吧。"她知道陇上不产红薯，更知道我自小就爱吃红薯。晓起下地，野径上的莹莹露珠湿透了布鞋布袜，下半截裤管都水淋淋的，短镢也在渠水里洗过了，她那鬓角上沁一层细汗……

人生犹如流水，这都是渐渐遥远的往事了。往后，妻子也辗转到千里外的兰州，一眨眼又是十年！

红薯耐旱耐碱，贪暖喜光，离开关中向北、往西，因为无霜期短，似乎就不再种植。一斤红薯在关中三五分钱，在这里泥住一个盛过柴油的大铁桶烤烧个半焦半黄，香味洋溢，一斤要七角八角哩。价钱够贵了，可我那妻子只要看见，就非买不可。买一堆儿拎回去全家享用。西北偏僻地方从未见过红薯的人家，还有城市高级宾馆里动不动和珍馐佳肴打交道的人们，遇见红薯，恐怕就不会有这样一种兴趣、感情了。

有一天，家里来了位书法家，我们请他留下一帖横幅。他问："写什么好呢？"

妻子说："写什么都行，只要有'红薯'这两个字……"

书法家为难了:土里土气的红薯,太平庸了,文雅的诗词里哪会有这两个字呢?

我却是深深地感到:土地在人的灵魂里打下的印记是有形而无形的,也是隽永、强烈的。

(注:此文原载于《百年中国散文精选》,浙江文艺出版社2004年6月出版)

土　炕

"日出而作，日落而息"，庄稼人晚归后的休憩之所，就是土炕。

土炕大小高矮的格式是固定的，周遭用百多块土坯齐整地栽垒成长方形底座，面上平撑六大块四方四正的麦草泥坯。三面贴着围墙，敞着的一面供人上下。靠墙处凿嵌窗棂，远可以眺原野阡陌，数长天雁行，近可以唤鸡鹅、呼邻舍，逗童儿玩耍。

仲夏，炕心平铺一领光洁的苇席，肚皮上遮一条家织的蓝格儿布单，悠悠晚风自窗扉徐徐拂来，荡进一缕缕泥土与庄稼掺和着的气味。小巷犬不吠，屋里蚊不叮，寂静、清爽、惬意。冬夜，土炕烧得热腾腾的，满屋暖意融融，谓之火炕，纷纷扬扬的雪花在街巷、庭院、屋顶簌簌飘落，窸窣之声响动在有无之间，编织成的浩茫意境是若明若暗，扑朔迷离。全家三四代人厚被长枕头，鼾音雷动，此起彼伏，不用问，酿成的梦景是温暖的、馨香的。

平托着人体的泥坯一寸多厚，平排于土坯上方，面上承得起数百斤重的压力，背面长年间经受烟熏火燎，为什么不折裂，不陷塌呢？这坯是胶泥与麦秸合制的，麦秸铡成一拃长，与泥巴搅拌得愈黏愈好。伏天正午，光光的场地上，打坯人只穿一条短裤，将麦秸大把大把撒上泥窝，两只大脚板踩得"扑腾、扑腾"响，烂泥陷近膝头，拔出踩进，每一动作极端费劲，踩不了几脚，一条壮汉便累得浑身精湿，汗珠雨似的滴进泥里。拌好的草泥捽进旁边摆置停当的方形木框里，塞实抹平，隔上两袋烟工夫，泥皮收拢住了，捏一块青砖"乒乒乓乓"狠狠地砸瓷实,就地晾晒。烈日上烤,暑气下蒸,少则两天,多则三天,泥坯就能掀立抬动了。柔韧的麦秸均匀地锁进泥里,像水泥预制板中浇铸了拧丝钢筋。倘不是三伏天,泥坯半个月恐怕也干不透;"夏云多奇峰",晾晒时若还袭来一场暴雨,坯也难保。

砌炕又叫盘炕。老把式盘的,外观棱正,泥面若鉴,炕洞也通畅,几把干柴进去,旮旯拐角都烘热了。否则,炕就不灵,烧去一大堆柴火,中央筛子大一块烫巴掌,别处却凉冰冰的。这类炕,主人家是很烦恼的:"唉,闷死了!"关中土话,闷者笨也。炕闷,言下之意是盘炕之人没有本事。

炕洞里冬天烧的,尽是柴屑、草末子、树叶儿。冬夜漫长,这些散碎之物可以缓缓悠悠漫燃上一宵,满炕持续住恒温。倘是硬木柴或干茅草,一呼啦起猛焰,炕上烫烙,弄不好被窝里也会冒烟哩。这等柴屑草末,是秋凉时分萎落在坟边、渠沿的,除了腐烂化土,也别无用场。于是村翁老妇携帚挎篮,一掬一捧,积攒为烧炕的燃料。细水长流,勤俭持家,偌大的关中乡间,倒不大听说有多少被腰腿寒、关节炎缠住撂倒的,十有九恐怕是得益于热炕了。冬日昏暮,"一去二三里,烟村四五家",平原上一座座村墟烟斜雾横,漠漠平织,薄于淡纱,轻若罗带,有晚炊之烟,更有炕洞里逸出的烟。乡景雅致似梦,浓淡得宜,如诗又如画,显示着农家生活勤恳、精巧的一面。

天底万物形成于土,最终又回归于大地。土炕通常是三年一换,拆旧盘新,时机总择定在玉米秧拔节且刚刚拔高到齐人腰部的当儿。

要拆的炕经历了百余场的烟火烤燎,体温之浸润,土坯、泥坯被熏染得油黑泛亮,仿佛涂了厚厚的一层乌漆,凝化了的烟土味儿浓烈呛鼻,蕴一股看不见的烟气火色。

一页页揭下之后,由赤着上身的汉子虎钳似的张开两膀,"哗"地提摔于大门之外,儿女们抢上前挥锨抡锤,"冬冬砰砰",转瞬间砸得枣核儿般大小。砸碎后立即担进地里,用盛饭用的大碗(裂缝儿报废了的)抠出尖溜溜一碗,倒扣在绿秧根部,逢株一大碗,一株也不错过。从里屋扔到门外,自门外提进田垄,打仗拼杀似的忙活上大半天,合家大小的眼圈儿、嘴唇儿、鼻梁窝儿,尽被砸飞扬起的尘灰扑染得黑乎乎的,壮男少女,仿佛都生出了黑茸茸的髭须,男人像铁面包公,女人像烧火丫头,你瞧着我笑,我瞧着你乐,彼此哂笑时,露出的牙齿又雪白莹亮,珍珠儿似的……

炕土肥融散入土,渐渐被苞谷那龙爪样的根系所吸收,其发挥效力的时机,恰巧是红缨儿干蜕、嫩粒儿在绿皮包里升孕的当口,在炕肥滋养下,掰开的棒子长,启爆的粒儿圆,成熟之日,枣木棒槌般粗硬,熬稀饭是喷喷香的。不仅如此,在吐缨之际,又促使玉米株茎粗根稳,亭亭玉立,不易为风雨摧折或者倒伏。庄户人家几代人数年间的躯体之温、筋骨之气,就自然然地滋润到田禾那青碧凝翠的躯体上了。田禾者,庄稼也,"庄稼"二字,实在耐人寻味。炕土肥倘是错过这个特定的时机,就不妙了。施早了,秆儿疯长,待到孕穗时反而泄气了,就像月子里的馋嘴少妇,营养了自身,生下孩子,奶水儿却下不来;施晚了,苞谷现老,肥劲旁落,反而转移到那私相繁殖、偷偷结籽的秋草上去了,为下一茬庄稼遗下祸胎。由此可以领悟,人对土地,要的是踏踏实实,一丝不苟,要的是精确万般的节令与时机,要的是贴心忠诚的力量与汗水。

幸福不会从天降,而汗水从土地里浇出的幸福,却是最难得的幸福。待四野秋收之后,天气也渐渐地冷了。苞米稀饭,小米黄粱,伴以新掘的红薯,经霜的青头萝卜……色调齐备,新润莹洁;

合家老幼团聚在热炕上,由那刚过门的新媳妇站在锅台前,从腾腾的热气中一碟一碗地递端上来,野味家风,其乐也何如!

乡下人家,一年到头很少动荤,可靠这一茬茬鲜嫩丰美的大自然的精元之气,也是获取了养怡之福——"十亩地,一头牛,老婆娃娃热炕头",这算不算是小康人家最原始的真实写照呢?

(注:此文2016年4月22日载于《文汇报》)

踏雪探亲图

我的童年是在陕西关中乡村度过的。那时候,乡下孩子总盼着过年。过年可以放鞭炮,绿炮、红炮"砰砰咚咚"腾上半空,绽开一朵朵绚丽的花儿,幽微的火药香中,炮仗皮儿旋落下细碎的花瓣儿,撒得人们满头满身。

"春打六九头",寒与暖交接,冬与春吻别,大概是天地节候最隆重的一场聚首吧,所以春节降临,常有飞雪相迎。粉妆玉琢的素白世界里,千家万户的男女老少,突然在一夜之间换上了新装,从贴身的衬衣到外边的棉袄、罩衫,从头上的帽子、围巾到下边的鞋袜、腿带,里里外外,一丝一缕,尽是新的。男子汉非青即蓝,女儿家、孩童们披红挂绿,一个个漂亮、帅气,邻里们街上相逢,眼角眉梢那禁不住流露出的喜洋洋的神采,把寒冽的空气也感染得清新、温润了许多——这,也许就是将动而未动的春的气息吧。

除夕,合家守岁;初一早饭后,打鼓吹号,给军属和邻居拜年;初二一大早,走亲戚便掀开大幕。

男男女女相继出村时,无不拎着细竹篾编织的金黄色提篮。篮上苫盖着首次启用的白羊肚子毛巾,巾上的印花朵儿在轻旋漫舞的雪花里飘荡,春风里怒放的鲜花便那样妖娆起来了;轻轻揭开毛巾,篮里摆放着十个暄软胖大的白蒸馍,一般儿大小,同样的圆实,正中顶儿上拓印一朵鲜艳的梅花,极像胖婴儿眉心正中的一点红。富态的十个白馍标志着去岁的收成实足的好,展瓣的梅花则预示着即将迎来又一度温馨而明媚的春光。麦子是自家地里汗水浇灌的出产,馒头是自己媳妇巧慧的手艺,不辞路遥,挎携到亲戚家里来报喜,这份情意,城镇商店里的玫瑰点心是难以替代的。

客人心意隆重,主家情怀殷殷。男主人在大门外接过提篮,郑重地搁进里屋,女主人当即捏起柔软的小笤帚,扯住亲家弹扫襟帽上的雪花。寒暄声中,推让到暖烘烘的火炕上,人刚坐稳,花被窝才笼住脚,热乎乎的一大碗面条儿就递到手上来了,把儿烫金的朱红筷子尽量挑起,也挑不出尽头。天增岁月人添寿,这是祝福"太平与长寿"的隐语。菜盘摆在小炕桌上,鸡蛋、豆腐、粉条、菠菜,中间是满溜溜的一碗肉,肉被切成薄薄的长方片儿,齐崭崭排了一层,肉片底下垫着菱形的红薯块儿。小酒盅斟得满当当的,自家酿制的烧酒,抿一口辣死人,却暖心窝。腾着热气的馒头刚出笼屉,浓郁的香味弥漫了一屋。从隔着薄壁的方洞儿朝伙房瞄去,灶膛里烧的,也是刚从板楼上取下的白生生的苞谷芯儿,焰火旺,不逸灰……茧手、白馍、烧酒、热菜,客人的脸膛红晕了,主人还擎着小酒壶一个劲儿督阵:"再满一盅,喝好!"臻至、和悦的气氛里,不闻吆五喝六,情意却虔诚、真挚、绵长、隽永。偶尔醉倒于炕是有的,却从来没有过酒鬼。

碗盏杯盘撤下之后,抽烟、吃茶。茶味微涩,自种的旱烟叶儿苦而且呛,劲儿大,过瘾。妇女们聚拢灶下,一面亲热地絮语话旧,一面铺排着下一顿的饭食,欢快、轻捷的刀杖之声不绝于耳。男子们蹲踞在热炕头上,说雨水,话桑麻,谈瓜果,论丰歉,汗滴风雨中的甘苦心得,犁耙镢锄下的深浅体会,你一言,我一语,全都和盘托出了,有意无意间交流着作务时的经验、田园里的讯息。话到会心处,彼此拊掌大笑,粗犷清爽的笑声中,铜烟锅儿磕得炕沿板乒乓直响;接着是不约而同地凑近窗台,透过窗棂,望一眼远近原野上浩茫的雪景——舞动飘拂的雪花白蝴蝶似的铺天盖地,纷纷扬扬,装扮得山河一色,房矮了,树低了,水井缩成个逸着白汽的黑窟窿了。

孩童们新袄在身,热饭下肚,不感觉冻,聚在大门口,点放除夕夜没有放完的花炮,叽叽喳喳,预约着明年之"今日":"明年你还来吧!我娘说,过完年要喂上一个大肥猪,等你们来时,宰了油炒着吃哩……"

九寒天短,时不待人,晚饭搁下碗,就该着起身回家了,雪落得紧,暮色漫上来就不好认路了。回家,是不兴空着篮儿的,红枣、核桃、花生、柿饼之类的干果,样样抓上几把,一搅和就是多半篮子。

庄稼行活路紧,亲戚间平时难得走动,一般红白喜事,也托付给妻子儿女了,唯有春节,吆牛种地的汉子才成批出动,形成走亲戚的主力。路上,妻子领着儿女,簇拥着丈夫;丈夫的短髭上、眉梢上沾着几绺儿雪粉,妻女们丽妆素裹,刘海上、发辫上点缀着晶莹的雪花。原野空旷,移动的步态是优雅的、健美的。雪落无声,扑朔迷离的雪幕里,仿佛行进着一队队春之神君临大地的影姿——春的巨轮,也只能由庄稼人来起航,来推动。

就像早晨出门时从阡陌纵横的大路小路上散入四乡八里一样,风雪暮归,又不约而同地遇合于村口。各人酒力在身,篮轻衣暖,说笑打趣的声调也格外爽朗格外热和。瑞雪在醉意的欢笑声中,很快就抹平了遗在村口的一溜一串深深的、大大小小的脚窝,仿佛是少女乘人不备,悄悄地珍藏下心上人那幸福的印迹……好一场正月飞雪,就这样来孕育第一抹春色吗?

一切乐境,皆由劳动得来。年节是以360天的寒暑辛苦挣得的,日月交替,来之不易。作为乡野现实乐谱中一个愉快的音符,其间韵致迥异于富豪门第的灯红酒绿,有别于繁华世界中的纸醉金迷。它以既定的步调来到人间,而且是将幸福缜密地蕴蓄于俭朴、敦厚之中,来得浩大而朴实……雪落大地,整个世界也就安静下来了。

天地之间,大美绵延的长河里,难道还有超越于此的景致吗?

人老恋旧,我在离乡半个世纪后偶或忆及,仍觉得意味深长。

(注:此文 2017 年 2 月 3 日载于《光明日报》)

杏荫井台

20世纪50年代,村东,我家田地正中有一眼井,井台四周长着七株半搂粗的杏树。

杏花破蕾,窝了一冬的麦子才起身;起身的麦苗拔节很快。待麦梢孕穗时,杏树便裹着密匝匝的绿叶,风儿俏皮地拨开叶子,会露出毛茸茸的、一咬能酸掉牙的青杏。麦黄时节,杏儿也黄了;黄杏还掩映在绿叶里,麦浪却千顷万顷,将金色的波浪绵延不断地推向远方的地平线上。村庄里上下翻飞的黄鹂焦急地鸣唱着"算黄算割",父兄们便提捏着镰把,投入了一年一度最紧张的"龙口夺食"的夏收季节。因为太忙,父母对我们这班七八岁的孩童的吃、穿、玩、睡,是顾不得关照了。村巷里,我们捏着弹弓子乱窜,鸡狗都不喜欢;到田地里捡拾遗落的麦穗儿去吧,身边没个伴,寂寞难熬,捡不了几穗,便在烈日下掣懒腰,打呵欠,瞌睡就漫上来了。我的偷懒之地,就是那井台上凉幽幽的杏荫之下。

水一样的荫凉下,绽开一领破草席,脱下已露大脚趾的布鞋一扣当枕头,仰面朝天就躺下了。南风习习,绿叶筛动散碎的光影,入梦是极容易的,想不到的是那些顾不上收摘的黄杏,动不动就"啪"地摔一个下来,大概要证明自己熟透了吧,一摔地就从棱界上裂开个娃嘴似的缝儿,半露出衔着的紫褐色的杏核(这类离核儿的白瓤儿是又脆又甜的)。我肚皮朝天,睡姿不变,只需缓缓地伸开手去,就能从草席边捏一个搁进嘴里,美滋滋的味儿哟,简直没法形容。当然也偶有扫兴之时,倘是鼾声正匀,有某一个软杏

"啪"地砸在脸颊上,那又当别论。总之,一觉醒来,周围三三两两,会跌落许多黄杏儿,小小的、黝黑的蚂蚁知道我也吃不进去了,于是就排成长队,以杏上的裂缝儿为大门,到那金黄色的宝库里尽兴地咂取享受……

"腊炙羊肉嘞!羊肉腊炙的!"地头南边尘土仆仆的土路上,走着一个右臂携着平底筐的汉子,走几步就喊一声,唱歌一样好听。

乡下,长年间难得见荤。我咽了口唾沫,倏地站起身来;可爸爸正在北垄上光着膀子割麦,寻上去也没有钱。我麻利地脱下小褂儿,铺在地上,着急慌忙地捡了十多个染有红点儿的黄杏,斜插过麦茬地,朝土路上截了过去……

腊汁肉,摆在筐里的平底木盘上,白纱布苫遮住多半边,露出的几块红光油亮。卖肉的人瘦高个,五十多岁年纪,上唇两撇八字形的细细的黄胡子,短衫儿敞开着前襟,胸部肋骨一条一条的,深凹的两眼格外有神。见我摊开杏儿,便问道:"换肉吃么?"我点点头。他迟疑了一下,在路畔青草上放下提篮,抽出尺把长明锃锃的刀子,割豆腐那样切下了鸡蛋大小的一块肉,我并拢双手,肉轻轻地搁在了我的掌上。他揸揸手收拾杏儿时,才发现杏子全裂开了半边,缝里又爬满了黑蚂蚁,照着缝儿使劲吹了几下,蚂蚁也吹不掉。他咽了一口唾沫,无可奈何地摇摇头:"小兄弟,我不要你这杏儿了。"他拍拍双手,提起我的小衫儿抖了抖尘土,替我搭在肩膀上,我盯着捧在手上的腊肉:"哪?哪咋办呢?"我回望了井台一眼,"我会上树,上去给你摇好的吧!"他携起路畔的筐篮,摇了摇头:"算啦。咱俩交个朋友吧,这块肉送给你啦。"说罢,便起身赶路了。道上尘埃厚厚,一脚踩下去,扑起一团烟尘,他的鞋和下半截裤筒染成了浑黄色……

我已经要走近井台了,卖肉的忽然又回头喊道:"喂!小家伙！"我的心猛儿一跳:莫非后悔了,他要要回他的肉!

"静静地在树荫下玩儿,别到井沿边去。大人离井台子远,你可别掉进井里噢!"天热,他那声音已有些沙哑。

"好——的!"我踮起脚尖大声回应他。

四野茫茫,烈日炎炎,他那细瘦的身影渐渐地远了,远了……

"腊炙羊肉嘞!羊肉腊炙的!"地平线上的热风,将那有些沙哑的吆喝声又隐隐约约地传了过来,我鼻子一酸,眼里噙满了泪水……

(注:此文 2015 年 5 月 13 日载于《文汇报》)

板桥的回忆

绕长安之"八水"里含有灞水,我家就在灞河边上。

20世纪50年代时,河上的板桥冬至前架设,春分时拆卸,搭拆的时序,与河水的季节性变化相关。河水柔畅地流淌在平原上,虽不很深,河道却宽展,这是雨天暴涨、满河激浪左右开弓恣意打滚,把河道给冲宽了。三九天,远方山寒,河水瘦削成一抹清流,斑斓卵石小花似的闪烁于水底,这时节才有了架桥的条件。

桥是二三十块丈把长的木板衔接而成的,板与板相衔处支着四条腿的丈许高的木码子,下半截陷入流沙,上半截擎出水面三尺余,肩扛两块板头的码子们等距离排成一线,横亘于清凌凌的水面上空,远看是小巧玲珑,骨骼坚挺,如诗如画。

"紧过列石慢过桥"。过桥人脚要放平,身要拿稳,心思须高度集中。百多斤的人步起步落,寸许厚、尺把宽的桥板微微颤动、忽悠,过桥人稍有疏忽,后果都不妙。按说,人置身于板桥之上,视野辽阔,淡山古柳被流水牵挽,是一幅绝巧的好画;而此时的过桥人心弦紧绷,大气不敢出,甚至眼珠儿也不敢转动,更别提赏景了——板桥上这如履薄冰的谦恭神态,反将人身化为自然构图里的一部分了。

过桥最艰难的是老太太。小脚儿本就欠稳,寒天又穿戴厚实。簸箕大的冰凌撞在码子腿上"咔嚓嚓"地炸裂,老太太不晕者少。晕桥时,长桥似乎整个儿朝着上游飞快移动,两岸古柳旋转,人会控制不住身体而落水。每逢这等险象出现,老太太得赶忙趴伏在桥板上,双目紧闭,直等到不觉得眩晕,才敢慢慢地睁开眼睛……一旦晕桥,同路者爱莫能助。后面另一块板上倘是儿子,只能挥手呐喊:"娘!快趴下,眼睛闭实,抓紧桥板,别动弹!"后边的老伴儿倘是"学究",会捏着拐杖(替她所拿)在桥板上墩得"嘟嘟"直响:"哎呀!别老盯着水面么!'注视则静物若动',何况河水在流嘛!"趴着的老太太这时最听话了,一声不吭,身后怎么吆喝她都照办,比木偶还顺从。

过桥有个不成文的讲究,眼见对岸有人上桥,这一岸就不能再上,桥板窄,彼此错让不开。老太太桥上寸步难移,聚集在对面桥头的男女老少也替她捏把汗哩。有人两手拢个筒儿喊着给老太太出主意,鼓励她胆儿放正,千万别急;有人嘟囔着责备老太太身后的老伴或儿子是穷咋呼、瞎指挥;也有人不满身旁的嘟囔者,愤愤地挖他一眼……千难万难,老太太终于要过来了,即将走下最后一块板时,身子就散了架似的朝人们的怀抱里扑倒,桥头上早就伸出了十几双接她、搂她的巴掌。在盛大热烈的拥抱中,女人们忙擦她脖子里的汗,整理被风扰乱了的头帕,年轻的替她拍尘土、整衣襟、蹲下系腿带,忙作一团也乱作一团,这些不知从何而来、又不知向何处去的陌路相逢的人们,这时亲如骨肉,竟是那样的真诚、热烈……

年少时节,我也是过桥的常客。满月之夜过桥,水里浸润着的月儿分外皎洁。我行在桥上,水底的月儿时快时缓,总是紧紧依偎在身旁。水月成镜,乃造化之寓意,最初为天下少女磨洗出第一面明镜者,我真怀疑是一位月下在板桥逗留过的巧匠。水中月匀静莹澈,水经浅滩,水纹网皱如织,月儿就无声地笑了、醉了,泼洒开一派碎银似的晶华,连周围的星儿也激动得晃摇乱溅;一旦归入深缓之处,碎银倏地敛住笑影,又重新凝聚成一轮皎月……一旦走下板桥迈上滩头,步步随人的月儿便倏地收回于空中,"月下飞天镜",湛碧如洗。

天上人间,倏忽上下——散碎于水,散碎得那么彻底;飞镜重磨,在空中又复归得那样圆满者,全宇宙是唯有这水中之月了。自沙滩上回过头细看,板桥一线凌波,空蒙若梦,桥板上宛如敷了一层霜,或许,是淡淡然地施了薄粉……

清流、皎月、古柳,万籁俱寂,让我记起架桥的场景了。

寒气逼人,旷漠的河滩上除了一伙凑热闹的顽童,尽都是壮汉。近水处,苞谷秆燃起一堆炎腾腾的大火,映红了河面,火堆旁搁着拧开了瓶盖儿的烧酒。汉子们头戴棉帽,厚棉袄的下摆用布腰带裹扎得紧紧的,下半身则赤条条的。人多势众,仰脖子灌进几口辣心的烧酒,吆喝声中有的抬板、有的扛码子,乐呵呵地下水了。冰水狠毒,猫咬似的疼,右脚仙鹤似的抽出水面,正在空中难受呢,水里的左脚更是油煎似的熬不住了,于是,两条精腿蹦跶着,一跳一跳地跑向前去,水花哗哗直响,踢溅得老高。下码子的人,将半尺长的木楔打入板头眼进行固定。扛抬的汉子搁下桥板,忙又蹦跶上岸,上岸后又不能直接近火烘烤,便一屁股坐在火堆旁的棉裤上,抱住腿脚使劲儿搓动。炽烈的火焰在风地里燎来燎去,摆动如大旗,汉子们是一面搓腿一面骂,骂风、骂沙滩、骂娘、又骂桥板,惹得孩童们"嘻嘻嘻"笑,熬苦者最见不得"幸灾乐祸",瞪圆眼珠子骂道:"笑你娘个蛋!"顺手抓一把沙子"唰"地扬过去,孩童们跳着脚哗然四散。

架桥完毕,返回到村庄。村里早就选定一户宽敞大院搭棚支锅,在河边不闪面的女人们已经忙活了大半天,备妥了一顿丰盛的黄花、木耳、菠菜、肉丁儿臊子面,细长、热乎、柔韧、喷香,非常筋道。受犒劳的汉子们大口大口朝肚里吸溜,满院子回旋着一派狂风似的吸溜声，声儿好响噢，似乎是群鸽凌风飞翔时的"哨"音——停箸仰首，天空恰恰有雪白、矫捷的一群鸽子翩然旋过，像一束束雪白的信笺，是月宫里深情的慰问……

奔波异乡，我是长期没有回故乡了。灞河冬日那座雅致、精巧、绝妙的板桥，从前是逢年必现，而今还能看到吗？

（注：此文 2017 年 9 月 20 日载于《文汇报》）

元夜的灯笼

乡村元宵节,浩茫的夜色里浮动出一盏又一盏红亮亮的灯笼,成串、成簇,汇成一层又一层,走过街巷,漫上街头,眺望辽阔田野,无声地迎接春天。每当这时,我就想起我的干大。

过去乡村多疾病。有我之前,父母生养过几个都没有留住。为挽留住我,他们赶忙从邻近的堡子村为我认了个干大。干大50多岁,很穷,后娶的干娘是山里人,灰白的头发乱蓬蓬的。两口子不生养。干大是个跛子,风泪眼老是流水,戴一副拴着细线绳的茶色眼镜。干大这个样儿,我感到有些窝囊。

依照乡俗,逢年过节要给干大送几个馍馍或是十个粽子;过年时,干大给干儿干女送一盏灯笼。母亲好说歹说,我不乐意走这门亲,勉强去一趟,干大干娘一见,相当热情,连忙从小铁锅里切一块煮停当的驴肉(有时是狗肉)款待我,我扭拧着身子推辞,倒不是嫌肉不是正牌,主要是嫌弃茅屋里的气味难闻;只要能挣脱干大的手,我一溜烟就跑了。跑出老远,还能听到干大在门口跺脚抱怨:"小驴日的嘴馋,这么香的肉也钩不住你!"

干大时常上我家走动。伏天一个晚上,屋里闷热,我和伙伴们坐在门前巷道里听一位老伯讲古,星汉灿烂,远近漆黑,正入神哩,干大从我家屋里出来了,估摸人堆里有我,便叮咛母亲:"巷道子走风,墙缝的蝎子也出来吸凉哩,别让咱娃在墙根下坐。"我烦他多事,不吭声,也不挪窝。干大去后有一袋烟工夫,我"哇"地惨叫一声,飞进屋里,灯下一照,中指很快肿得像胡萝卜一样,母亲一面蘸清油涂抹,一面叨叨:"还是个老蝎子蜇的,毒气厉害着哩。"巷道里传来不屑的声调:"跛子撂下的话,邪(斜)着哩。"那个疼劲噢,没法形容。

干大的瓜务弄得好。西河滩上,数他的香瓜名气大。初夏,我领着几个小伙伴在他的地畔踅来踅去,直瞅着叶儿下碧莹莹的香瓜。

干大看出意思了,和蔼地说:"再过十天,瓜开园了,你们来,尽管吃。现在没熟,吃不得的。"我盯住瓜儿不吭声,也不走离,心里嘀咕:"干大,你别糊弄我们小娃娃!"见此情景,干大干咳几声,掏出揉皱的脏手帕擦擦眼镜下的泪水,苦笑着说:"不信干大的话,就挑一个尝尝。进到畦里小心点,别将瓜蔓给扯断了。"说罢,提着瓜铲忙活去了。我拣大个儿的揪下一个,与伙伴们飞一样撒进了白杨林。瓜被砸开后一人一角,我的一角最大。咬一口翠青的外壳,寡淡无味,再咬一口瓤儿,唉噢,简直咬了苦胆,随着"呸呸呸呸"的唾地声,伙伴们也都扯帮咧嘴,舌头乱晃:"你干大种的啥球瓜哟,把个死人能闹活!"我瞄瞄不远处跛动的影儿,晃晃手里的瓜低声说:"走远些再扔,别让我干大看见了!"

一蜇一苦,我无形中对干大也就不再反感了。家里逢着,叫一声"干大",也不觉得拗口。一个晚上,朦胧欲睡,听到父母亲在灯下说话。娘说:"跛子心眼儿蛮好,西街的琴女(跛子的干女儿)泻肚子,几天就把娃拉得失了形,昨日跛子揣来几个青柿子,用竹篾儿扎几个眼儿,放进灶膛热灰煻烧,涩水儿全沁出来了。琴女吃下去,立马就止住了。"爸爸说:"就因了他心地善,干儿干女才稠得很。过年要给干娃送灯笼,茅檐底下花花绿绿几长串,少说也有四五十。"

我对干大,渐渐也服了。别的孩子上树,折那雪一样的槐花,干大说:"从树上掉下来,把腿就摔断了。"我就不上树。伙伴伏天下河扎猛子、泼水仗，干大说："水里没好事，淹死的全是会水的。"我就不下水。干大很满意，私下里给父母夸奖："咱这娃娃，日后肯定是个捉大事(有出息)的。你们不信走着瞧。"后来一天天大了，伙伴们都笑话我不会上树也不会游泳，是个"鳖熊"。于是我又暗暗失悔：这个干大哟，心好是好，也有不是之处。

一个跛子，为什么就能吸引那么多人家认他做干大呢？问父母，父母笑而不答。听听看看，我渐渐揣摸出一些名堂了。干大干娘穷而无后，又有残疾在身，苍天怜悯这样的孤老，自应惠其后裔，而干儿干女与苦干大名义上有着亲缘关系，于是，这所赐之福就落到干儿干女头上了。干儿干女里命定受穷的，脖子上就多了一条富贵的"项链"；命定短命夭折的，无形中增一线成活的系数。这些宿命色彩的寓意，再要推究下去，会觉出人与人之间的关系的势利，甚至残忍。穷苦透顶的干大干娘却是太善良了，不思量这些，只是实心实意地喜爱这一伙干儿干女……

在我12岁那年冬天，快要过年了，干大干娘突然去世，他俩一前一后相跟得那么紧。为我备妥的年节灯笼，是干大的邻居代亡人送过来的。舅家与别的亲戚也送来了灯笼，而干大的最为新巧雅致，是一盆硕大的花篮，上沿插着展瓣斗妍的荷花与牡丹，底部是流苏飘絮，腰缠红绸绷带，绷带上转成四个金字：万事如意。

"八月中秋云遮月，正月十五雪打灯"，元宵节之夜，正下着雪。纷纷扬扬的雪花里，村巷间红灯盏盏，冉冉浮动，我这花篮，红光漾溢，吸引得众多的灯笼自动朝我这儿集拢。集拢的红光融成一团，伙伴们仿佛沉浸在红霞里，你看看我，我看看你，不言不笑，颤颤巍巍地将灯笼挑高一些，照得琴女她们的脸庞分外红，似乎抹了胭脂，发际刘海上落几星晶莹的雪花，这雪花转瞬间就化作细碎的珍珠儿。静默片刻，我们各自顺下眼睫，盯着粉红色的雪朵绕着灯儿轻轻打旋,周围沙沙有声,仿佛是祝福的天籁……村外荒野里,干大干娘小小的新坟,素静、洁白,快要被雪花掩平了罢……

多年以后,我在外地工作,在家种地的弟弟,写来一信:

你信里提及给娃娃认干大的事,村里偶尔还有。不过,现在不再找瞎子、跛子之类的苦命人了,新兴的认干大,认的是支书、队长,他们才是"福大命大"有造化的人。

捏着弟弟的信,我仿佛捏着一苗烫手的火焰。我是深深怀恋那元夜的灯笼的——我那干大停住脚对人说话的时候,端端正正,谁也看不出他是个跛子。

(注:此文1987年8月20日载于《天津日报》)

羊肉泡

关中土地上,猪牛鸡犬遍地走,却很少养羊。西出秦岭,北涉渭原,天地渐趋苍凉,羊才渐渐地稠了起来。物稀为贵,味异乃鲜,于是,西安的"羊肉泡"便颇有名气。长街深巷,五味飘浮,行人老远就能嗅出它的特殊味道。

吃羊肉泡的头道工序是餐者亲自掰饼子。巴掌大几个死面饼,瓷实柔韧,须撕扯得小于苞谷粒儿那样匀溜,浓鲜的羊汤汁儿才能透彻地入进去。死面饼那股子死劲在烈火滚汤里耐煮受泡,形成的软硬与筋道正与熟透的羊肉相般配。

饼子性韧,掰起来实在烦人,可又搪塞不得。炉膛前掌瓢的大师傅搭眼一扫掰上来的碎饼,便知道这一碗的主儿是不是羊肉泡馆子的常客。大师傅手底的火焰忽地蹿起、猛个儿又被大炒瓢捂将下去,满堂扑闪扑闪的红光里,左右邻桌先到的美食家已是狼吞虎咽、"呼噜噜"地吃起来了,而你还咽着唾沫可劲地撕饼子,这对一个轻易不动荤的人来说,是一种怎样的刺激和诱惑噢……

羊肉片匀薄平展,纹络如绣;粉丝细长,溜亮若冰丝;翠嫩的香菜蒜苗撒于堆砌如雪的泡馍顶部,热气袅娜,似白云过山。碗侧置一二寸圆碟,少半边是艳红的辣酱,多半边是黄灿灿的糖蒜。小圆碟那冷冷的色调,衬托得从旺火中擎出的"羊肉泡"更加香冽撩人。偌大个馆子里,每人面前一碗、一碟、一双竹筷;碗是粗瓷大碗,厚重不下斤半,关中人没见过海,却又自认为这样的瓷碗不亚于海,故称曰"海碗";边上小小的碟儿,载金驮红,活像是驶向大海的一叶小舟。海碗厚重,馆子里便没有一个人擎碗而食。海碗笃定地蹲于桌上,路人乍进馆子,一搭眼看不见人,因为碗比人头还大,馍比海碗更高,人被隐遮于幕后了。

定睛细看,这才发现食者无不红光满面,热汗淋漓。于是,寒九严冬便成为进食的最佳时令。长此以往,无形中又显露出两条界限:一是负重进城的庄稼汉最为相宜,自掰自食,挥洒自如,大吃大嚼,一海碗就是结结实实一顿饭,一天能有此一顿,足矣。二是女同胞望而却步,莫敢问津。一只海碗从红光闪烁、热浪起伏里悠悠然驶来一座肉馍之山,她们难以下箸,羞于启齿,深恐失雅失态。故而,常见男子汉在馆子里挥汗,妻子则铺一方手绢坐在门外屋檐下耐心等待,含笑不语,娴静如水。

作为口语,"羊肉泡"后边是略去一个"馍"字的,省简一字,也是另有寓意。过去乡村穷,乡下人进城,节省出一碗羊肉汤的钱,却是怎么也续不上买白面饼的钱了;所以进城时,布腰带里总是缠裹着自己家里的苞谷面馍,橙黄似金,冰冻如砣(知识分子称曰"简易砣")。炉膛前的大师傅一瞥见这样的馍块,心里不好受,炮制之时,调料与火候反倒是愈益仔细、格外留神。挥动炒瓢,细碎的馍花自噗噗火焰里上扔三尺高,蹿起翻覆于空中,下跌回落于瓢里,一星儿也不外撒;端上桌来,味道并不逊于白面馍饼。有砣如此,也难怪村野间的男女老幼,将其尊称为"皇上馍"。

"皇上"者,帝王也;帝王至尊,凭空调侃可是不行的。据说,五代末年,赵匡胤潦倒流落于长安,饥饿难忍时,只好低下头向一家烧饼铺乞讨,店主可怜他,将几天前剩下的两个半烧饼给了他;搁了几天的烧饼比砖头还硬,赵匡胤死活咬不动。这时,不远处一家肉铺的香气飘了过来,赵匡胤走上前去,乞讨了一碗滚烫的羊肉汤,把干硬的烧饼掰成小块儿泡了进去。没想到羊汤入进碎饼,简直是香不可言,吃得尚未发迹的赵匡胤通体冒汗、神采奕奕。直到坐进金銮宝殿之后,他还念叨过长安城里的羊肉泡馍。而今的"羊肉泡"所独家使用的死面饼,即由"皇上馍"演进而来。

诞生于困境里的"羊肉泡",不仅仅是别成滋味,尤其是下肚之后所意想不到的那股子后劲儿——

日暮时分,推车挑担之人出城返乡,朔风凛凛,雪野茫茫,转眼间出城已十多里地。"阿呜!"胸腔里冷不防晕腾腾地泛上一个饱嗝,香暖辛烈,丰腴不腻,将山野间五谷、嫩草、肥羊之美质与精髓一股脑儿地翻涌起来了……天地菁华所酿成的饱嗝多矣,此饱嗝毫无疑问是"冠军"。

饱嗝落处,清旷的雪野上突然回荡起刚劲激越的秦腔:

激恼了王震公堂坐,开言叫声李庆若:
你的儿秋江闯大祸,屡枪民女罪恶多。
你今不责你儿过,更比你儿恶得多——
咆哮公堂有罪过,打死你豁出来把头割!
理直气壮我公堂坐,秉公而断辨善恶……

(注:此文2014年8月1日载于《光明日报》)

铡 忆

一位儿时的农村伙伴来信问我：你是从农村出去的，多年在外，而今刚刚跨入新世纪；二十世纪广泛使用于乡间的许多农具里，有哪一件保存下来，会很快"升值"而成为"文物"？

我认真想了想，回信写道：铜铡。

铜铡是装着枢纽可以上下扳转的一种大型刀具，北方农村随处可见。农家养着牲口，"一寸草，铡三刀，不喂料，也上膘"，这铜铡用于切麦草、苜蓿、苞谷秆、秫秸。合作化初期，我们一群孩童日暮时分将割下的青草背进饲养室，两个饲养员立即开铡，长者蹲在地上务草，用双手将青草卡成巨束递进铡床，那位壮年汉子双手握定刀把，"嚓、嚓、嚓"，一起一伏，敏捷爽利，那青草味随着飞花四溅的草屑弥散开来，香芬醉人。那一边拴在槽头的牛马，一齐甩动缰绳，馋得直刨四蹄，它们仿佛拂晓时分步入田野，望见了旭日朝霞里带露的碧草，"哞哞、咴咴"，不能自已。

歇下抽烟时，务草的大爷见我们不肯回家，在未铡的草堆里留恋打滚，便招招手，伙伴们聚到大爷身边，他喷一口白烟，喜眉带笑地说："我说个带荤的谜语，看看你们谁个能猜着：'女人身上一条缝，一个压住一个弄！'"这么庸俗难堪的谜语，幸亏附近清一色是男性，小伙伴们听了胡乱挤眼、皱眉、扮鬼脸，谁也没心思去猜谜底。那个坐在铡墩上的壮汉笑了，伸腿踢踢地上的铜铡："就是这么个家伙！老汉压住青草往进塞，我不是在一上一下的日弄么！"伙伴们"呜哇"一声尖叫，一窝蜂似的跑散了，回家去了……

铜铡，配套搁置于地，以切草为本职。一旦抽出为轴的铁纽，卸下铡刃，擎于庄稼汉手上，则变成兵器及至凶器。

小说《红旗谱》里有个朱老忠，准备拼命护钟时，手里就提了一扇铡刀。农民动武，就地取材，这铡刀分明是最便当、最威风的家伙。铡刀宽大盈尺，通体寒光灼灼，明铿铿的，旷野阳光下未见人影，那刀光率先远远地从地表上闪了过来，威慑力简直无可比拟。有小我一岁的一个村友，当年是贫协主席的儿子，至今仍在村里，"武斗"中被同一派系的铡刀所误伤，现在算来也是近 60 岁的人了，他是拖着一条腿跛入新世纪的。

铡刀之锋利，使我忽然想到中华人民共和国成立前。1947 年 1 月 21 日，天寒地冻，山西文水县的姑娘刘胡兰，是在六条汉子相继被铡之后，勇敢地躺进正在滴血的铡刀之下的！长城内外，惟余莽莽，文水这地方距离万里长城并不甚远，为了民族利益，刘胡兰是怎样的一个女性哟！女儿如斯，这是中国共产党人的一大骄傲。

后来，我离开乡村而迁居城市，再也无缘见到儿时的铜铡。作为戏剧道具，是在戏台上演出的《铡美案》时才一睹旧物的。

包拯铁面无私，坐镇开封府，执法如山，对死囚一律用铜铡进行处置（他可能也欣赏铜铡的威慑之效）。小时听爷爷讲过，开封府的铜铡分为三等，铡龙子龙孙用龙头铡，铡文武贪官用虎头铡，铡三教九流中的不法之徒用的是狗头铡。《铡美案》里抬上来的，铡把上是个虎头，不用问，这驸马爷陈世美显然是个攀龙附凤的大老虎也。

在大堂上行将"铡美"之时，龙国太为了保住自家的女婿，将自己一只手也塞进了铜铡里，"看你黑包拯怎么开铡"！包拯纵有泼天之胆，怎敢铡国太之手呢？他万般无奈，顿足叹息，只好转回身拿出银子安慰边上的受害者——秦香莲：

这是纹银三百两,
拿回乡去把家安。
教儿南学把书念,
只读书来莫做官。
你丈夫他把高官做,
害得你一家不团圆……

  包拯每唱到这里,台下观众是一片唏嘘声,我禁不住暗自纳闷:从古及今的南学念书,耕读传家,这是多么美好的生活啊,可繁华富贵、前呼后拥的官场,又是怎么一回事呢?人们求学念书,许多是为了当官;这书究竟是好东西呢还是坏东西?为什么读书人一当上官,蝇营狗苟、欺世盗名、吃喝嫖赌、贪污受贿、六亲不认、灭绝人性、目无法纪、出尔反尔,那么多为人伦所不齿的坏毛病怎么那么快就染上身了呢?官场上祸国殃民的诸多弊端,为什么用锋利无比、揽地甚宽的铡刀也斩杀不绝呢?

  时代变了,当今科技兴农,即便牲畜仍要饲草,也有电动粉碎机去绞轧,用不上铡刀了。至于偶然发生斗殴现象,也有了更先进、更缠手的家伙,铡刀的锈蚀淘汰,是难免的了。

  铜铡,体长五尺,扁形大木上包有铜皮,刀刃下落处有半指宽的空隙长缝,缝两边嵌有对称的长城女墙状的铜牙,用以滞阻刀下草束的滑动。这家伙是何人什么时候发明的?无从稽考,谁也说不清楚。今有村友来信问及,竟使我忆起了与铜铡有关的一些零星片断……

(注:此文原载于 2002 年第 2 期《中华散文》)

海风拂过晾台

滨海六楼,一方像样的晾台上。夏夜风轻,四周寂静,我与老伴对坐乘凉。

"现在,计划生育可以松缓些了吧。"

"为啥呢?"老伴问道。

"近日公布的《不孕不育现状调查报告》显示,八对夫妻中就有一对不能生育。世界卫生组织预测,不孕不育将成为威胁人类的第三大疾病(心脑血管与肿瘤分别为第一第二)。"

"我们小时候的村庄里,三百多人里只有一个霞姨不生育。她人样俊,有人便说是长得太好的女人往往是'石女'。"

"石女,有些还能手术治疗。现在这不孕症根本就没法治。"我说。

"当今科技这样发达,机器人都能造,什么病治不了呢。"

"不生育主要是手机、电脑、电视、微波炉产生的电磁波以及汽车尾气致成的,咋个治呢?"

老伴思忖片刻,拨转话题,又与方才的石女接上茬儿:"生娃这事,不能光怪罪女人。有些男人长的那个东西,也是个样子货。"

关中伏天酷热,我们一帮男孩赤条条一丝不挂,在村街疯跑玩耍。有天傍晚,一个老爷爷忽而蹲下身子拦住我,伸出食指拨拉着我的小东西问道:"这是什么?""牛牛(关中土语这样称)。"他又拨拉一下:"这能干啥?""尿尿。""还有啥用?"见我摇头,爷爷笑了:"有了这个,你长大就能娶上个俊俏媳妇。"我又摇头:"我不要。""不要媳妇,谁给你做饭?""我妈。"我绕开他的大手,一溜烟跑了……

老伴大概看出了什么，微笑着陷入回忆："当媳妇的围着锅台做饭，好像是天经地义的。过门不几日，奶奶在厨房教我做饭，有一天，神秘地笑笑，说道，'我给你说个事儿。'见我洗耳静听，她却欲言又止，可还是笑得笼不住话头，'你那口子小时候，也是个伏天，夜晚闷热，屋里待不住，人们都去巷道里取风图凉。我进屋时，小油灯亮着，他独个儿光身，侧卧在土炕上睡得挺香，咱家的小黄猫蹲在他的牛牛面前，时不时伸出一只雪白的爪子，将牛牛拨拉一下，牛牛晃荡，它就支棱双耳直目瞪视，我怕猫将牛牛当成个小老鼠，一把将它拨下炕去！'边说边笑的奶奶见我背转身羞红脖颈儿，更是笑得直不起腰来。"

"奶奶过世 40 多年了，你怎么能守口如瓶，到现在才把这话说给我呢！"

"那时年轻，怎能说出口嘛。"

我与老伴彼此无言。沉默片刻，我又问道："这事儿和不孕不育症有啥瓜葛呢？"

"咱们是有儿有女，各得其所，当年那猫儿假如一口咬下去，我们还能坐在海边的晾台上乘凉聊天吗？再说，天下理不清的事儿多着哩，比如男人逢见不孕之事，都归咎于女人，这不叫欺负人么。"

我笑笑，故意地岔开话题："我家那只小黄猫四蹄雪白，特逗人爱……现在时代变了，早在八年前，网上就说广州的餐桌上日均吃猫一万只哩。"老伴不吭声了，只是静静地凝望着星辰闪烁的夜空。

我们那关中故乡的夜空，早就寻不见星星了。退出西北故土，捻指间 10 多年过去了，光阴如梭，人生似梦，我不禁想起唐代乡党杜牧的诗句：

天阶夜色凉如水，卧看牵牛织女星。

雁　阵

我的故乡在关中。儿时，村西河滩的上空，随时可以见到高翔的雁阵，平展展的雁行总是斜斜地排成"一"字或者"人"字，凌空而过。"鸣则相和，行则相武，前不绝贯，后不越序。""行如兄弟影连空"，尤其是硕大、规整的"人"字，仿佛就是我启蒙之际认识的第一个大字。

雁落平川，无所谓什么秩序。一旦飞离地面，翅开先作字，风里自成行，便迅即展示出强劲不息、运行不辍是生命的唯一真谛。人字造型酷似箭镞，这是用一个个单体生命集中组成的顶风逆上、不畏云冷霜寒、不惧露重雾湿的箭镞，要穿越弥漫的风云，也能够征服重重苦难的箭镞。远征之际，这是生命具有进取性与穿透力的最简洁、最凝重的符号。

"清音天地远，塞影月中微"。夜空有月，仅仅是清淡月痕，雁阵也要兼程而进。唯有黑得不见五指的秋夜，我们村西河滩上才落满中途歇息的大雁。滩地润泽，湿软的沙土下草根如织，栖雁有饮有啄。宿雁之周围，有专司警戒的雁奴。"雁奴辛苦候寒更，梦破黄芦雪打声"。世间用兵，兵家学雁，军营四周后来这才有了忠诚、机警的哨兵。军队昼夜行止倘无哨兵，还能称作军旅吗？

雁阵联翩而过。日暮时分河滩满员，后至的雁群就收拢暮色降落在近河的田地里。萌芽的小麦正在土地里窝根，雁阵栖过一宵，那麦根就被拔光啄尽了。翌日清晨，雁去地空，遍地是横七竖八的绿蓁蓁的雁屎。有一个不见星月的夜里，父亲与临巷一位叔叔边扯闲话，携着我边往河滩方向转悠，近得麦地垄畔，他俩不出声了，父亲轻轻从兜里摸出去年春节时剩下的一拃长的一根鞭炮，就近叔叔的烟锅儿点燃捻儿，倏地抛向空中，"砰"一声炸响，火花迸溅，地动天摇，"嘎嘎嘎、嘎嘎嘎！"失魂落魄的雁唳声拔地而起，凉意如泼水，似乎有逸散的鸿毛忽地扑上了我的脸颊，我仰起头，什么也看不见，只觉得大羽扑闪的风声驮着众多 大雁惊炸的嚎唳声簸荡了几下，仿佛有什么巨物升空四散，散开了、也消失了，瞬息之间，一切复归于平静。

远征的雁阵联袂而进，不惧风雨雷电，可最惊悚的恐怕莫过于地上隐蔽处射出的弓箭，"望月惊弦影"，尘世间潜伏的凶险致使它们对天际眉月也形成杯弓蛇影式的幻象了。父亲扔起的旧年鞭炮，虽是声威溅火，却不属于弓箭之列——庄稼人过日子，也实在不容易。可那个漆黑的夜间，被轰散的惊慌失措的大雁，后来又如何着落呢？

大雁，年年岁岁，春分后北翔，秋分后南返；南下不过衡阳，北出雁门山止栖于朔漠。空中的直线距离，绝不下于3000里。近些年，大雁的踪迹渐渐少见了。那一年去衡阳，也只见到雁的石雕与焊接在低矮栏杆上的铁皮剪影，排列成阵，双翅一一上举，却是怎么也飞不起身了。

人的尊严是高尚的，超尘的。平时仰视天空，即使仰得脖颈作痛，眸子发酸，倘使能望见人字形的雁阵缓缓地掠过长天，或多或少总能悟出些生命的底蕴吧。谁能想到，这才过去三四十年，不知延续了几千万年的"落日天风雁字斜"的绝妙景象，在我的视野里是悄无声息抽掉了，销毁了，再也无缘相会了。五湖四海，空中从今往后没有了雁阵雁影的，又何止是关中的天空呢？

长天人字少，斯世正颓波。不时仰首望月而终于不见雁影，我这心头是有些空落。然而,世上最可宝贵的是凝聚力:雁影排列成阵,可为凌空远征;军人组织成阵,方能御敌戍国。我从戎36载,生命基本上是在军旅中度过的。或许是出于怀旧吧,而今沉入晚年,也依然怀恋着悄然远逝了的雁阵……

(注:此文2013年5月10日载于《光明日报》)

难忘嘉州

年过古稀的人,脑海里几近于大浪淘沙之后的夕阳衔山的沙滩,苍茫,寂寥,能记忆下来而值得回味的往事,很有限了。前些天,由于两个远方的朋友专程来青岛看望我,使我记起了19年前发生在四川乐山的一桩往事。

乐山大佛是世界上最巍峨的石刻大佛,始凿于1300多年前,依山而成,通高71米,佛头与山齐,双手抚膝,神态匀称,有"山是一尊佛,佛是一座山"之誉,1998年秋天,我在成都参加一个笔会之后,老友廉正祥特意让大连日报社的素素和我留下来,先去游览峨眉山,第三天又赶到乐山。从前我到过乐山,我的印象里,乐山大佛面朝西南,高瞻远瞩,其足下正是三江汇聚处:佛右侧北至的岷江在佛足下斜插之际,与西来的先已吸纳了青衣江的大渡河相汇之后,这才莽莽东进的。

1980年,正祥做过《四川日报》驻乐山记者站站长,他曾住过的地方已变成"嘉州宾馆"(乐山旧称嘉州)。正祥打算让我们就住在那里,与他一起怀旧。进了市区,小车未直接去宾馆,而是一直开到了江边,让我们率先欣赏古嘉州的老城墙。车子停在城西南角的育贤门附近。四围的山水着实壮观,古城墙倒显得很不起眼。出育贤门,眼前立即展开了滚滚滔滔的已经收纳了青衣江的大渡河,河之斜对面,就是大佛在黄昏里的威严肃穆的轮廓,山水形势在这里大气壮美:大佛体态沉稳,神态安然,三江水在足下合而为一,浩浩荡荡地簇拥东进,青山绿水,浪奔佛静,整体形势是那么得体、和谐,难怪宋代的邵博有言:"天下山水之观在蜀,蜀之胜曰嘉州。"

育贤门是嘉州古城的西门,距江边十来米远,门两边摆了几张茶座,有坐客正闲闲地品茶,一身黑衣的女老板披着长发,从容地为茶客添水续茶。我们仨站在江边平台的右侧,观景聊天。素素想起前几天去九寨沟途中看见过的岷山雪峰,便问我:这江水是从岷山上下来的吗?我说是;正祥则纠正我,指说左边的那条岷江才是。素素一听,就想试试脚边的江水是否寒冷。我和正祥背对着江水,她从我俩之间穿过,走到水边,刚下到第二台石阶,就一下滑进了大渡河里。这个秋天,全国到处发洪灾,大渡河的洪峰前几天刚过,水面仅退下去四个台阶,台阶表面上是风干了的一层黄土,黄土之下依旧是油滑的稀泥,素素误判了。水面上一连串的漩涡,她本是背着岸滑下去的,漩涡一下将她又扭向岸边;转瞬间,她看见正祥跳了下来,用身子堵住她,并一把抓住了她后背的衣裳,不让其下沉;我想也没想,忙从素素下滑处跳了下去,就在她俩开始向下游漂动之际,我从素素左侧逮住了她的一只手;同时本能地伸出左手,狠命地压住岸上的台阶⋯⋯足下的漩涡探不着底,三条生命,全维系在我的左手掌上。黑衣女老板忙跑过来,拼命抓住我的左手,其他茶客也忙跑过来,营救我们上岸!

上了岸的素素,棕色纯毛格子衣裙和挎着的数码相机浸透了水——这是中国工农红军在60多年前强渡过的大渡河的水。下面,且摘录素素事后写下来的一节文字:

在岸边,当我明白发生了什么,我就完全地瘫软了,先是哭,然后就是笑,神经像出了问题,吓得廉、杨两位先生不知道该怎么劝我。那是十月末的傍晚,天气已有寒意,大家的衣服全都湿透了……可他们硬是等我心情平静下来,才想起来该换衣服。我们把旅行箱留在了成都,没有衣服可换,只好去商店现买。营业员看我们像看怪物,我们没有心情解释,默默地换上了新衣裳,精疲力竭地坐到车里去。廉先生越想越怕,不停地检讨说,住在乐山这个决定是错的,古嘉州的育贤门对于我们就是一道"遇险门"。于是我们像逃亡一样,在夜色苍茫时仓皇离开了乐山市。

那个晚上,我们住进了眉山市。眉山是苏东坡的老巢。夜里,不知何故,我居然记起了苏东坡称颂乐山的一首诗:"生不愿封万户侯,亦不愿识韩荆州;但愿身为汉嘉守,载酒时作凌云游。"我们呢?似乎是上了苏东坡浪漫吹牛之当,差点儿是"三人携手龙宫游"了。这一年,素素43岁,正祥小我两岁,53岁。

退休以后,图个润泽,我家从兰州迁居青岛。我的青岛驻地,左侧可望渤海,右则邻近黄海。今年5月,闻说我因病住院,素素是越渤海而来,正祥夫妇是跨黄海而至,他们特意赶到青岛来看望我。多年不见,我们垂垂老矣,谈及乐山遇险的一幕,感慨系之,叹惋不已。人生如梦,往事如烟。正祥是著名作家,素素是大连市作协主席,乐山之事,他二人在文章里详尽地写过了。人上了年纪,与死亡越是切近,越懂得珍惜。正因为他们在事过19年之后特地赶来看望我,这才引起我不能不旧事重提。

在世界上最巍峨的佛像足下,奔涌着三条从雪峰上汇聚而下的湍流激浪,如此卓异的自然意境,分明蕴寓着宇宙的某种含义。我们三人遭遇大险,转瞬之间则又化险为夷——当绝美的山水造化从恐怖、惊险中创作出这样奇绝罕有的画面时,人生所潜伏着的某种奥秘,又怎能不隐伏其间呢?

大千世界,谁的力量最大?佛经上一再强调自己就是菩萨身,遇事、遇险、遇危难,最终救你的只能是你自己。当我们险些儿葬身水域之时,"自己"二字该怎么去理解呢?生死存亡,捻指之间,大佛是眼睁睁地看着我们的一举一动……

"天意从来高难问",尘世间何谓造化、何谓命运?什么是真正的友情?生死之交的底蕴又是什么?要理出个像样、清晰的头绪,并不那么容易。

雪崖滴水小辑

1

心地善良的人,幸福是突如其来、不期而至的,其欢乐往往是出乎意想之外的。相反,整天以琢磨、算计他人而思谋获取利益者,费尽心机,与幸福反而是背道而驰,渐行渐远。

2

能从司空见惯的平凡事物中发现那一等常人难得领悟的美质,属于审美的特殊能力,证明他(她)具有一双超乎寻常的秋水明眸。

3

人与人之间如何相处,是一门微妙的学问,亲疏失度,招致的俱为苦果。对于朋友,要时时搁置在心里。一旦到了掏心窝子说话之日,距离分手之期大概也就不远了。另外,再深挚的爱,也经不住一次次的冷淡与漠视;再坚固的信任,也敌不过轻微的欺骗与背叛。

4

自作多情容易,淡定从容很难。无论你取得了怎样的成绩,在他人眼里,其实都没有自己心里所想象的那么金贵,那么重要。能将自己看轻看淡而低调处世的人,才可能与这个角逐名利的世界和谐相处。

5

文坛上个别的年轻人,无意于谦虚谨慎地以前人为梯朝上攀缘,而是一心想推倒前人、踏着人家的躯体向上跃进。这里且不说能否向上的高度了,仅仅是原地踏步,也难以持久。

6

陶渊明是从经世的徒劳继而反思,才悟到"误入尘网",这才回归大自然的。壮美的大自然是名利场上的疲惫者与受伤者最佳的慰藉之所。

陶渊明的诗文,也属于"泥上偶然留指爪"。泥指泥泞路途,那些在泥途上守不住底线者,指爪印痕凌乱,是什么也留不住的。

7

对于初涉爱河的少女而言,审视、凝视爱情之际,总以为那是个温馨、明亮、和美的幸福的所在。她们压根儿就不可能懂得"近切起烦,密久生厌"的生命含义。一旦进入,才迅速发现那其实是个无边、无底的深邃的黑洞。倘若再想要跳出来,真的是难于上青天了。

从前寻短见的女性,多出现于新婚之后。俗世称新婚第一晚为入"洞房",这"洞房"二字,真的是奥秘莫测,难于细究(汉语文辞之妙,于"洞房"可窥一斑)。

8

王朝龙椅是这个世界上最奇特的一尊怪兽,无论什么人,包括非常之人,一旦爬上去、骑上去,往往不能不发生异化。

历朝历代,龙椅上的封建阴魂与智识者的较量,从来都是以后者的失败收局、告终的(司马迁是显证,魏征则属于例外)。然而,失败者薪火相传,其顽强精神从来也没有最后熄灭,这火焰在鲁迅身上最为炽烈,致使鲁迅自身也化为中华民族的一炷精神火炬。

9

纵观历史,因为武将不怕死,英风长留;由于文臣不爱钱,华章时现。这是历史行进途中闪耀着的亮点、美质。

对此等亮点、美质而言,封建帝王家往往处于与其对立的一面。

10

想象力与幸福是连襟的。而读书,是丰富想象力、提升道德品位的最佳途径。年德俱进,可望长寿;倘不读书,年德就只能依仗先天之遗传了。

11

自命不凡而热衷仕途,醉心红火而忙于挣钱;

不愿平庸而急于成名,不甘寂寞而追步时尚;

阅历肤浅而性气浮躁,作秀有术而背弃质朴;

哗众取宠而不顾廉耻,踩踏别人而自封前驱。

——凡备有上述心态者,不可能进入审美的艺术行当。

12

俗情似海水,变幻无穷。欲望似海水,深邃无际。

爱情似海水,愈饮愈渴。命运似海水,远景莫测。

13

欲脱罹庸俗而拟与美质结缘,最可靠的途径是沉溺于艺术。接触经典文字的人,能从心灵深处汲取一些青春的、美好的、向善的活力。

经典里的精魂之真,情愫之挚,文辞之雅,会凝铸而成至美。

14

命若凿石见火,真的光芒据世时间非常有限。

前一世的种子,务必要加上这一世的缘分——沃土、阳光、雨露,才有希望成功地复活,最后修成正果。作为一粒种子,需要从容、沉着——不着急;大度、宽容——不竞争;淡定、耐心——不上气,方为修行之正道。

15

留侯进退迹无涯,淮阴钟室毁其家;

刘项千载何云泥,龙蛇鱼蟹有造化。

彭德怀下世时,癌症剧痛,将被头都咬烂了。一代英豪,如此凄惨辞世。事前看不透,事里挣不脱,其实,每一桩遭遇的背后都有草蛇灰线可循。

16

经典书册能被水泡成泥浆,也能火焚成寒灰。可它一旦转化为人类高尚纯美的精神因子,却可以江河一样长流于天地之间,有时候,也能够火炬一样撕破阴霾。

17

自好自洁,独善其身,在风雨中锤炼从容,熔铸冷静,坚定地走自己认定的路,守正笃定,久久为功,最后也许可能踩踏出一条小路。他日路成时,却是一个脚印也不留存的。

18

无病无扰,清静淡泊,普普通通而不为人注意的人生,是难得的最高的享受。真的人生知己是不在意聚散的,距离与光阴只能风干多余的水分,增进感情的浓度。

19

人,纵有天大的本事,也是翻不过命运之手心。人一生行善还是作恶,老天爷是不会睁一只眼闭一只眼的。

有作有为有余兴,无欲无求无心病;

天赐风雨我自笑,路多泥泞且慢行。

20

智识分子说这说那,于事虽也有补,但眼目下效果甚微。鲁迅先生在"呐喊"之后是"彷徨","呐喊彷徨两悠悠",仿佛是个早就注定的格局。

21

赠人玫瑰,手有余香。

鞠水月在手,弄花香满衣。

庭闲月无影,梦暖雪生香。

沾衣欲湿杏花雨,吹面不寒杨柳风。

——其间仿佛隐伏着东方艺术内在的微妙消息。

22

骏马上战阵,似蛟龙之入云海。毛驴儿,是陆游、张果老骑的。青牛,是哲学家老子骑的。骡子呢?好像没人愿意当坐骑。人与畜类不同,而畜类的某些赋性,却与人是暗地相通的。

23

中国古代的上层社会将醇酒与妇人并列。后宫佳丽三千,帝王们无不好色,而踞于龙椅上的醉鬼酒徒,却难得一见。

醇酒与妇人,帝王家常用以赏赐臣僚。仔细去看,美女比醇酒在总体上还是要高出一个档次的。然而,也正由于高出一个档次,美女在倒霉时往往也就一下子变成了祸水,醇酒终于也还是醇酒。

24

勤劳简朴,坚毅淡定,心地善良……坚持与生俱来的赤子之心,这是生命的原动力。无须羡慕别人大富大贵,也不必炫耀自己小康知足,一步一个脚印走自己的路。

25

文化人自爱、自重,有如禽鸟之珍惜羽毛,这是正常的。问题是,往往又不自禁地自命非凡,骄傲起来。

禽鸟失羽,无法凌空翱翔,地面行走,未必赶得上乌龟。而文化人能写一手好字,能来几句诗文,能描几幅好画,作为个体,终究也还是纸上功夫,社会效应极其有限。无端地感觉良好,如鹤冲天,目空万类,只能证实自己是个半吊子文人而已。

26

置身名利场合,学会平静地、深深地埋葬一个"我"字,绝非一日之功。倘要彻底埋葬,几乎是不可能的。

27

《西游记》是天上空中的事,《红楼梦》深涉皇家富室,《三国演义》在马背上逐鹿问鼎,《水浒传》乃草野小民之存亡抗争。可能因为出身草民的缘故吧,本人最喜爱的是《水浒传》。

28

商场交易,尾数上时见"四舍五入"以结账,五进而为十,四舍即为零,已经是约定俗成。弘一大师说过:"利关不破,得失惊之;名关不破,毁誉动之"。名誉乃大事,迥异于市场购物。可在名誉面前,人们多的是"五入"心态。入五为十,自得里含有一半虚妄存焉。相反,能够舍四为零者,身上却是存贮了四分切实的积累。

29

唐太宗在《诫皇属》中说:"先贤有言,'逆吾者是吾师,顺吾者是吾贼。'不可不察也。"我们普通人,更要珍惜别人生气时、愤然时所说的话,因为那才是发自肺腑的真语言,是不掺假的金玉良言,是透视自己灵魂的一面宝鉴。所谓的苦口良药,多在这个时候出现。

30

人贵知足,不忘本根。不要想自己没有的东西,要多想想自己拥有的东西。掂量掂量这些已经拥有的东西,难道俱都实实在在,是你理应获得享用的吗？经常问心有愧的人，才是善于律己的正常人。

31

八百里秦川，尘土飞扬；三千万父老，高唱秦腔；

一碗面条，趾高气扬；没有辣椒，嘟嘟囔囔。

离开故乡多年了，我总是忘不了上边的顺口溜，那样的生动、逼真，将关中风土人情及乡亲们风尘仆仆的形象描绘得非常到位。

32

"文革"中，我们在大学六年了，还拖延着不能毕业，几十位男同学晚上躺在乡村中学的通铺上胡诌歇后语。

孟德强说道："秦始皇拉炭。——请大伙打一人名，此人大家都熟悉。"可大伙横竖是猜不出来。孟德强说道："王腊梅。"众人一听，哄然大笑。因为王腊梅是我们班的一位女同学，大伙当然熟悉。

我琢磨，我们村有个叫"王后发"的生产队长，假若让孟德强捏弄成歇后语，很可能是"皇上放屁"了。我感觉孟德强之聪敏，显然高人一筹。

33

我从前认识一位大名"单丕艮"的山东老作家，人挺好的。他有一天去医院看病，坐在门口候诊。等候良久，一个年轻护士出门叫号："单(dan)不良！单不良！……单、不、良！谁个叫单不良！"单丕艮想了想，忙起身答应。女护士很生气地斥责他："你这人咋啦？坐在眼前就是不答声，耳朵这样差劲！"单丕艮连连点头致歉。

34

天堂，适合于人们不懈地向往、追求，却是不宜于进入、抵达的。说句难听话:人生旅程抵达天堂之日,大体上也就是生命到顶之时。

35

官场为晕头转向之地,人群是迷失自我之所,读书乃灵魂清醒之剂。而大多数读书人,愈读愈糊涂。

36

逢到一篇佳作就是遇到一个难得的好朋友,问题是,你能不能实心实意、谦虚谨慎地善待这个难得的朋友,将朋友身上的优点学习到自己的手里。

37

中国女性是温暖、辽阔的大地。川原山陵、江河湖海、鸟兽虫鱼、林草花卉,尽是大地母亲躯体上外在的"真善美"的结构部件。

38

人之所以为人,即让"爱"突破自身的局限性,兼爱天下,这是人类高出于动物界的最大特征。

亲友间情意重,是为和谐幸福;夫妻间情深义重,为天作之合;心灵里情义重,易发现人生之和谐美好。久而久之,自然延年益寿。

敏于见人优长者,善于反省自身者,事后常怀愧疚而绝少怨天尤人者,当属可引为"知己"的朋友,因为这种人珍重情义,珍惜友谊。

39

狼的天性是忘恩负义,寡情薄义,残忍毒辣。当今之世,有人热衷于自诩为狼。愿意与这种人交往者,是没有读懂明人马中锡的《中山狼传》。

40

月满中秋古稀年,阴晴圆缺寻常见。

活出一个真自在,顺水随缘乃神仙。

老来如意常八九,人仅知我二三成;

曾经沧海难为水,多少楼台烟雨中。

41

由于中国人民曾经在苦海里浸泡太深、太久了,对死亡已经无所畏惧。既然蔑视死亡,而对于强盗、匪徒、禽兽,也就敢于浴血争斗,以死抗争。日本之右翼分子,显然不懂得这一点。

42

风雨里同舟,彼此才能够患难与共。一旦风雨过去,天晴气和,同舟之人很快就变脸,"卧榻之旁,岂容他人酣睡",彼此拳脚相见,极难善终。封建帝王之用人,让我想到:

不拘一格用人才,用到最后究可哀;

非是人才泯初衷,常见主公易襟怀。

43

写字的事,第一是人们好认,第二是有个人的特色。书圣的我们学不来,怀素的又不想学,那属于高深的书法艺术,离我们平常写字的人遥远了些。

44

像贾宝玉、林黛玉那样彼此相爱,爱得死去活来,几近于彼此折磨,这就是天地间幸福的爱情吗?我觉得,这是受活罪,活受罪。

45

从事艺术者倘是没有摆脱功利羁绊,也就证明他尚未真正进入艺术的境界。从这个角度去看时下的诸种评奖设置,该怎么定位呢?

46

用责人之意责己,推爱己之情爱人,以好色之心好德,这是圣人才能做到的事情,我们常人能放空自我,朝着这个方向进行努力,就很可以了。

47

时光是个永不疲倦的最为高明的雕塑家。进入老境者,生死之间的门槛很低矮了,近乎一条浅浅的灰线,一不小心,也就跷过去了。正常的心态是:

人生斯世,草木一秋;俯仰荒野,沐浴雨露。

扎根大地,尽尝甘苦;小草结籽,乐兮忘忧。

48

儿童吹气球的时候,只知道愈大愈好,直至吹破才罢手、扔掉。而今文学界吹捧时的一哄而上,切近于此举。

49

载道与审美应当是有机的统一体。道为皮,美是毛,"皮之不存,毛将焉附"。

带露折花一束

1

十九、二十世纪时代转型之期,就总体忖度,中华民族所付出的血水与泪水是等量的,平衡的。秋瑾的"浊酒不销忧国泪"与"拼搏十万头颅血",披露了隐伏着的历史消息。

2

纪念碑未树之先,为天然的寻常石料,是山体上不足道的一斑。被艺术家刻镌竖立之后,自上而下是一柱恨与爱的华表,往昔历史性的浪涛、波痕渗透于其间,凝固了,静化了。艺术之功,有似于此。

3

范蠡、张良或许是看透了:帝王家天生下来注定是需要一个对立面的,他们的人生是打出来、杀出来、砍出来的,故而一生遵奉的是斗争哲学。旧的对立面消亡之后,务必要寻找、选择出一个新的对立面来,这才是生活。

4

人活世上有一碗饭吃不易,倘要写出好文章更难,而立身做人则是难上加难。秦桧、汪精卫、周作人他们,都是在"立身做人"上失足的。

5

上帝造人,毛坯而已,时光对这毛坯一刀一凿地进行雕刻,让毛坯在失落与痛苦中渐渐呈示出人形。婴儿初生,近于毛坯,人类就是这样进化的。

6

时为时间,空为空间,生命正是时空的交叉点。过去与未来,俱近于虚无。永恒呢?是人世风雨所设计的彩虹。那些在时间长河中学会等待,在空间格局里善于把定距离的人(距离是不断变化的),或许与永恒有缘。

7

年轻时沉溺于爱,老境里时时面对一个"死"字,这是生命的规律。死亡即虚无。多去医院、太平间、火葬场看看,在生死门槛上盼顾沉思,有利于看破红尘。年轻时的"爱"字,此时在回望中渐行渐远……

8

退休为人生舞台之谢幕,死亡乃生命基座的塌陷。"无常"二字,最乐意在失却健康的字典里露面。进入晚年,你才能彻底认识"无奈"二字。

9

权力是春药,权力之大小决定其烈性之强度。

对帝王倘是取消了三宫六院,佳丽三千,许多人的帝王梦大约会淡漠许多。官场若无潜在的渔色猎艳的特权,不少人的官瘾也会消沉许多。

10

爱河里多的是爱得死去活来的男男女女。俯察爱河的全部流程,几乎很难找到几个总是游在上水头的成功者。

11

善良、才华、德行,俱属美的内在因子。秀外慧中的女性,让这个世界弥漫着香氛,也充满了灵气。难怪高尔基有言:"世界上最美好的一切都来自对女人的爱。"卓越女性是美的化身。

12
女人弹性大,什么苦也能吃,什么福也会享。正因了弹性太大,有时候吃五谷又生六事,让男人不得安宁。故而又有这样的俗语:"老婆、瓜子、烟,不可在身边。"而且将老婆排在首席。

13
青春是什么?小溪旁,柳荫下,水之湄,月之野,情趣不一,其乐无穷,大抵上是青春儿女的摇篮。

所谓神性,知识女性庶几近之。浅薄女人近俗,庸俗使之与神性拉开了难以逾越的距离。

14
因为深刻,哲学原理近于骷髅。
因为鲜活,男女情缘有如骨肉。
终生为文者,文字最难得处,是既鲜活又深刻。

15
俗世有说不尽也理不清的难言之隐。七仙女之下凡,白素贞之求嫁,皆为糊涂之举,不如嫦娥去奔月。鲁迅写《奔月》,深意存焉。

16
老女人是她的青春岁月在地面上的投影,对纯净、明丽、天真的青春做了过滤。而一切文字里勾留下来的形象,乃是她们青春时代留在历史长河中的倒影。倒影摇曳多姿,似乎比当年的现实更其美妙。

人会迅速变老,文字则万古长青。

17
美是空际的一缕浮云,德是水上的一叶小舟。人生如海,风云际会,波卷浪涌,无边无际。在这里,善与真会相继播下精神的种子,后人收获的将是大美与至美。

18

灵窍天成,上帝所捅。灵感后生,多属女性之吹拂。好女人是引发艺术烈焰的火花。有多少艺术家,只待"金风玉露一相逢"也。

19

"梁祝""西厢",热烈、激情,美则美矣,又电光石火,转瞬即逝。巫山云雨是单相思的化身么?它在艺术领域仿佛含有某种永恒性。

20

大有大的难处,小有小的烦忧;

高有高的隐患,低有低的艰窘。

——中庸之形成,固有其渊源。

21

"聪明"二字,介于智慧与狡猾之间。我们中国人,多将聪明变成了狡猾的转语,远远地脱离了智慧。"大智若愚",与聪明之间也划出深深的鸿沟了。

22

哲学宁静、致远,世俗急功、近利;哲学家仰望星空,平常人埋首红尘。世俗教人忘掉天与地,这正是红尘那看不见的力量所致。

23

质朴有石性,击之方能生火。

清纯为美。"夜雨剪春韭",常人知其嫩净,却不解其清纯之美。

24

古人用水照容颜。而今之水浑而不静,欲整仪容则失据。

25

大苦难(大灾难)在世上敞开了大尺度,促使人们脱离一切琐碎纷争的狭隘、渺小与无谓的纠缠。汶川地震后,有人说"想这想那全无用,力争过好每一天"。我也觉得:"天地毁弃时,耆然灭古今;鸡肠小肚辈,试看汶川人。"

26

虚荣心,仅仅是自己哄自己的一种精神胜利法。然而,斯世倘无虚荣,会是多么寂寞,又有多少人活不下去。人生途程中,最难战胜的,或许是自身的虚荣。人生能推开虚荣,庶几近神。

27

善良之海上才能浮现个人幸运之浪花。总盼着他人倒霉的人,先将自己置于不幸之海洋,他又怎么能交着好运呢。善于成人之美者,福莫大焉。

28

常做好事、善事而从不张扬,且又生恐人知者,个人命运中必得神助。

29

孤独是一种精神燃烧状态,浮躁是泡沫在飘荡。
天下多的是愚妄的欢乐,与其对应,也多的是自寻的烦恼。

30

正因为友谊是宽容的,一旦形成裂痕,必定是不可愈合的。过于湿润的土地,逢遇干旱则裂缝至深。

31

朋友之间,除希望对方平安、顺当之外,彼此再不宜怀有别的什么期望。否则,友谊中便掺了沙子。

32

设法活出自己的风采,不要成天想着超越别人,赢过别人,胜于别人。

人啊,度自己易觉其长,视他人易见其短;展望未来动辄光明灿烂,反顾前尘往往是寡淡黯然。

33

进入大商场,对某一物品想买又不想买时,才能买得到真正满意之物品。进市场之前,志在必得,对购回之物往往失悔。

34

欲望耗精神,劳累磨气质。大红大紫,是剥离人的质朴与真诚的最灵验的药剂。埋头耕耘而且从来不羡慕别人(眼红他人)者,最有希望做好自己的事情,收获意想不到的果实。全身心注重耕耘,是庄稼人最珍贵的品质。

35

太远情分淡,过近无挚友。亲戚、同事,相互间的距离尺度不好把握。处世之术,常困于此。夫妻离异,兄弟反目,同事翻脸,战友分手;误认朋友形成巨大的陷阱,误会婚姻致成焦心的纠纷,都在证明着人性、人情、人际关系是何等的复杂、微妙。

36

真天才有点疯劲,伪天才动辄发狂。稠人广众之中时刻像个天才者,伪天才也。宣泄过甚,是伪天才之症状;大智若愚,乃真天才的本色。

37

带不来喜悦的东西也就形不成失落的痛苦。得失之间,形形色色,归根结底是"失"的结局,只是快慢早晚而已。

世间有多少赞扬是由衷的呢?投其所好者实为多数,而听者对赞颂一概是喜爱的,起码也不甚反感。

38

法律是手术刀,道德是中草药,西医中医,外科内科,彼此为用,扶持一个病态的社会往前挪动。

39

流水、光影、记忆,是虚无留下的三帧底片。失忆之人,同于寂灭。佛门之击钟敲磬,是在不断努力地打消现实与寂灭之间的界限。

40

人们对时光与健康有相近的感觉:

处乎其间不以为意,失去时方知金贵。

貌似简单、平易,实际上是最难于把握。

病患袭来,部分人犹可挽回健康;死亡降临,任谁也无可奈何。

健康有严格的时限性。时光只顾走自己的路,与人的健康似乎绝缘。

有了健康之前提,才能说人生的好日子尚在后头。而健康本身,历来是入壑之蛇。

这个世界上,回光返照是有的,却从未有过越活越健康的人。

41

人生途程中欢娱之事,在人的回忆中稍纵即逝,驻足短暂。倘要反顾往昔,检点前尘,苦味仿佛耐嚼一些。人老了喜食苦瓜,自有道理。

42

三人为众,有组织的群众便是集体,集体是力量形成整体的象征。组织严密的军队远胜于临时凑合的乌合之众,集体与集体,素质上差异很大。武装集团固然是具有战斗力、抗争力的团体,彼此较量时,少能胜多,弱而胜强,则另有门道——军事家即是从这里显身的。

43

小时常常听到"没灾没病就是福"的话,不大在乎,中年过后,行将退休,才渐渐体会到这是一句至理名言。心地善良,气量宽宏者,自能长寿。疾病天然性地回避这样的人。

44

光阴似流水,处世逆行舟。人间多少事,默对为上筹——沉默是神祇降临的永恒仪式。

45

顽石被高手雕去了无用之处,仿佛便有了生命与灵气。力量与感情的艺术性的投注,是产生艺术美的唯一根源。

46

真正的文化人,在名利上皆为轻装。人一旦进入文坛,名利之念的滋长是不知不觉的,察觉之后想要从心底彻底剔除,因为它已经根深蒂固,剔除起来至为艰难。

47

方志敏的《可爱的中国》,叶挺的《囚语》,瞿秋白的《多余的话》,与两千年前形成的左丘的《国语》,不韦的《吕氏春秋》,韩非的《孤愤》,算不算俱是绝境里方能发出的绝唱呢?是否同属于一种历史的回响呢?

48

瞬间审美,永远存留,能将二者沟通者为艺术家(在这个世界上,似乎唯有艺术是可能超越时空的精灵)。"永恒"二字是相对的,艺术本身也难于永恒。

文学创作中,作者用笔实现着对真善美的追求,把自己内心所珍爱的价值变成与人共享的对象,在灵魂之林里传递着美的火炬。当艺术家感到自己的劳作是一种神赐的难得的享受时,其作品兴许是有些意思了。

49

没有女性,文学殿堂里还有色彩与光明么?倘没有男性呢?同样不可思议。天造地设吧,最灼亮的艺术之光,往往闪烁于男女之间。

50

刘项交锋,才能取胜,品德败北。

项羽近疯,虞姬近痴。项羽、虞姬的失败结局,就证明着"品德"二字,对逐鹿中的巅峰人物无从谈起。

战时的才能,在和平时世则晋升为权术,权术之下,品德更是沦落得说不成了,刘邦就是这样。

51

《红楼梦》里有"千红一窟"。虞姬、西施、貂蝉、杨玉环、陈圆圆,境况与时势有别,毁则一也,归宿亦为"千红一哭"。

52

陈伯达用方块汉字高高垒起的文章,是一种巨型的政治游戏,最终是将自己塌成肉泥式的灰色泥浆。晚年陈伯达,应当最理解"理论家"三字的底蕴与含义。

53

填海逐日,壮心不已,且又能长期甘于寂寞者,艺术上或有造就。巨大名声是事业行进途中的终止符。红火热闹,名列榜首,属于虚荣,与艺术缘浅。

54

"不胫而走"一词是孔融发明的,原比喻珍宝流通及钱财流转。用以表示传媒力量者,则是后来的白居易。而今信息火爆,传媒过剩,交织为网络,又几乎成为绊人思绪的绳索了。

55

身届老境,我于案头写了十六个字:主动收敛,自求清静,远离尘嚣,麻木心性。有故友说道:"倘是这样,你可能会患上老年痴呆症的。"

我答曰:"人生大梦,晚年将散,痴呆于我不为病。"

56

有人以经验自诩:"从小卖蒸馍,啥事都经过。"问题是不读书、不思考,对于所经历的事情,未必有深至的理解。此为"凡事样样都经过,终局只是卖蒸馍"。

57

年轻时,我与一同事住同一宿舍,晚睡之前,他动不动嗅自己脱下的臭袜子,有时还深深地吸纳两下。人哟,要么闻不来自己的臭味儿,要么嗅得,也不觉其刺鼻、难闻。

58

有一联座右铭是:"只如此已为过分,待怎么才是称心。"前一句在询问你能否"知足常乐",后一句在探试你是否明白自己欲壑之浅深。这两问实质上是一回事,人生于世,要做到却极为不易。

仁之所以多寿者,外无贪而内清静,心和平而持中正,正因为是做到了这一点,才能够摄取天地之大美以养其身也。

59

疾病对人的侵凌有攻击作战意味,它总选择人生忽略之点强行突袭。于人而言,加强锻炼之外,别的任何防治一概是被动的抗御方式。

60

人之追求幸福是正常的,无可厚非的,许多问题出在"人比人"上,大多数人总是在追求"要比他人幸福",无形中便将幸福异化为痛苦。这叫"人比人,气死人"。

61

人与人智商的差距十分有限,关键是致力点的差异与用力的久暂,到最后则显示出云泥之高下。而致力点与其久暂的程度,又不仅仅取决于个人的意志与毅力。外部条件组成命运的大前提。

62

世上最难写的一个字是"人"字,最难解读的一本书是《女人》,此字此书原创者乃补天之女娲。滚滚红尘里,若非过来人,难解其中味。

63

为物所累是人性里的通病。在金钱面前,许多人都是语言上说得明白的巨人,可在行为上,常常陷于不折不扣的矮子。贪官之前赴后继就是例证。

64

思想可用语言表述,而深挚的感情则只能见之于行为。爱河里信誓旦旦者,绝大多数是即兴之言,不可深究。

65

看轻自身是一种境界。天使从不看重自己,故也能凌空翱翔,形成一种高格调的美韵。将自己看大之日(骄傲之始),也就开始埋伏下蹉跌与倒霉的祸根。

66

男人女人化,女人小儿化;小儿宠物化,宠物贵族化;贵族痞子化,痞子市场化;市场欺瞒化,社会混沌化。

67

《报任安书》《李陵答苏武书》、前后《出师表》《讨武曌檄》《送李愿归盘谷序》《秋声赋》《醉翁亭记》《纪念刘和珍君》《为了忘却的纪念》，仿佛尽属于奋斗、抗争者的声音，这或许正是中国散文的重要传统。

汉文、唐诗、宋词、四大名著，是一座座无从逾越的高峰。散文自由，足可以放开羽翼，在这些峰峦之间任意翱翔。

68

一个人的地位、金钱、名望彻底泯灭之后，他所创造的艺术品才开始渐渐地放射光芒。泯灭之前，虚光过盛。

69

小说前加一"小"，为小小说；散文前加一"大"，成大散文。多年过去了，长篇小说越印越多，大散文则没甚情况。至于大手笔，大诗人，大画家，"大"字满天飞，人知其大名，却闹不清其人有什么作品。

无论多么优秀的人才，如果太自私，对社会对人生没有感情，唯我独尊，其文字价值会怎么样呢？

70

男儿醉则现本性，鲁智深醉打山门，武松醉打蒋门神。女儿醉则亮本相，西施之醉于吴宫，杨玉环之醉于牡丹亭。

71

工作着就要全力以赴，发奋图强；退休了就要心平气和，好好休息。去世之日，自然而然地化为一缕青烟，销声匿迹。正常生活，应当是这样，道理人所共知，实践起来未必容易。

海滩拣贝一掬

1

太阳隐没,蜀犬吠之。

太阳无声而经天,是因为"大"字将那"一点"藏于腋下;蜀犬狂吠而失态,是因为大字将那"一点"扛于肩头了。小小的"一点",高低迥异,可为骄狂者戒。

2

农民种地,收获五谷杂粮,而五谷杂粮外形相近,其代表形象当属于豆子。

而农家子弟,世世代代传下来的本色、本性,似乎也脱不出豆子顽固的局限性。知识分子若为农家出身,要摆脱"目光如豆"四个字的局限,也大为不易。

3

成功需要时间。时间的内涵不是"守株待兔"式的等待,而是"精卫填海"式的辛勤劳作。

4

不经意自己的善意,不张扬自己的美德,不计较自己的得失,不算计自己的朋友,即于佛性切进。世谓"佛心",功夫只在"善""静"二字。

5

佛门,是个躲避开俗世苦乐的所在。至于普救众生,也是只能立足于精神引渡。天底下善良的人,给他人一粒种子,自己就会收获一缕绚丽的春色,这种人与佛最近。欲望愈盛者,欲壑难填者,距佛则愈远。

6

人活一世,幸福与快乐的源头,永远潜藏在自己的心底。至于少数人所谓的收获与成就,归根结底,是与这个人的心胸及善良的天性有关。

7

上帝无聊便捏造出人,男人有权而贪女色,女人无聊则养宠物。人间除却李清照,寂寥谁能参得透。李清照"聪慧"之至,绝不会养什么宠物的。

8

爱情婚姻,是个永远也理不清楚而又说之不尽的话题。月柳下谈恋爱,红烛下看美人,大天白日就琐碎繁杂地过日子吧。两口相处也是一门艺术课,学会吵架与争执,不至于中途分手而将就着能白头偕老,就算是和谐的爱情历程了。如果有朋友要离婚,我想送他这么几句赠语:

> 花好月圆乃愿望,酸甜苦辣是本色;
> 莫嫌自己命不济,同床共枕天撮合。
> 造化万类有缺陷,爱河水石相搓磨;
> 天下诸多离异者,再婚烦恼更难说。

9

人间夫妻,包括才子佳人、英雄美女这类被反复称道的爱情在内,一概跳不出"日久生厌"这一既定的格局。艺术家从长远的夫妻生活里,很难找得出多少闪光的爱情亮点。周立波有几句话,且抄录如下：

> 女人经不住老，
> 男人经不住穷；
> 女人做情人让男人心疼，
> 做妻子让男人头痛。
> 男人爱上女人后会作诗，
> 女人爱上男人后常做梦……

看这意思，上帝所安排的男女之爱真有点穷折腾的味儿。不这样折腾挫磨，这尘世间不知会多么寂寞。

10

情爱据有解脱死亡的力量，而许多在爱河里抵达极限者，又往往取死亡为归宿。婚姻在生与死之间是转机微妙的一层薄膜，是影像不清的一层薄纸。

11

对耐不住寂寞者而言，幸福，是可望而不可即的。上天为你设置了条件，你就应当将心仪之事努力地做到极致。这才是幸福的人生之旅。

12

美，是日光、月光、星光在下界尘世间的沉淀，其微妙的实用性几近于一闪即逝的神物，可又与水、空气相类，人类文明总也离不开它。

13

时间，总是用默无声息的衬托手法展示出什么是诚恳、正直、坚韧、巍峨。而虚伪、邪恶、脆弱、渺小，转瞬即逝。前者是斑斓于水底的石子,后者只是随流而过的泡沫。

14

钱越多官越大的人,自由离他越远。如强行切近那等变味变相的自由,钱权就会联手,将他捺进泥淖里去。

财多势大伏祸殃,没灾没病即安康;

心无所欲活神仙。自留缺憾盛吉祥。

15

在物欲里沉浮的人,灵魂无从安放,精神无处栖息,即使大富大贵,也依旧不得安宁。过多的欲望是天空聚集滚动的云团,浓重压抑之际,即是风雨将作之时。小康生活是人生幸福的最佳选择:

尘世波澜茫无际,海上仙山何可期?

大贵巨富蜃楼影,小康日月最相宜。

16

在这个世界上,爱钱的人触目皆是。人们看不到,金钱这外在的财富,很容易变成限制自由的至为沉重的枷锁。淡泊名利者,才理解精神是内在的财富。外在的财富易取,内在的财富虽是难得,这内在的财富却足以砸碎任何束缚性灵的桎梏。

17

朋友间接近相处,感情上自然连襟。彼此的生活都不宽裕,某一位朋友突然买彩票中了大奖,他本人大为兴奋,你心里是高兴呢、嫉妒呢,还是无所谓? 不久,朋友又忽然倒霉,患上了不治之症,你心里又是什么感觉呢?

18

病榻、太平间、火葬场,是显示生命真谛的三座课堂,所含至关重大。医院的停尸房称为"太平间",实在高明;火葬场的焚烧炉,为何不改成"登仙阁"呢?

19

政治家(曹操、毛泽东)居高临下弄文学,高屋建瓴,异常出色。而文学家去从政,像李煜、赵佶那样,将政治会弄得很糟糕。

20

文人一旦乘上狂奔的政治马车,往往晕头转向,身不由己,周扬、郭沫若、老舍他们,引人思索。

拒乘此车者鲁迅,半道上被掀下车者丁玲。

21

秋瑾、瞿秋白、张琴秋,为什么皆与一个"秋"字连襟呢?文字通神,革命者的悲剧命运,难道真的与汉字姓名有涉吗?

22

竹简刻字的艰难,成就了古文言的精炼简约;后世书法家引人注目的笔画,仍然遗存着刀刻的力度与痕迹(永字八笔处处显示刀痕)。当今之书法,变成为最易于展示个人才华的工艺型的职业,龙飞凤舞,貌似高雅,实质上与耍把戏庶几近之。新兴的电脑上,不存在什么书法新秀了。

23

过多的选择,造成的反而是困惑。新兴电脑与互联网上装的知识与信息太多,形成许多文字垃圾,足以窒息人们的灵性,人的脑瓜反而有些不灵光了。

过度的娱乐,其后果只能是疲惫。网络大兴,其间游戏娱乐者盛,思考学习者寡,新华书店人迹寥寥,只好纷纷关门。

24

小人从骨子里不相信这个世界上有正人和正气。他认为自己的成败输赢,只是由于运气与机遇的好坏而已。

25

小聪明看不见大智慧,大智慧却是识透了小聪明。心眼儿多,并不意味着比人聪明;相反,欲望过盛者,天蔽其明,心眼儿太多者,反而会降低本有的智商。

26

烦,是自己想出来的;

恼,是与人比出来的;

气,是心思造出来的;

病,是嘴巴吃出来的。

心平气和者洪福齐天,烦恼气病者折寿短命

27

史铁生留下了许多珍贵的文字,我最喜爱的一段是:

当我受伤坐在轮椅上时,我开始怀念我站着的时光。当我得了褥疮,我开始怀念先前安安稳稳坐轮椅的时光。当我后来得了尿毒症,我又开始怀念我的褥疮时光。

28

宽容和忍让包含着理解与原谅,背景衬的是胸襟和气度、意志与毅力。看到别人的优点与发现自己的缺陷,恰恰是一个事物的两个方面,没有前者,后者当不复存在。

29

婴孩时,渐成小我;长大成人,当属大我;大我更上层楼,即为无我——无我为人生最高境界。以"自我"为中心者,尚未进入生命的最高境界。

30

每个人都有一把衡量幸福的尺子,富贵者尺短,平凡人的尺子长。短尺子测不出长尺子的度量。

31

"身在福中不知福"可归于人的天然本能,这就决定了幸福的指数大多存在于人们的回忆之中。

老年人前无所求,后无拖累,且又安康而多忆,此即幸福气象。

32

久病床前无孝子,对老人而言,疾病是最大的灾难。对未进入老境者来说,久病床前无美人,因为美人心里是不安静的;长相平凡的女性,风雨同舟的可能性会大一些。

33

不愁温饱,淡泊名利,心有所专,对自己长期喜爱的事体钟情如一,不改初衷,即为养生之正道。康熙皇帝讲过:"人果专心于一艺一技,则心不外驰,于身有益……凡人心有所专,即是养身之道。"

34

追求完美乃人之本能。处事,省己,在尽量地切近完美之际,明智者会着意留点儿不足与缺憾,以期与完美保持适度的距离。

35

登山的乐趣,并不在于匆匆忙忙抵达山顶,而在于悠闲自在,左顾右盼,从容地欣赏步移景换的天然景致。乘缆车上山者,有多少乐趣呢?相应的,海滩上专注于埋头拾贝,意思也有限。

森林里不材及无用之木,庄子称曰"散木"。社会上无用之文,被人们冠之为散文。我在海边散步,常羡慕低头拾贝者,自己写的,就是没有用处的寻常散文。而观海听涛者,似乎在默写着所谓的"大散文"。